队列之末 IV

最后一岗

〔英国〕福特·马多克斯·福特 著

肖一之 译

上海三联书店

噢 鲁克霍普本是个好地方
　要是那些卑鄙的强盗不来骚扰的话①

---

① 出自英国民歌《鲁克霍普之劫》,叙述的是十六世纪强盗洗劫鲁克霍普的经过。

致伊莎贝尔·佩特森[①]

尊敬的夫人兼亲爱的同行：

到现在为止，我把你看作我在美国的仙子教母已经有好些年头了——虽然我还没有弄明白人怎么可以有一个比自己还要年轻的教母。也许那种能把南瓜变成水晶马车的教母同样可以在年龄和资历上创造奇迹。我又一想，要不就是，在西班牙人征服美洲的时候，有一整个部落的印加人，不知怎，同时皈依了基督教，圣洗池前主持洗礼仪式的是个西班牙的公主，不管她的年龄多大，她起码一定比那个部落的长者年纪小。不过，和你现在的责任相比，这都是些小事——除了我对你的感激之外！

因为，如果不是你的话，这本书只会有种朦胧的存在——在空间里，在我头脑里，随便你觉得在哪里，而不是印在纸上，夹在两块硬纸板之间。也就是说，要不是你严厉地、轻蔑地，几乎是恶狠

[①] 伊莎贝尔·佩特森（1886—1961），出生于加拿大的记者、小说家、评论家。她是福特的朋友，长期为《纽约先驱报》撰写读书栏目。

狠地坚持想知道"提金斯家最后怎么样了",我是永远不会把这份编年史延续到它现在到达的位置的。我是一直这么觉得的,厌倦了战争警号的士兵,应该被允许在藤蔓的荫翳下休息。但这是你不能接受的。

你——而且这一次你和伟大的公众站到了一起——要求要有个结局;如果可能的话,有个圆满的结局。可惜,出于一个我稍后会详细说明的理由,我没办法给你送上提金斯家故事的结局——但是我在这里给你讲一些克里斯托弗后来生活中的事情,你从中可以知道他现在的生活大概是什么样的。在我们这个世界上,虽然生命会有尽头,但事情①并不会终结。就算瓦伦汀和提金斯已经死了,他们引发的事情也会在后辈中继续发展下去——小马克和劳瑟夫人,那个还没有出生的孩子,等等,所有的人会在坚果树下或者海外的什么地方——要不就是在最好的俱乐部里——**继续着他们自己的事情**。在你我的有生之年是看不到他们的结局的。

再想想:我们并不熟悉但年复一年每天都要见面的人不知有多少!然后他们搬到了另一个镇上,而我们都是这么不爱写信的人,再加上命运让我们大多数人成了家里蹲,他们就这样从我们的视野里消失了。他们——你的那些朋友——可能去了巴黎,然后定居在那里。你可能每隔十年和他们相处两个星期,或者你可能再也不

---

① 福特这里玩了一个双关语游戏,原文为affair,既可以译作一般的"事情、事务",也可以特指"情事、风流韵事"。这个词也表述了福特的小说创作观,在他看来,小说是关于事情的历史,而事情并不会随着角色的死亡终止。

会见到他们。

正因如此，我才更情愿让提金斯就此消失，但是你不肯接受。我一直都嘲笑那些为自己笔下的角色伤怀的作家，还有那些在写完一本书之后会感慨，像萨克雷[①]那样写些类似"把幕布卷起来；把木偶放进它们的盒子里；灭掉牛油脚灯"等话的作家。但是我不得不说，当我今年在阿维尼翁[②]身陷某种情绪的时候，我走进我住的磨坊里用来写作的上层房间的时候，在那里发现的是我的那位朋友而不是你，这反而会让我不那么吃惊。因为你要记得，对我来说，提金斯是我过去一个朋友的化身，一个对我来说音容笑貌历历在目的人，虽然他很多年前就死了，但我觉得他现在都还活着。在这一套书更早一部分的献辞[③]里，我说过了，在这一套书里，我在试图想象今天的这个世界，对那个朋友来说看起来会是什么样子，以及在这样的世界里，他会如何行事——或者，我相信你会说要如何做出应对。事情的真相就是这样。

你有没有发现——你自己也有这种感觉吧——不论世界上这一大群人成了什么样子，有那么一些已经死去的人，你就是不会觉得他们是真的从这个世界上离开了？你只能知道这种感觉，你只能相信是这么回事。至少，对我来说，事情就是这样——而且对我来

[①] 威廉·梅克比斯·萨克雷（1811—1863），著名英国小说家，他的代表作有《名利场》等。引号里的部分是福特模仿萨克雷在《名利场》的开篇和结尾处的木偶戏艺人的话。

[②] 法国南部城市，为旅游胜地。

[③] 见本系列第二卷《再无队列》。

说，每一天在这个世界上定居的越来越多的都是这样的鬼魂①，而不是那些还生活在尘世中的人。就在昨天,我读到了另一个人的死讯②,在我的余生,我想到她时都会有这样的感觉。那个人去世的地方是在几千英里之外,而昨天如果她走进了我在纽约的房间里我会大吃一惊。今天就不再如此了。那看起来就像世界上最简单的事情一样。

所以,对我来说,和提金斯的关系也是这样。我和他的原型一起开创了好几项事业——其中之一就是办了一个还不错的托利党人的期刊③——而且很多年来我都习惯了根据他对公共事务或者其他事情的评论来"修正"我的想法。我在其他地方已经说过,他是英国托利党人——最后的一个英国托利党人,他无所不知,稍微有点看不起人——在和人打交道的时候又爱伤感。而且在我开始考虑写这些书以前很多年——甚至在战争④之前——我都习惯了问问我自己,不光是他会怎么评价某些公共或者私人事务,而且还有他在某些情况下会如何行动。我现在还这么做。我只需要对自己的头脑说一声,就像一个坐在成人膝头的孩子对他的长辈说"给我讲个童话故事吧",我只需要说"给我讲讲他在这里会怎么做吧",马上,他

---

① revenants,法文,意为"鬼魂、幽灵"。

② 这封信写成的时间是一九二七年十月十三日,而福特的朋友、小说家,H. G. 威尔斯的妻子简·威尔斯去世的讣告是一九二七年十月八日登载在《泰晤士报》上的,此处福特很有可能想到的是简·威尔斯。

③ 指的是福特在一九〇八至一九一〇年间担任主编的《英国评论》。

④ 指第一次世界大战。

就会出现在那里。

所以，你看，我没法告诉你提金斯的结局，因为只有在我不能再提笔在纸上写字的时候他才会有结局。对我来说非常奇怪，这个时候他正在阿维尼翁，对在那里找到的路易十六时代的家具质量相当失望。他坐在里谢酒馆①门口的椴树下，觉得他穿的哈里斯粗花呢太厚了。也许他正在抹去银发下发白的眉毛上的汗水。而我有种非常强烈的冲动想要给他写信，告诉他如果他想要找到最好的路易十三时代的东西——绝对难以置信的大衣橱和衣箱——而且几乎不用花钱，他就应该向西到利穆赞大区②，去……但是，什么都不能让我在这里把那个地名写出来……

所以，他会继续有起有落地跑下去，期间他会遇到不少麻烦但也有几件称心事，这个英国托利党人，他的头或许会少撞上几堵墙，或许会多撞上几堵墙，直到我自己从那些追求里脱身……也许他能跑得更久，如果你，作为教母，能成功地赋予这些书永久的生命……

不过，该结束了，可惜你再也不能写关于我的东西了，因为这样会——难道不是吗？——看起来会太像，你吹捧我一下，然后我吹捧你一下！

所以，所以不要再写关于提金斯的东西了，用你自己精妙而热

---

① 阿维尼翁的一个酒馆，是当时居住在那里的文人常去的地方。
② 法国二十六个大区之一，位于法国中部。

切的技巧去描写你对你周围生活的**预测**①吧。然后，你依然会发现我仍旧是

    你感激和恭顺的

F. M. F

纽约

一九二七年十月十三日

---

    ① 此处也是个双关语，原文的 projection 有"预测"的意思，也有"投影"或者"用某种方式再现"的意思。

卷 上

第一章

他躺在那里盯着茅屋顶上碎柳条编成的草箍。草无比青绿。他可以尽览四个郡[①]；屋顶由六根小橡木柱支撑，边缘简单地修整过；苹果树——欧洲野苹果——的枝条扫过屋顶。小屋没有墙。

意大利人有句谚语："树枝盖房顶，医生来不停。"说得真对！他本来想咧嘴笑的，但这样可能会被人看见。

对一个从来不外出的人来说，他的脸竟是诡异的胡桃色；他那陷进脱脂牛奶一样白的枕头里一动不动头，简直就是个吉卜赛人的头，黑色夹杂着银灰色的头发剪到短得不能再短，整张脸都仔细

---

① 可能指的是萨里、汉普郡、东萨塞克斯和西萨塞克斯，因为本书的场景很有可能是设定在一九二〇年福特自己居住的地方，即西萨塞克斯的贝德汉普。

地刮得干干净净。然而,他的眼睛却异乎寻常地活跃,好像整个人的生命力都浓缩到眼睛和眼睑上了。

在那条割倒了大把大把及膝高的草之后清理出来的从马厩通到小屋的小径上,一个高壮的老农民踱了过来。他那双过长而多毛的手臂摇来摇去,就好像他还需要一把斧子、一根圆木,或者一整袋粮食,才能使他看起来成为一个完整的人。他臀部肥大,穿着灯芯绒裤子,臀部绷得紧紧的;他打着黑色绑腿,穿着前襟敞开的蓝色马甲和法兰绒条纹衬衫,敞开的领口里热汗流淌,还戴着一顶又高又方的黑毡帽。

他说:"要给你挪一下吗?"

床上的人慢慢闭上了眼睛。

"要喝点苹果酒吗?"

另一个人同样闭上了他的眼睛。站着的人把一只大手像大猩猩那样撑在一根橡木柱子上。

"我喝过最好的苹果酒,"他说,"还是爵爷给我的。爵爷跟我说,'冈宁,'他说……就在狐狸钻进猎场看守员看守的雉鸡围场那天……"

他讲了起来,慢慢地讲完了一个很长的故事,目的是为了证明英格兰的贵族大地主是——或者应该是——更喜欢狐狸,而不是雉鸡。正儿八经的英格兰大地主。

"老爷不准杀那只狐狸,连吓它都不行,它肚子大得比……大肚子狐狸把半大雉鸡围场弄得一团糟……它得是吃了六只,还是七只,都长肥了。然后,老爷跟冈宁说……"

他是这么描述苹果酒的:"涩啊!这个苹果酒涩得发硬,比啬鬼的心肠、老处女的舌头都要硬。有口感。有劲。这是有来头的。十年陈的苹果酒。装在桶里十年了，放在老爷的房子下面，一滴都没喝过。一个星期要给屋里屋外的用人杀三头羊，还有三百只鸽子。鸽棚有一百英尺高，鸽子都在里面墙上的洞里做窝。给整面墙装上拉网①就能随手抓那些毛还没出齐的嫩鸽子了。世道已经变了，但是爵爷还是坚持这么做。他永远会的！"

床上的那个人——马克·提金斯——还沉浸在他的思绪里。

老冈宁顺着小径拖着步子朝马厩慢慢走去，他的手摇晃着。马厩是个草顶上盖了瓦片的棚子，不是北方人说的那种真正的马厩——在这里，老母马和鸡鸭一起躲在下面。南方佬就是什么都弄不干净。他们天生就不行，不过，冈宁可以绑出整齐的草屋顶，还知道该怎么修剪树篱。全活把式。真的是个全活把式，他会干很多活。他对猎狐、养雉鸡、木工、修树篱、挖排水沟、养猪，还有爱德华国王②猎鸟的习惯，全都烂熟于胸。一直不停地抽大雪茄！抽完一根，再点上一根，然后把烟屁股扔掉……

猎狐，危险程度只有战争的百分之二十，属于国王的消遣活动！③他，马克·提金斯，从没有喜欢过猎狐。现在，他再也不会参加任何猎狐了。他也从没喜欢过猎雉鸡。他再也不要去猎什么雉鸡

---

① 一种特别设计的捕鸟网，拉一根绳子整个网都会合上。

② 指维多利亚女王的儿子爱德华七世，一九〇一至一九一〇年在位。

③ 出自 R. S. 瑟蒂斯的小说《哈德利渡口》，原文为"这是国王的消遣，全然是战争的形象却又没有战争的罪孽，还只有它危险的百分之二十五。"

了。不是不能，是从现在起不想了……他觉得有点烦躁，因为在学着像伊阿古那样下定决心之前，他没有花时间弄清楚伊阿古到底说了什么……"**从现在开始他一个字都不会说了**"[①]……大概就是这样的话，但是你不能把这个写成一行无韵诗。[②]

也许在伊阿古像他，马克·提金斯，那样下定决心的时候说的不是无韵诗……**抓住那只割了包皮的狗的脖子然后杀了他**[③]……干得好啊，莎士比亚！莎士比亚也算是个全活把式。他可能很像冈宁，知道伊丽莎白女王猎狐时的习惯，也非常有可能知道怎么剪树篱、铺草房顶、宰鹿、宰野兔，或者杀猪，也知道怎么传达法庭的命令，写糟糕的法文。他当时住在一户法国人家里，在十字架修士，要不就是米诺利斯[④]的某个地方。

鸭群在山上的池塘里吵得不得了。阳光下，老冈宁在马厩围墙和覆盆子丛之间重重地走着，朝山上去了。花园都在山上。马克从草地上看过去，看着树篱。等他们把他的床转过来的时候，他就朝

[①] 出自莎士比亚的名剧《奥赛罗》，伊阿古是奥赛罗手下阴险的旗官，他的挑拨离间让奥赛罗因为嫉妒而杀了自己的妻子。此处的原文可译作"再也不要问我什么了，你知道的，你就是知道了，/从现在开始我一个字也不会说了。"

[②] 无韵诗是英国诗歌的一种体裁，每行十个音节按照轻重的次序组成五个音步，行尾不讲求押韵。弥尔顿的《失乐园》和莎士比亚的很多戏剧都是用这种体裁写成的。

[③] 同出自《奥赛罗》，这是奥赛罗自杀前最后一句独白："我抓住那只割了包皮的狗的脖子/就这样杀了他。"

[④] 十字架修士和米诺利斯都是伦敦地名，在伦敦塔附近。根据记载，一六〇三至一六〇五年，莎士比亚住在法国一胡格诺教徒家里。

下看那幢房子。房子很粗糙,灰色石头建的!

半转过来的时候,他看着那四个著名的郡;再半转过来,朝另一边,他可以看到大路旁高高的野草成垄地延伸到树篱那里。现在,他可以顺着牧草堆一直朝山上看去,视线掠过覆盆子丛,一直看到冈宁要去修剪的树篱那里……他们都为他考虑得很周到,所有人都如此。总是想着给他找点他可能感兴趣的东西。他不需要。他有足够的兴趣。

在上面的小径上,在树篱的外头,长满草的缓坡上,艾略特家的孩子们走过去了——一个十岁的瘦削的女孩,留着长长的小麦色头发;一个五岁的胖男孩,穿着件水手服——脏得都没法说了。那个女孩的腿和脚踝又长又瘦,头发也是软软的。因为战争,小时候挨饿了……好吧,那可不是他的错。他给了这个国家所需要的运输能力。国民应该能找到食物的。但他们没找到,孩子们的腿就长得又长又细,腕骨在烟杆似的胳膊上鼓突着。那一代人都是!……不是他的错。这个国家的交通该怎么管理他就是怎么管理的。他自己的部门,他自己亲手组建的部门,从低级临时文员到高级终身公务员都是他选定的,从他三十年前踏进门那天一直到他下定决心再也不说一个字那天。

现在他连一根手指都动不了啦!他必须要留在这个世界上,在这个国家。让他们来照顾他,因为他之前照顾过他们了……从日食到普尔莫特,①他清楚每一匹赛马的父系和母系血统。对他来说,这已

---

① 日食是当时一匹著名的赛马的名字,但是普尔莫特并没有记录。

经足够了。他们给他读关于赛马的所有东西。他的兴趣够多了！

池塘里的鸭群继续大声吵吵着，乱糟糟地用翅膀把水搅起来，跑到山上，还不停嘎嘎叫着。要是它们是群母鸡的话，这么吵闹可能就是出了什么事了——有可能是有只狗在追它们。但鸭子没事，因为它们没事就发疯，像会传染一样。就像一些国家，或者一个郡里所有的牛一样。

冈宁缓慢而吃力地从覆盆子藤旁走过，摘了一两个花骨朵，然后用拇指和其他手指把那些惨白的玩意捻碎，看看有没有生蛆的迹象。覆盆子长着淡绿色的叶子，这是棵被更健壮的蔷薇科植物包围的脆弱的植物。那就不是因为战争挨饿了，而是因为竞争。它们的军需处足够有效，但是按说它们不是很耗肥料的植物才对。冈宁开始修剪树篱了，用他的弯刀干脆地、一上一下地修剪着。山楂树篱里还是剩了过多的黑莓树，再过一个星期这个树篱就又没法看了。

这也是他们考虑周到的地方之一！尽管他们想让树篱长得高高的，这样路过的人就看不到果园里面了……但他们还是把树篱修得很低，这样他就可以看着路上经过的人找点乐子。好吧，他看到了经过的人。比他们想象得还多……西尔维娅到底是想搞什么鬼？还有那头老蠢驴爱德华·坎皮恩？……好吧，他是不会干涉的。不过，毫无疑问，是有什么事情要发生了！……玛丽·莱奥尼——原来叫夏洛特！——不认识这两个人，但毫无疑问，她肯定见过这两个人朝树篱里面偷看！

他们——这又是他们考虑周到的地方了——在他小屋左边角落的柱子上搭了一个架子。这样他可以看看鸟开开心！有只篱雀，一点声音都没有，像贵格会①教徒那样灰扑扑的，幽灵似的正立在那个架子上。你再也不会见到比它更瘦小、更缺乏活力的生物了。它轻快地飞起，把自己深深地藏到了树篱里。他一直觉得它是种美国的鸟：一种不会叫的夜莺，瘦小，长条状，喙细细的，身上几乎没有什么纹路，一只基本上见不到太阳、只会生活在树篱深处的阴影里的鸟就该是这样。他觉得它是美国的，因为它胸口应该有个红字。他对美国的了解只限于他曾经读过的一本书——一个像篱雀一样的女人，在阴影里胆怯地走着，还和一个牧师惹出了麻烦。②

这只无精打采、瘦小的鸟，明显是个清教徒。它把细细的喙插进了冈宁特意放在架子上留给蓝山雀的烤肉油里。那些吵吵嚷嚷的蓝山雀、蓝头山雀、大山雀，整个山雀一家，都喜欢烤肉油。篱雀明显不喜欢；在这个有点暖的六月天里，烤肉油已经化了；这只篱雀的喙上都是油，上下嘴壳动了动，但是没有再吃烤肉油。它看着马克·提金斯的眼睛。因为这双眼睛一动也不动地盯着它，它发出了一声长长的警告，然后迅速地飞走了，一点儿声响都没有，飞到了看不见的地方。如果你经过而不盯着它们看的话，所有那些树篱里

---

① 基督教新教的一支，因为贵格会的人通常穿淡色的衣服，这个词也被用来形容不显眼的颜色。

② 指的是美国作家霍桑的小说《红字》。女主角海斯特嫁给了年长的医生齐灵沃斯，然后移民到了波士顿，医生两年之后才到，却发现她已经和人通奸生下了一个女儿。按照清教徒法律，通奸者要在胸前绣上象征通奸的红色字母A。在书中的十六至十九章，海斯特带着女儿离开了城市独自到树林中生活，福特此处可能指的是这几章的内容。

的生物都不会在意你。一旦你站住不动盯着它们看,它们就会对整个树篱中的其他同伴发出警告,然后迅速轻巧地逃开。不用说,这只篱雀的幼鸟就在能听见它叫声的地方。或者,那声警告只是出于合作义务,才告诉其他的生物。

玛丽·莱奥尼——娘家姓里奥托尔——走上台阶,然后沿着小径走过来。他可以通过她呼吸的声音知道她的行为。她站在他旁边,穿着件长长的印花棉围裙,一点身形都看不出来,她重重地喘气,手里拿着一碟汤,说:"我可怜的男人!我可怜的男人!他们对你做了什么!"①

她开始用喘不上气的速度说起法语来。她是那种高个子、金发的诺曼底人,四十五岁上下,她金得不能再金的头发非常浓密,引人注目。到现在她已经和马克·提金斯一起生活了二十年了,但是她一直拒绝说哪怕一个英文词,对她选择定居的这个国家的语言和人怀有不可改变的轻蔑。

她继续说个不停。她把小托盘和里面那盘红黄色的汤放在一个用螺丝固定在床下可以旋转的木板上;汤里有一支闪亮的体温计,她时不时地拿起来看看,盘子旁边还放着一支有刻度的玻璃注射器。她说他们②——他们——联手让她的蔬菜汤变得难以下咽。他们不

---

① Mon Pauvre homme! Mon Pauvre homme! Ce qu'ils ont fait de toi! 法文。
② Ils,法文。

给她巴黎芜菁①,而是给她圆圆的那种,像圆扣子一样②;他们还故意让胡萝卜的根部腐烂③;韭葱老得就跟木头一样。他们打定主意不让他喝蔬菜汤,因为他们想要他喝肉汁。他们就是帮食人族。什么都不吃,就是肉,肉,肉!特别是那个女孩!……

以前在格雷律师学院路的时候,她一直都是从老坎普顿街雅各布家的店买巴黎芜菁。没道理不能在这里的土壤里种巴黎芜菁。巴黎芜菁形状像个桶,胖胖的,圆圆的,圆得像一只可爱的小猪似的,一下子缩到它滑稽的小尾巴。那才是能让你开心的芜菁,让你改变想法、值得你花心思的芜菁。他们——他和她——不能让自己的想法被一个芜菁改变。

每说几句话,她就会时不时地感叹,"我可怜的男人!他们对你做了什么!"

她的唠叨对马克并无多大影响,就像一阵水浪涌过滤栅,时不时地,只有那么一两个词会使他注意到。这没什么让人不舒服的。他喜欢他的女人。她养了只猫,每到星期五还不准它吃肉。他们住在格雷律师学院路一间装饰有数不清的里奥托尔家族各个分支的小雕像和剪影的房间里的时候还好些。里奥托尔妈妈④和里奥托尔外婆⑤都是给小雕像上色的工匠,玛丽就有好几个白得惊人的小雕像,都是著

---

① navets de Paris,法文。
② 老式扣子,形似半球。
③ pourris,法文。
④ mère,法文。
⑤ grand' mère,法文。

名的雕塑家卡齐米尔-巴尔①先生的作品。他一辈子都是她们家的好朋友，因为有人暗中捣鬼他才没有被授勋。所以他非常看不起勋章和那些得了勋章的人。玛丽·莱奥尼习惯了偶尔大段大段复述卡齐米尔-巴尔先生对授勋的诸多看法。自从他，马克，被君主授予荣耀之后，她就很少重复那些话了。她承认今天民主的价值跟她父母那代人时候的不一样了，民主党人不再那么令人敬佩了，所以可能更好的是把自己挤②进去——在那些被国家表彰过的人中间为自己找到一席之地。

她说话的声响来自胸腔深处，听上去也不会让人不舒服，一直不停地继续着。马克用一种逗弄孩子般的宠溺对待她，但当他还能说了算的时候，回家见到她真的会让他觉得放松，他每周一和周四都会去，在没有赛马的周三也常去。从一个充斥着无能白痴的世界回到家听这个聪明的人评论那个世界让他觉得放松。她评说道德、骄傲、衰败、人的职业、猫的习惯、鱼、教会、外交官、军人、放荡的女人、圣厄斯塔修斯③、格雷维总统④、食品质量检查员、海关官员、药剂师、里昂的丝织工、开旅店的人、绞刑刽子手、做巧克力的人、卡齐米尔-巴尔先生以外的雕塑家、已婚女人的情人、女

---

① 卡齐米尔-巴尔（Casimir-Bar），事实上并没有这一位雕塑家。在十九世纪的法国，卡齐米尔-巴尔是一种仿古典雕像的总称。

② caser，法文，意为"插入，挤入"。

③ 天主教圣徒，猎人和身处困境的人的守护圣徒。

④ 弗朗索瓦·保罗·儒勒·格雷维（1813—1891），法兰西第三共和国的总统，一八七九至一八八七年在任。

仆……事实上，她的头脑就像一个橱柜，塞满、挤满了最没有关联的材料、工具、容器，还有破烂儿。当门一打开的时候，你根本不知道从里面滚出来的会是什么，或者跟着滚出来的又是什么。对马克来说，这就像去外国旅行一样放松——只是他从来没有去过国外，除了那次他父亲——在他继承格罗比之前——为了他孩子们的教育带他们去第戎住的那段时间之外。他就是那个时候学会法语的。

她说的话还带有另外一种一直让他觉得好玩的特征：她结尾的话题总是和她开头的话题一样。因此，因为今天她选了巴黎芫菁开头，那她就一定要用巴黎芫菁结尾，观察她每次是怎么把这个话题拉回来的也让他觉得好玩。她有可能正在给一大段关于铁甲舰的评论收尾，突然必须要跳回奶黄酱上，因为门铃响了，而她的女仆又出去了，但是她在应门之前一定会完成话题转换。除此之外，她是个节省、精明、令人惊讶的爱干净和健康的人。

同时，她在给他喂汤，每隔半分钟她就把玻璃注射器插进他嘴里，她看着手表计时，她现在说的是家具……他们不让她给客厅那堆兔子笼刷上她从巴黎弄来的清漆；在她真的给一张尤其令人没面子的椅子刷了清漆之后，她的小叔子表现出来的——表现出来的不安真的让她感到可乐。有可能现在时髦的就是破破烂烂的家具，要不就是形状难看的。至于**他们**不让她在客厅里摆上她去世的母亲那张刚刷过金漆的扶手椅，或是过世的卡齐米尔－巴尔先生雕刻的尼俄伯[①]和她的几个孩子的群雕，还有那座用青铜制成的完全仿造巴黎卢森堡公园美第奇喷泉的壁炉台钟——那就是品位问题了。她[②]自然会感到生气，因为她，玛丽·莱奥尼，会拥有这些公认的受尊敬的物件。还有什么是比一张刚刚刷过金漆的、一直保持着——她可以向全世界保证——如此令人炫目的光泽的第二帝国的扶手椅[③]更让人无可挑剔的？瓦伦汀自然会生气，当你想到她做园艺时穿的那条裙子是……好吧，简短地说，就是那个样子的！可是，她居然让牧师看见自己穿那条裙子。但是为什么他[④]，我们要承认他是一个高贵的、讲理的、据说还知道这个世界上所有的东西，来世的可能也知道的人——他为什么要参与到贬低伟大天才卡齐米尔－巴尔的作品这个愚蠢至极的阴谋里？她，玛丽·莱奥尼，可以理解，他——在他困难的处境里——不愿意在客厅里摆上会令瓦伦汀恼怒的作品，因为她的财物里没有像这样被全世界公认的经典级的艺术品，更别说那串珍珠项链，那可是她，玛丽·莱奥尼——出嫁前姓里奥托尔——因为马克的慷慨和她自己的节约才有的。还有其他又值钱又有品位的东西，那是合理的。如果你不能好好地宠溺自己的女人……我们就叫宠溺吧……因为她，玛丽·莱奥尼，才不会去批

---

① 尼俄伯，希腊神话中的人物，忒拜王安菲翁的妻子。她有七儿七女，因为她向勒托炫耀自己的生育能力，勒托的两个孩子阿波罗和阿尔忒弥斯就杀死了尼俄伯所有的孩子。

② Elle，法文，意为"她"，此处指瓦伦汀。

③ fauteuil，法文。

④ Il，法语，意为"他"，此处指克里斯托弗。

评那些处在困难境地里的人……她这么做可不合适。不管怎样，这么多年以来，她都是诚实、节约、生活有规律的，而且爱干净……她问过马克有没有在**她的**客厅见过泥浆的印迹，就像在下雨天里她肯定会在某个人的客厅里见到的那种……对楼梯下的一个橱柜里的状况，或者厨房里某一个碗柜后面可以看到的情况，她都可以说出个一二。但是连管用人的经验都没有的话，你还有什么经验？……不管怎么说，如果这么多年都把心思花在她刚才简要勾画的高水平家政管理上，人就自然有权利——当然——委婉地评论某位年轻人的家务①，即使她微妙的处境可能会使她的尖刻评论回避其他某些事。然而，在她，玛丽·莱奥尼看来，在一位牧师面前穿着一条沾了至少三块汽油污迹②的裙子，戴着泥巴结成硬壳的手套，泥壳厚得像把松露放进火炭里烤之前裹上的面糊一样——手里还拿着——别的什么都不拿——偏偏拿着一把普通的园艺泥铲……还和他笑着开玩笑！……这种场合要的难道不应该是——就让他们这么说吧——更为低调的举止吗？她才不是要赞同那些教士号称自己拥有的过分特权。已经过世的卡齐米尔-巴尔先生总是会说，要是我们给了那些所谓的③精神导师想拿走的一切，我们就会躺在一张没有床单、没有羽绒被④、没有枕头、没有长靠枕，也没有靠背的床上。而她，

---

① ménage，法文。
② tâches，法文。
③ soi-disant，法文。
④ eidredons，法文。

玛丽·莱奥尼，倾向于认同卡齐米尔-巴尔先生的话，尽管身为一八四八年街垒上的英雄之一，他的原则总是略微有点极端。不管怎样，在英国教区牧师也属于国家公职人员，接待这样的人应该是谦虚又收敛的。然而她，玛丽·莱奥尼——出阁前姓里奥托尔——她妈妈的娘家姓拉维涅-布尔德罗，因而她可能流淌有一丝胡格诺教徒①的血。照此说来，她，玛丽·莱奥尼，是知道如何妥善接待新教牧师的——那么她，玛丽·莱奥尼，从楼梯旁边的小窗户里，非常清楚地看到瓦沦汀把一只手放在牧师的肩膀上，然后指向——你要知道，是用泥铲指的——打开的前门，然后说——她听得非常清楚："可怜人，要是饿了，你可以去饭厅找提金斯先生。他在那吃三明治。真是让人觉得饿的天气！"……那是六个月前的事了，但是一想到那些话和那个姿势，玛丽·莱奥尼的耳朵还是会发麻。泥铲！用**泥铲**指着，想想看②！要是泥铲都可以的话，为什么不拿着铁棍③，拿着畚箕？或者更居家的什么容器！……然后，玛丽·莱奥尼咯咯地笑了。

她姓布尔德罗的外婆记得，有个走街串巷卖陶器的贩子有次把他那堆容器里的一个——一个夜壶④——当然是没用过的，装满了牛奶，然后连壶带奶免费送给任何敢喝掉牛奶的过路人。一个叫拉

---

① 法国新教徒，十六、十七世纪时对改信新教的人的蔑称，十七世纪后因为法国政府的宗教迫害，大量胡格诺教徒移民英国和美洲。
② pensez y，法文。
③ main de fer，法文。
④ vase de nuit，法文。

博德的年轻姑娘当场接受了他的挑战，就在努瓦西－勒布珲①的市场上。结果她没了未婚夫，因为他觉得她的行为太过分了。可是，那个陶器贩子是个爱搞恶作剧的！

玛丽从围裙的口袋里掏出几张折好的报纸，然后从床下掏出一个双画框——两个用合页连起来的画框，这样它们可以合在一起。她把一张报纸插在两个画框之间，然后把它们挂在一段从草屋顶下面的大梁上垂下来的挂画框用的钢丝上。还有另外两段钢丝，分别从左边和右边的柱子上牵过来。它们把画框一动不动地固定在那里，微微朝马克的脸倾斜着。她高举双手的样子看着真贴心。她把他的身体扶起来，用了很大的劲却又无比体贴，用枕头垫着点，然后看了看他的眼睛是不是能看到印刷的纸张上。她说："你能看清楚吗，像这样？"

他的双眼看到了他要读的是关于纽伯里夏季赛马会和纽卡斯尔比赛的内容。②他眨了两次眼睛，意思是能！眼泪涌到了她的眼眶里。她小声说："我可怜的男人！我可怜的男人！③他们对你做了什么！"她从围裙的另一个口袋里掏出一瓶古龙水和一团棉花。她把这团棉花蘸湿了，更加体贴地擦着他的脸，然后是他瘦削的赤褐色的手，她把他的手从被子下面拉了出来。她的表情就像八月里给教

---

① Noisy-Lebrun，未查到法国有此地名，可能是作者杜撰的。

② 纽伯里是英国东南部伯克郡的一座城市，该地的赛马场现在依然闻名。纽卡斯尔是英国北部的一座城市。

③ Mon Pauvre homme! Mon pauvre homme! 法文。

堂门口最受欢迎的圣母像换白缎衣服和洗脸的法国女人那样。

然后她后退了几步，隔了点距离打量起他来。他看到国王的小母马赢下了伯克郡的幼马奖盘，一位朋友的马在纽卡斯尔赢了锡顿德勒沃尔让步赛①。这两个结果都是预料中的。他今年本来想去纽卡斯尔，而不是纽伯里的。他去年赛马的时候在纽伯里赌马赚了不少，所以那个时候他觉得他应该去纽卡斯尔试试看，而且，趁着在那边，去看一眼格罗比，看看西尔维娅那个婊子把格罗比都怎么样了。好吧，这是不可能的了。估计他们会把他埋在格罗比。

她用一种浓浓的排练过的腔调说："我的男人！"——感觉她说得更像是"我的神！我们在这里过的是什么生活啊？还有比这更奇怪、更不合理的吗？我们坐下来喝杯茶，茶杯随时都可能会被从我们嘴边抢走；我们斜靠在长沙发上——这个沙发也会随时没了。我不想评论你白天黑夜都在这里躺在露天里这件事，因为我知道，躺在这里是你想要的，也是你同意的，而我从来不会对你想要的和你同意的事情表现出任何厌烦。但是你能不能改变一下，让我们住在一幢像样点的房子里，一幢更适合这个时代的人类居住的房子，一幢不太像私人财物陈列室的房子？你肯定可以改变的。你在这里是全能的。我不知道你现在的经济状况是什么样。你从来都不告诉我。你让我过得很舒服。我想要的东西从来没有你不能给予的。当然，我想要的东西向来都是很合理的，这一点不假。所以，我什么都不

---

① 让步赛是赛马比赛的一种，裁判根据赛马的名声和估算的能力来决定每匹马应该负载的重量，从而尽可能保证所有的马获胜的概率一致。

知道，虽然我有次在报纸上读到你是个非常有钱的人，那不太可能都没有了吧，因为几乎没有比你还节俭的人了，而且你赌马的时候总是非常走运，赌的数额也不大。所以，我什么都不知道，但是我绝对不会去问其他人，因为那就暗示了我对你有所怀疑。我也不怀疑你已经为我未来舒适的生活做好了安排，我也对这些安排被继续执行下去没有任何的不确定。我担心的不是什么物质上的东西。但是这一切看起来就跟疯了一样。我们为什么在这里？这一切都是什么意思？你为什么要住在这么奇怪的房子里？可能是因为流通的空气是治好你的病所必需的。我不相信你原来在自己的住处也是待在一直流动的空气里的，虽然我从来没有见过你的住处。但是在你去我那里的那些日子里，你有一切最舒服的东西，而且你好像对我的安排相当满意。而且你弟弟和他女人在生活的其他所有方面看起来都是疯疯癫癫的，他们有可能在这个方面也是疯的。那你为什么不终止这一切呢？你有权力的，你在这里是全能的。你弟弟会从这个滑稽的地方的一个角落跳到另一个角落里，就为了抢先一步满足你最微小的愿望。瓦伦汀也是！"

她伸出双手，看起来就像一个正在祈求神灵做证的希腊女子，她是那样的高大白皙，她的头发也是那样夺目的金色。事实上，在她看来，在他的神秘和沉默中，他的神情就像一位既能掷出无比恐怖的标枪又能赐予无法想象的恩惠的神祇。虽然他们生活的境况已经完全不同了，但这一点并没有改变，所以即使他不能行动，这件事也增强了他的神秘感。在他过去每周固定来看她的两天里，她晚上七点准时开门，看到他戴着圆顶硬礼帽，拎着仔细卷好的雨伞，看赛马用的望远镜斜斜地挂在身上,从这个时候一直到第二天早上十点半,她刷好他的礼帽,把帽子和雨伞递给他的时候,他几乎一个词都不会说——他说的话是如此之少——给人的感觉就是一种绝对的沉默寡言。与此同时,她会不停地说话让他开心,或者评论街区的新闻——住在伦敦这个地区的法国移民的新闻,要不就是法国报纸上的新闻。他会一直坐在一张硬椅子上,稍稍前倾,同时在他的嘴角有一点点皱纹暗示着一种无尽宠溺的微笑。他偶尔会建议她应该在哪匹马身上压半个金镑[①];他偶尔会大方地送她一份礼物,雕刻着繁复花纹、镶着大颗绿宝石的金手镯、奢华的皮草、昂贵的旅行箱之类的东西,让她去巴黎或者秋天去海边的时候用。有次他给她买了一整套紫色摩洛哥山羊皮封面的维克多·雨果全集,还有一套绿色小牛皮封面的古斯塔夫·多雷[②]画过插画的作品全集;还有次买了一只在法国训练出来的一匹赛马的蹄子,用银子镶成墨水瓶的样子。在她四十一岁生日的时候——虽然她不知道他是怎么确定那是她的四十一岁生日的——他送了她一串珍珠项链,带她去了布莱顿[③]一个退役拳击手开的饭店里。他让她吃饭的时候戴上那串项链,但是要小心,因为那串项链花了他五百英镑。而且,当她说她把自

---

① 英国的旧式金币,面值一英镑。

② 古斯塔夫·多雷(1832—1883),法国著名版画家和插画作家,他给很多文学名著都画过插图,包括《圣经》《堂吉诃德》《拉封丹寓言》等等。

③ 英国东南部的海滨城市,是一个度假胜地。

己的积蓄都投在法国终身年金①的时候，他告诉她他可以帮她投到更好的地方，并且在那之后，他还时不时地告诉她一些奇怪但回报丰厚的小额投资的机会。

就这样，因为他的馈赠使她满心感到他们的富裕和重要所带来的快乐，他就逐渐在她面前变成了神，他可以保佑你——同样也可以惩罚你——这一切都难以捉摸。在他把她从埃奇韦尔路②的老阿波罗剧院门口带走后的很多年里，她都对他有所怀疑。因为他是个男人，而男人本性里就只会用背叛、淫欲和刻薄来对待女人。现在她觉得自己是一位神祇的伴侣，安安全全，免受命运邪恶算计的影响——就好像她坐在朱庇特的一只雄鹰的肩头上，就在他的王座旁边。我们都知道神灵有时会选一个人来陪伴他们；当他们这么做的时候，被选中的人真的是非常幸运。她觉得她自己就是他们中的一个。

即便是中风了，他也没有让她觉得他失去了无处不在、不可捉摸的能力，她也没法让自己不再坚信：如果他想，他就可以说话、走路、完成海格力斯③那样的大力士才能完成的壮举。她没办法不这么想，他眼神的力量并没有消减，那仍是一个骄傲、有活力、警惕而威风的男人的黑暗眼神。就连中风本身和它发作的神秘都只是使她潜意识里的信念更加坚定。中风发作的时候是如此的平静，虽

---

① rentes viagères，法文，意为"终身年金"，指被保险人还活着就可以一直领取的年金。

② 伦敦城区北部的一条街道，后文的老阿波罗剧院可能是这条路上的大都会剧场。

③ 希腊神话中最伟大的半神英雄，以力大、勇猛著称。

然那几位被叫来诊断的自以为是的——但在她看来,近乎愚蠢至极——英国内科医生一致认定,他躺在床上的时候肯定经历了什么激动的事情,但是这也没有改变她的任何想法。事实上,就算她自己的医生,德鲁昂-鲁奥医生,也非常确定、非常专业地证明这是一例非常典型的突发性偏瘫,虽然她的理智接受了他的结论,她潜意识的本能没有任何变化。德鲁昂-鲁奥医生是个有理智的人,他能指出卡齐米尔-巴尔先生的雕塑在解剖结构上的准确,也同意只有对手的阴谋才能阻止卡齐米尔-巴尔先生成为国家美术学院的院长。那么他就是个有理智的人,而且他在街区的法国商人中有很高的名望。她自己从来不需要医生的关照。但是如果你需要找医生的话,你很自然是去找一个法国人,然后他说什么,你就做什么。

尽管口头上说相信其他人,但事实上,对她自己来说,她没有办法在自己的内心深处①说服自己。实际上,即便是她表面上表现出来的信服也是好几次争吵之后才有的。她不光是向德鲁昂-鲁奥医生指出,她甚至觉得她有义务向那些除了这个原因她不会与之说话的英国医生指出,躺在她床上的是一个北方人,从约克郡来的,那里的人脾气倔强得让人难以想象。她要求他们考虑一下,在约克郡那里,兄弟姐妹,或者别的什么亲戚,可以在同一栋房子里住上好几十年,但是彼此从来不说一句话。她还指出,她知道马克·提金斯是个决心异常坚定的人。这是她从他们大半辈子的亲密生活中学到的。比如说,她从来没办法让他多吃或者少吃哪怕一盎司的东

---

① for intérieur,法文。

西，或者摇摇胡椒罐子来调味——在她给他做饭的这二十年里，一次都没有。她恳求这些绅士考虑，可能是因为休战的条件是如此不堪，以至于像马克这样一个意志坚定、脾气古怪的人决定抽身离开，永远断开和人类的所有联系，而如果他真的是如此决定的话，没有任何东西可以动摇他的决心。他说最后一个字的时候他部里的一个同事正在给她打电话，告诉她停战的条件具体是什么，好让她转告马克。听到这个消息，她只能扭过头去告诉他，他在床上说了什么话——那时他刚从双肺肺炎里恢复过来——那句话到底是什么她没法准确地重复。她基本确定它的大意是——用英文说的——他再也不会话了。但是她意识到自己的好恶足以让她听错。她觉得她自己——在听到协约国不准备追杀德国人到他们国境的时候——她自己也觉得，她想对电话那头的高级公务员说，她再也不想同他以及他的民族说一个字。这是她脑子里冒出的第一个念头，不用说，这也是马克心里的第一个念头。

她就这样恳求着医生。他们几乎没有听她说话，她也意识到这很有可能是因为她作为没有任何法律保障的长期伴侣的尴尬地位。在他们眼里，她陪伴的男人已经不能再继续保护她了。她一点都不恨这个，这就是英国男人的本性。那个法国人自然是恭顺地听着，甚至微微弯了弯腰。但是他带着一种充耳不闻的顽固说，夫人必须要考虑到，刚才对中风的情境的描述只能让人更加确定这就是一个中风案例。而且对她来说，身为一个法国女人，这种说法看起来一定是不可信的。因为法国就是在胜利关头被自己的盟友出卖了，这就是犯罪，这样的消息简直让人更情愿面对世界末日。

第二章

她继续站在他身旁滔滔不绝地对他说着话,直到该把框起来的报纸翻过来让他能看到报纸另一面的时候。他先读的是各路马评人的评论。这些他看得很快,就好像那是开胃菜①一样。她知道他蔑视所有马评人的意见,但和其他马评人相比,对在这份报纸上发言的两位没有那么蔑视。但是真正的阅读是在她把画框转过来之后才开始的。这面密密麻麻的,一格一格的全是赛马的名字,它们的骑师是谁,都参加过什么赛马比赛,它们的年龄、血统,还有以前取得的成绩。这些内容他会非常仔细地看,大概会花上他将近一个小时的时间。他看报纸的时候,她很想留下和他一起,因为细致地研

---

① hors d'œuvre,法文。

究和赛马有关的事情一直都是他们唯一的共同话题。她靠在他扶手椅的背后，和他一起读着关于赛马场的新闻，如此度过了许多几乎能算得上是温情的时光了。而且她对赛马表现的预测通常会得到他的赞扬，即使这是他唯一会表扬她的时候，这些赞扬也让她全身充满了暖暖的快乐和迷茫，如果他能用同样的话赞颂她的美貌，她应该也会有这样的感觉。其实她不需要他来赞美她的容貌，他在她身边的时候全身心的满意就让她满足了——但是她多喜欢——现在也非常想念——那些长长的一起安静交流的时光。其实，她刚对他说，煤桶①就像她前几天预料的那样赢了比赛，因为和它同组的其他小母马根本就不是它的对手，但是她没有等到过去会听到的那种做出回应的、有点看不起的表示同意的哼声。

一架飞机嗡嗡地飞过头顶，她走出去抬头看着那个闪亮的玩具被阳光照耀着慢慢划过透明的天空。看到他刚刚眨了两下眼皮，意思是他同意给报纸翻一面了，她又走进来，把他右边那根柱子上的钢丝取了下来，绕着床走过去，把钢丝拴在了他左边的柱子上，然后又按相反的方向把原来拴在左边的那根钢丝移到了右边。这样相框就完全转了过来，露出报纸的另一面。

这是一个每天都让她烦躁的玩意，和往常一样，她又说出了自己的看法。这是他们的疯狂的又一个例子——她的小叔子和他的女人。为什么他们不能买一架精巧的机器？比如那种亮晶晶、黄铜臂

---

① 即上一章的"国王的小母马"。这是一匹真实存在的赛马。一九二七年，英王乔治五世饲养的赛马"煤桶"获得了伯克郡的幼马奖盘。

支撑的、漆刷得好看的红木读书架,你可以把它夹在床架子上,然后调整到任何角度都可以。是啊,为什么他们不能买一个那种她在商品目录上看到过的给肺结核病人用的小屋?那种小屋可以漆成一道道好看的绿色和朱红色,看着就让人高兴,它们还可以围着一个支柱转动,这样就能迎向阳光,或者躲开风吹来的阵阵气流?有什么能解释这个既疯狂又难看的建筑?一个仅由柱子支撑的草屋顶,连墙都没有!他们是想要他被穿堂风从床上吹下来吗?还是他们只是想要惹她生气?还是他们的经济状况已经糟糕到连现代文明的便捷都负担不起了?

她觉得多半就是因为这个原因。但是这怎么可能,尤其是她的小叔子①先生对伟大雕塑家卡齐米尔-巴尔的小塑像的态度着实奇怪?她主动提出要给家里的开销做点贡献,即使牺牲她最珍爱的东西也无所谓,结果他的举止非常奇怪。趁着他们因为温厄姆小修道院的大甩卖不在家的时候,她命令友善但粗鲁的冈宁和那个半傻的木匠,把令人赞叹的《尼俄伯》群雕,还有公认无可比拟的《忒提斯向尼普顿通报一个女婿的死亡》,更别说还有她刚刚重新刷过金漆的第二帝国的扶手椅,从她的房间搬到客厅去。在那个昏暗寂寥的地方,它们各自的白色和金色是多么的闪亮夺目啊!尼俄伯的神态是多么富含激情,忒提斯的动作是多么充满活力,同时又多么满怀悲伤!她也抓住机会用一种从艺术之城②进口的特别配制的清漆来

---

① beau-frère,法文。
② 指巴黎。

刷客厅里唯一一张没有粗糙到连清漆都不能刷的椅子,尽管这张椅子也是来自巴黎。也是件笨重的东西——法国路易十三时代的东西,尽管老天才知道那个时候这边是什么年代。不用说,是弑君者克伦威尔的时代①!

而后,这位先生就在他一走进这个变得更好看的地方的瞬间,毫不迟疑地发了通脾气,这也是她唯一一次见到他流露真感情。因为平时这位先生表现出来的样子如果不是和马克一样绝对的沉默寡言的话,至少是同他一样内敛的。她问马克,那个时刻是不是就是——如果你追究到底的话——他在展示他对他的姑娘的感情?还能是别的什么吗?克里斯托弗——他们的亲戚先生,据说是位有无尽知识的人。他无所不知。他不可能注意不到卡齐米尔-巴尔作品无与伦比的价值,如果不是因为被对头罗丹先生和他同伙暗算,这位雕塑家一定会攀上法国荣誉的顶峰。但是这位先生不光带着生气的嘶嘶和喷喷声命令冈宁和木匠马上把小塑像和扶手椅从她正在展出它们的客厅里搬走——老天才知道她有多么不情愿——想到它们可以吸引贸然前来的顾客的注意——因为的确有顾客在他们外出时未经预约就贸然前来……不光如此,也许是为了平息瓦伦汀那姑娘情有可原的嫉妒之情,这位先生还对卡齐米尔-巴尔作品本身的经济价值表达了不乐观的怀疑。谁都知道,现在美国人正从法国不幸的土地上搜刮她最精美的艺术宝藏;他们愿意出的大价钱;他们表现

---

① 路易十三是在一六四三年去世的,这是英国内战爆发的第二年,这个时候克伦威尔还只是议会军中的一名将领,查理一世被处死也是六年以后的事情。

出狂热。结果,那个人居然想让她相信,她的小塑像每个最多值几先令。这太让人费解了。他已经缺钱缺到把他们的房子变成一个粗木烂铜的破烂仓库了。他想办法把这些凄惨的东西在大老远跑来,从他这里买这些破烂的疯美国人手里卖到了高得离谱的价格。结果,当有人给他品相完美、无比美丽的作品的时候,他居然鄙夷地拒绝了。

对她自己而言,她是尊重激情的——虽然她能想出比瓦伦汀更能够激发那种感觉的爱慕对象,方便起见,她就叫她弟妹①吧。她至少是心胸开阔的,更重要的是她明白人心里到底是怎么想的。一个男人为了自己爱慕的对象而毁了自己的人生,这是值得赞许的。但至少她觉得这样的反应有些夸张了。

再说了,这种忽视现代天才发展的决心是怎么回事?他们为什么不肯给马克买一张有铜臂的阅读台?这样至少可以向邻居,还有下人,证明他是个有地位的人。为什么不买那个可以转动的小屋?这个时代的确有些令人不安的症状。她会毫不犹豫地同意这点。只要看看报纸,就能看到刺客、大路上的抢劫犯、颠覆分子、处处掌控着权力的无知之徒的恶行。但是又能说什么来反对像读书台、可以转动的小屋,还有飞机这样无辜的东西呢?是的,飞机!

他们为什么要忽略飞机呢?他们跟她说,不能向她提供巴黎芫菁是因为现在季节太晚了,不能播种这种可爱又好玩的植物了。就是这种蔬菜,在小贩的推车上对称地堆着,有酒店的一层楼那么

---

① belle-sœur,法文。

高，看着它们在凌晨暗淡的、如同带电的光线中前进，给这座光明之城[①]的夜生活提供了最欢快的一景。他们说从巴黎买到种子至少要一个月。但是如果他们用飞机送过去一封信，要求同样用飞机把种子送回来，那么买种子，就像全世界都知道的那样，只会是几个小时的事情。就这样，把话题重新转到芜菁之后，她总结说："是的，我可怜的男人，他们的性格非常古怪，我们的亲戚——我会把那位年轻姑娘放在这个类别里。我至少还是心胸宽大到足够接纳这点的。但是他们的性格真的非常古怪。这就是件古怪的事！"

她离开了，沿着小径朝马厩走去，边走边揣测着她男人的亲戚们的性格。他们是一位神祇的亲人——但是神祇都有性格非常古怪的亲戚。就当马克是朱庇特吧。好吧，朱庇特有个叫阿波罗的儿子，严格说来他可不是什么好人家的儿子[②]。他经历了最不正经的历险。我们不都知道他和阿德米图斯王[③]的牧羊人一起过了好几年，又唱歌又灌酒吗？所以，方便起见，可以把提金斯先生当成是个阿波罗，现在就在阿德米图斯王的牧羊人中间，还有个女伴。即便他不是经常唱歌，他也隐藏了那种让他身败名裂的嗜好。在家里的时候，他是够安静的，尽管这栋房子本身就够不寻常的了。瓦伦汀也是。如果他们之间的关系是不正经的，这种关系倒也没有表现出任何因为

---

① la Ville Lumière，法文，意为"光明之城"，指巴黎。

② fils de famille，法文。

③ 阿尔克提斯的丈夫，详见本系列第三卷注释。阿波罗是因为杀死了给宙斯打造闪电的独眼巨人而被流放人间。

寻欢作乐而需要谴责的地方。这是一段相当严肃的关系①。至少这点是家传的。

绕过马厩一侧的粗方木柱,她就看到了冈宁。他坐在石门槛上,用一把宽刀刃的折叠刀从一个大肉馅饼上切下不小的一块。她打量着他伸出来的绑腿、沾满污泥的大靴子,还有他没有刮过的脸,然后用法语说,或许阿德米图斯王的牧羊人打扮得不一样。在她看过的那场《阿尔克提斯》里,他们绝对不是穿成这样。不过,也许适合他的需要。

冈宁说他觉得他得接着干活儿了。他猜她是要把苹果酒装到瓶子里吧,不然她就不会让他把酒桶弄下来了。她捆木塞的时候要小心捆紧了,酒瓶得有像样的塞子。

她说,要是她这样祖上一百代都是诺曼底人的还不知道怎么收拾苹果酒那才是怪事。而他说,要是他们费了这么大劲,那些苹果酒最后还是坏了,那就太可惜了。

他吃完了馅饼,把碎屑从短裤腰带上拍下去,小心地捡起大块的面皮碎块,送到他两片红色大嘴唇之间的嘴里。他问夫人是否知道上尉下午用不用那匹母马。要是不用的话,他就干脆放它到公地上吃草去。她说她不知道,上尉没跟她提过什么马的事情。他说他觉得他干脆还是放它去吧。克兰普说他得到明天早上才能把长靠背椅修好送到车站去。要是她能等在这里的话,他就去弄点温水来,然后他们可以一起给鸡蛋洒洒水。她别无所求。

---

① collage,法文,意为"关系、结合"。

他爬了起来，顺着石头小径笨重地朝房子走去。她站在明媚的阳光里，看着果园里的长草，长满了节疤且发白的果树树干；小生菜像整齐的玫瑰花一样在菜地里排成行，一道缓坡朝快要被苹果树枝盖住的老石头房子延伸过去。然后她确定了——事实上她也别无所求——如果马克正常地病死了，像她这样的诺曼底人，不用说，肯定会回到法莱斯或者巴约①附近的乡下，她祖父母的家族就分别来自这两个地方。她多半会嫁一个有钱的农民或者一个有钱的牧人，然后，出于自己的选择，她会过上把苹果酒装到瓶子里以及给孵蛋母鸡身下的蛋洒水的生活。她曾作为芭蕾舞团的领舞②在巴黎歌剧院受过训练，而且，毫无疑问，就算她没有跟着巴黎歌剧院剧团来伦敦演出，就算马克没有把她从埃奇韦尔路上的旅馆里接走，她也同样会和某个男人在克利希或者欧特伊③同居，直到靠着自己的节俭，她最终能够，同样地，退居到祖上住过的这个或者那个地区④，然后嫁给一个农民、一个屠夫，或者一个牧人。就事论事地说，她也承认，恐怕她永远都养不出比这里更嫩的散养鸡⑤，或者酿不出比这里一堆堆箱子里或者榨汁机里流出的口感更好的苹果酒，她现在过的正是她一直想要的生活。事实上，她也找不到比冈宁更好的下人，要是给他穿件绣着花的蓝色长衬衫，再戴上顶黑色皮革帽檐

---

① 法莱斯和巴约都是法国下诺曼底卡尔瓦多斯省城市。
② coryphée，法文。
③ 两处都是巴黎郊区的市镇。
④ pays，法文。
⑤ poulets au grain，法文。

的鸭舌帽①，他看起来就跟卡昂②市场上的普通农民没什么两样。

他从小径上转了过来，小心地端着一个蓝色大碗，就好像他长衬衫里的肚子鼓了起来；他的嘴上说着同样的话，用着同样的语调。她非要顽固地和他说法语这一点问题都没有。关于他会说起的事，他从本能上就知道她会怎样回答他的问题，也知道她差不多明白他的话。

他说他最好先把母鸡从窝上抱开，以防它们啄她的手。他把碗递给她，从阴影里抱出一只正反抗着、羽毛凌乱、咕咕叫着的母鸡，他在它面前丢了一把糠饼和一片生菜叶。他又抱了一只出来，然后又接连好几只。之后，他说她可以进去给鸡蛋洒水了。他说他不喜欢给鸡蛋翻身，他的老笨手总是把它们弄破。他说："等一下我先把老母马牵出来。吃点草对它没啥害处。"

因为羽毛蓬松，那群母鸡个头大了许多，在她脚下互相警惕地绕来绕去。它们咯咯叫着，咕咕叫着，啄着一块块的糠饼，迫不及待地从一个铁质狗槽里喝着水。随着一阵夸张的嗒嗒马蹄声，老母马从马厩里走了出来。这是匹十九岁的倔强而脾气暴躁的深栗色马，一副瘦骨嶙峋的样子。就算你一天喂它五遍燕麦和热水调过的糠，它也不会长一点肉。它迈着首席女高音的步子从门里走到阳光下，因为它知道它曾经也是匹名马。母鸡散开了，它朝空气咬了两口，露出大大的牙齿。冈宁打开就在旁边的果园的门，它一路小跑

---

① casquette，法文。
② 法国北部城市。

着出去了，突然停了下来，膝盖一曲，躺在了地上滚来滚去。它瘦瘦的长腿高举在空中，看起来特别不协调。

"是的，"玛丽·莱奥尼说，"对我自己来说，我别无所求！①"

冈宁说："看它一点都不显老，对吧？可劲地折腾，就跟个刚出生五天的小羊羔子似的！"他的声音里充满了骄傲，苍老的脸上满是喜悦。爵爷有次说过那匹老母马应该给送到伦敦的马展上去。那是好多年前了！

她走进了漆黑、温暖、散发着难闻气味的兼作鸡房和马厩的棚子深处。马栏和鸡房之间用铁丝网、给鸡做窝的箱子，还有撑在粗木棍上的毯子分开。她得弯下腰才能走到养鸡房那边去。墙上立柱间漏光的裂缝冲她眨着眼。她小心地端着那碗温水，把手伸进了暖暖的草窝里。鸡蛋摸上去就像发烧一般滚烫，就算不是也差不多了。她把它们翻了翻，然后向窝里洒了点温水；十三，十四，十四，十一——这只母鸡真爱弄破蛋！——还有十五个。她倒掉温水，然后从其他窝里一个又一个地摸出蛋来。这些收获让她很满意。

在上面的一个箱子里，一只母鸡低低地趴在蛋上。它威胁地发出咕咕声，她的手靠近它的时候，它就用那种大难临头的声音尖叫起来。外面的母鸡同情的叫声也传到了她耳朵里，它们也尖叫着大难临头——公地上的母鸡也这么叫着。有只公鸡喔喔地叫了起来。

她不断地告诉自己说她不要求比现在还要好的生活。但这就满足了，是不是过于放任自己了呢？她不是还得为自己的未来——在

---

① pour moi-même je ne demanderais pas mieux，法文。

法莱斯或者巴约生活——做准备？人不得对自己负起责任？这样的生活在这里能持续多久呢？而且，还有，在这里的生活破碎的时候，它会**如何**破碎呢？他们——那些陌生人——会拿她、她的积蓄、她的皮草、箱子、珍珠、绿松石、小塑像、刚刚刷过金漆的第二帝国的椅子，还有挂钟，怎么办呢？当国王去世，他的继承人、妃子、廷臣，还有马屁精，是拿当时的曼特农夫人①怎么办的？难道她不应该针对将会到来的暴怒采取一切可能的预防措施吗？伦敦一定有法国律师……

可以这样想，他——克里斯托弗·提金斯，笨笨的，看起来傻头傻脑，但天生具有超自然的洞见……冈宁会说，上尉他从不说什么。但是谁知道他想的是什么？什么都逃不过他的眼……那么，一旦马克死了，他真的变成那个叫格罗比的地方，还有报纸上说的那一大片出煤炭的土地的主人，克里斯托弗·提金斯还会保持他现在这种和蔼又节俭的品性，可以这样想他吗？这的确是可以想象的。但是，正如他看起来傻头傻脑，其实天生具有超自然的洞见一样，他也有可能是现在摆出一副鄙视财富的样子，等他手里握住权力缰绳之后就立马变成一个阿巴贡②。有钱人是出了名的有副硬心肠，而弟弟自然要在掠夺别人之前先掠夺了哥哥的遗孀。

---

① 曼特农夫人是法国国王路易十四的情人，后来成为他的第二任王后。她笃信宗教，创立了贫穷贵族妇女的收容院，在一七一五年路易十四去世后，她就住进了自己创立的收容院里。

② 法国剧作家莫里哀的喜剧《悭吝人》的主人公，爱财如命的吝啬鬼。

因此，她自然应该把自己置于权威保护之下。但是，找什么权威呢？毫无疑问，即使是在这片偏僻荒蛮之地，法兰西长长的手臂还是可以保护她的一位国民。但是有没有可能是马克在不知情的情况下就让那个庞大的机器运转起来的呢——如果他以为是她让那个机器运转起来的，又有什么可怕的事情是他盛怒之下做不出来的呢？

似乎除了等待，没有别的办法了，而她性格中的一面正处在懒散状态，也许是因为孤独才懒散了。她意识到，她很乐意可以等下去。但是这么做事，对吗？这样对她自己，对法兰西，公平吗？法兰西公民的责任就是通过勤劳、节俭，还有警觉，来累积财富，而法兰西公民首要责任就是把累积的财物带回那个被她背信弃义的盟友[①]搬得干干净净的苦难国家。她自己可以因为这样的生活而感到高兴，这些草、果园、家禽、苹果榨汁机、菜园——就算这里的芜菁不是巴黎芜菁！她别无所求了。但是可能在法莱斯附近有个小地方，或者，另一种可能，是在巴约附近有个小地方，有个她可以用这些从野蛮人手里得来的战利品让它富裕起来的小地方。如果法兰西每一个地方的居民都这么做，法兰西不就很快又繁荣起来了吗，她所有的教堂钟楼[②]都敲出满意的钟声，穿过一英亩又一英亩微笑的土地？那么，好吧！

她站在那里看着鸡群，这时，冈宁在她旁边用一块磨刀石磨平

[①] 指英国，"背信弃义的英国"是法国大革命时就有的说法。
[②] clochers，法文。

他弯刀上的几个豁口,然后又要去干活儿了,她开始思考起克里斯托弗·提金斯的品性来,因为她想估算一下自己可以保留那些皮草、珍珠,还有镀金的漂亮玩意的可能性有多大……遵照那个每天来看马克的医生——一个干瘪,长着浅黄色头发的,毫无疑问,什么都不知道的家伙——遵照他的命令,必须有人一直看着马克。他——这个医生——的看法是,有一天马克还能动起来——身体可以行动。如果他真的动起来,可能又会有很大的危险。如果他的大脑里真的有损伤的话,那些损伤可能会再次破裂,造成致命的后果——诸如此类的话,所以他们必须一刻不离地看着他。至于晚上,他们有个报警装置,一根钢丝从他的床上一直拉到她的床头。她的房间是朝向果园的。就算他只在床上动一动,她耳边的铃铛都会响起来。但是其实她每天晚上都会爬起来,一次又一次,从她的窗边望着他的小屋,一盏昏暗的灯笼照亮了他的床单。在她看来,这些安排简直太野蛮了,但是它们是马克想要的,所以她也没有办法反对它们……所以她只能等着,而这时,冈宁用磨刀石磨利了他那把镰刀形状的短柄刀。

这一切都开始于——这个世界上的所有灾难都是在那可怕的一天的叫嚷和醉酒中开始的。到那天为止,她对克里斯托弗·提金斯几乎一无所知。说起来,就算是对马克,直到几年前,她也几乎是一无所知。她既不知道他的名字,也不知道他的工作是什么,也不知道他住在哪里。刨根问底不是她该做的事,所以她也从来没有问过。直到有一天——在十三年之后——在前一天冒雨看了纽马基特^①的克拉文赛马会之后,他那天早上醒过来时支气管炎发作了。他让她去他的办公室把一张便条交给他的首席文员,并把他的信要过来,再告诉他们派个通讯员去他的住处取一些衣服和必要的东西。

当她告诉他她不知道他的办公室在哪里,也不知道他的住处在哪里,甚至连他姓什么都不知道的时候,他"嗯"了一声。他既没有表现出惊讶,也没有表现出得意,但是她知道他很得意——多半是因为他觉得自己选了这么个一点好奇心都没有的女伴,而不是因为她没有表现出任何好奇。在那之后,他就在她的房间装了部电话,他还时常会在某个早上比他习惯的多待上一些时候,让通讯员帮他把信件从办公室取来,或者把他签好字的文件带走。他父亲死的时候,他还让她服了孝。

到那个时候,她才慢慢地知道了,他是马克·提金斯,来自格罗比,那是在北方某地的广阔庄园。他在白厅的一个政府办公室里工作——明显是和铁路有关。她主要是从那个通讯员的大惊小怪中总结出来,他非常看不起他的部门,但又因为被人视作是如此必不可少的,以致他永远不会丢掉自己的工作。有的时候,办公室还会打电话问她知不知道他在哪里。事后,她会从报纸上看到那是因为又出了什么大的铁路事故。在这种时候,他多半是因为去看赛马会而没去上班。事实上,他想给他的办公室多少时间就给它多少时间,一点不多,一点也不少。她明白了,有他那么多的财富,对他来说,

---

① 英国东南部城市,赛马胜地,当地的克拉文赛马会被视作每年平地赛马季的开始。

这份工作一点都不重要，仅仅是他在赛马会之间的消遣而已。她还发现，他被这个国家的统治者视为一股神秘力量。在战争期间，他有次伤了手，他就让她代笔写了一封他口述的给一位内阁部长的机密信函。那封信是和运输有关的，带着种古怪而有礼貌的轻视语气。

对她来说，他没有任何会让人感到吃惊的地方。他就是脾性暴躁①的英国爵爷。她在仲马父子②的小说里、保罗·德·科克③的小说里、欧仁·苏④的小说里，还有蓬松·迪·泰拉伊⑤的小说里，读到过他这样的人。他代表的就是那种欧洲大陆拍手称赞的英格兰——欧洲大陆唯一会拍手称赞的英格兰。沉默、倔强、不可捉摸、粗鲁无礼，但是无比富有，也不可控制的慷慨大方。对她自己而言，她别无所求。和他有关的事情没有什么是不可预料的。他就像威斯敏斯特的钟声⑥一样准时；他从没有向她提过什么让人意外的要求；而且他是全能的，从不会犯错。简单地说，他就是她的女同胞们会称之为严肃认真⑦的那种人。法国女人对自己的情人或者丈夫没

---

① le Spleen，法文，意为"忧郁和脾气暴躁"。

② 即大仲马和小仲马，十九世纪法国著名作家。

③ 夏尔·保罗·德·科克（1793—1871），法国作家，以描写巴黎生活的色情或者爱情小说闻名。

④ 欧仁·苏（1804—1857），法国作家，早期写航海小说，后来专注于犯罪小说和描写巴黎的地下生活。

⑤ 蓬松·迪·泰拉伊（1829—1871），法国小说家，以创造了"胡蒜头"这个形象而被人熟知。

⑥ 即大本钟的报时声。

⑦ sérieux，法文。

有比这更高的要求了。他们的关系就是最理想的、最严肃认真的关系①：他们这对夫妻②是严肃、忠诚、节俭、勤劳、无比富裕，并且认真节约的。他每周的两次晚餐都是她亲自做的两块羊排，羊排上的肥油削到剩下八分之一英寸厚，两个白土豆，像面粉一样又亮又白，一个外皮蓬松的苹果派，再加一些斯提尔顿奶酪③，几块面包干④和黄油。在二十年里，晚饭的菜品一次都没有变过，除了在野味上市的季节，那个时候格罗比会每周轮换着送来一只雉鸡、一串松鸡或鹌鹑。除了他每年夏末去哈罗盖特⑤住一个月之外，二十年里，他们从来没有一整个星期都见不到面的时候。她一直是让街区里她自己的洗衣女工替他洗礼服衬衫。他几乎每个周末都是在这幢或者那幢乡间宅邸过的，最多用两件礼服衬衫，那还是他待到周二的情况下才用得到。上流社会的英国人在星期天不会换上礼服用餐。这是对上帝的礼貌，因为理论上讲，你应该去做晚祷的，而在乡下，你是不能穿着晚礼服去教堂的。事实上，你从来都不会去做晚祷——但是让你的着装表示你还是可能有这种冲动，是值得表扬的行为。所以，至少玛丽·莱奥尼·提金斯还是知道这是怎么回事的。

她注视着外面那片平缓地延伸到山毛榉树林的公地，看着那些家禽——耀眼的栗色的禽鸟，在浓绿色的饲草丛里忙得不可开

---

① collage sérieux，法文。
② ménage，法文。
③ 英国特有的一种奶酪。在这里描述的都是所谓典型的英式食物。
④ 从刚刚烤好的面包里撕下来的面包瓤，再重新回炉烤到表面发脆为止。
⑤ 英国约克郡的一个城市，因为温泉而闻名。

交。那只大公鸡让她想起已经去世的罗丹先生，那位曾经密谋反对卡齐米尔－巴尔的雕塑家。她曾在他的工作室里见过他一次，领着一群美国女士参观他的作品，他就像是一只大公鸡，围着一只新来的母鸡，朝后踢着脚，翅膀垂到了灰土里。只围着新来的母鸡这样做。那是自然！……这只公鸡是个了不得的法国人。典型得不能再典型！[1]你绝想不到比这更不像克里斯托弗·提金斯的了！……立在脚尖上，腿朝后一蹬；一位真正的女子学院礼仪大师的步态！明亮、警惕的眼睛时时都是往上瞪着……看！一道阴影飞快地掠过大地——雀鹰！它作为一国之主的嘹亮刺耳的鸣叫！所有的母鸡都那么激动地回应着；小鸡都那么激动地跑向它们的母亲，之后再一起躲到树篱的阴影里。在那叫喊声中，雀鹰先生是什么机会都没有的。雀鹰总是轻捷无声地飞过，它厌恶吵闹声。那叫喊声会把拿枪的养鸡人招来的！……全靠了尚特克莱尔爵爷[2]的警觉才能发现这一切……还有人指责它，因为它的眼睛总是看着天，因为它有一颗骄傲的头颅。但那就是它的作用——再加上它的骑士风范。看它啄那颗谷粒的样子；它是怎么飞扑上去的；它是怎么啼叫着发出邀请的！它最爱的——最新来的——母鸡高兴地咯咯叫着向它跑去。它是怎么鞠躬，低下身子，踱来踱去，用它有力的喙叼着那颗谷粒，把它放下，啄裂，再把它放到当前这位王后面前。如果一只小毛球突然

---

[1] Un vrai de la vraie，法文。

[2] 指公鸡。尚特克莱尔是拉封丹寓言故事和乔叟《坎特伯雷故事集》里一系列"公鸡和狐狸"故事中公鸡的名字。

飞快地跑出来,在帕尔特勒夫人①接过谷粒之前,从它的喙上把它抢走,它也不会抱怨。它的骑士风度是浪费了,但它也是一位好父亲!……也许在它发出邀请的时候一粒谷子都没有;也许它只是在呼唤它最爱的人到它身边来,这样它才能得到她们的赞美,或者完成爱的抚慰。

那么,它就是那种女人渴望拥有的男人。当它猛一下把双翅的羽毛收到背上,然后发出嘹亮的胜利啼鸣,宣布战胜了那只已经滑翔到山下很远地方的雀鹰的时候,它的母鸡们从阴影里出来了,小鸡也从它们妈妈的翅膀下跑了出来。它让它的国家安全了,它们又可以充满信心地回到自己的消遣中了。不一样,真的是和那位提金斯先生不一样,就算他还是军人的时候也是,看起来像极了一个满满的、灰色、粗糙、喘不过气来、长着转动的冷酷蓝眼睛的面口袋。不是冷酷的眼睛,而是他的眼睛有种冷酷的蓝色!然而,很奇怪,在他那副农场里的公猪一样圆滚滚的肩膀下面也有点尚特克莱尔的精神。很明显,作为你哥哥的弟弟,你不能不带上点爵爷的印记……也有点忧郁暴躁。但是没有人会说她的马克不是个得体的人。有种举止古怪的优雅②,但是,噢,是的,优雅!那就是他的兄弟。

他自然会想要夺走她的财产。那就是弟弟会对哥哥的遗孀和孩子们做的事情……但是,有的时候,他会以一种夸张的礼节对待

---

① 指母鸡。和上面的公鸡名字一样,是一系列欧洲"列那狐"民间故事中出现的角色。

② Chic,法文。

她——像在阅兵式上一样。他第一次见到她的时候——也没过去多久；就是在战争中的连时间界限都模糊了的那段日子里——他用一种硬邦邦但很有表现力的尊敬的姿态，以及老式的礼貌用语对待她，他一定是在法兰西剧院①还在上演《吕意·布拉斯》②的时候学会那样说话的。现在的法语不一样了，这点她是不得不承认的。她去巴黎的时候——在每年夏末，她的男人去哈罗盖特的时候，她都会去——她侄子说的话就已经完全是另一码事了——毫无优雅、礼貌可言，也让人听不明白。绝对是一点尊敬都没有！噢，天哪③！等到他们来分她的遗产的时候，那会是种克里斯托弗·提金斯永远都赶不上的更直接的劫掠！在她还躺在床上奄奄一息的时候，那些年轻人和他们的妻子就会像群恶狼一样席卷她的碗柜和衣橱……家人④！好吧，这么做也没错。展示出的是那种恰当的勇于获取的精神。要是不能为了他们共同的孩子的利益从她丈夫家亲戚手里把好东西抢走那还算什么好母亲！

所以克里斯托弗就像一个很有教养的十八世纪⑤的面口袋一样有礼貌。十八世纪，或许更早，莫里哀时代⑥吧！当他走进她那间

---

① Théatre Français，法文。法国的国家剧院之一，创立于路易十四时代。
② 《吕意·布拉斯》是雨果的剧作，首次上演于一八三八年。
③ Oh, là, là，法文。
④ La famille，法文。
⑤ dix-huitième，法文，意为"第十八"，文中指十八世纪。
⑥ période Molière，法文。意为"莫里哀的时代"。莫里哀是生活在十七世纪的法国剧作家。

昏暗的房间的时候,屋里只点着夜灯①——一盏夜灯;这比盖着灯罩的电灯节约多了!——在她看来,他就像从法兰西喜剧院②上演的莫里哀戏剧里走出来的笨拙角色:说话文雅,性格柔和,但总感觉有些地方不协调地凸了出来。在那种情况下,她有可能会以为他对她本人有什么想法;但是他摆出一副深切的体贴的样子只是为了告诉她一个消息,他哥哥准备要明媒正娶她。马克的原话就是这么说的。当然,这是只有上帝才能做的事情……不过,这整件事情都得到了法定继承人先生全身心的赞同。

在她站着忙碌了四天三夜终于在一张带圆罩的椅子上沉沉睡去的时候,他的确没有闲着。她不会把马克的身体交给除了他弟弟以外的任何人。现在这个弟弟跑过来告诉她不用担心,在说话的当儿,他紧张地呼吸着,急促地喘着气……这两兄弟的肺都不好!他喘着气过来告诉她不要因为在她男人的房间里发现了一个教士、一个律师以及一个律师的书记员而担心……这些穿着黑袍的人是带着遗嘱表格和圣油来侍奉死亡的。在她休息的时候这里有一个医生和一个管氧气罐的人。这真是在生活中陪伴着我们的秃鹫们的一次漂亮集会。

她马上就哭了出来。毫无疑问,这就是让克里斯托弗紧张的原因——预料到她会大声哭出来,在这个空袭的间隙,在黑暗、沉寂

---

① veilleuse,法文。

② Comédie Française,法文,法兰西剧院的别称,它还有一个别称是"莫里哀剧院"。

的伦敦。在这样的沉寂中,在睡眠降临到她穿着睡裙并因而稍显笨拙的身体上之前,她听到了克里斯托弗在走廊里打电话的声音。她突然想到,他也许是在提前通知殡仪馆工作人员[①]!……于是,她开始尖叫起来,在死亡即将降临的时候,你会不可抑制地发出的那种声音。但他慌慌张张地安慰着她——听上去就像是莫里哀剧院宣传板上的西尔万先生[②]!他说的就是那种法语,声音沙哑低沉,在夜色的阴影里……向她保证,那个教士是来主持婚礼的,带着一张坎特伯雷大主教[③]签发的证书,那时候在伦敦花三十英镑就能从兰柏宫买到一张。它随时能帮你把任何女人变成合法妻子。律师来这里是因为有份遗嘱需要重新签字。在这个古怪的国家,结婚会让之前的所有遗嘱失效。克里斯托佩尔[④]就是这样向她保证的。

但是,如果要这么着急的话,那就说明有死亡的危险。她以前常常猜测他会不会在临死的时候因为罪恶感而和她结婚。一副浑不在意,就像那些脾气暴躁的大爵爷和上帝讲和的样子。她在沉寂、黑暗的伦敦尖叫着,夜灯在盘子里颤了颤。

克里斯托弗嘶哑地说,在这份新遗嘱里,他哥哥留给她的遗产

---

① Pompes Funèbres,法语。

② 在一八七九年的《泰晤士报》上法兰西剧院上演莫里哀的《女学究》的广告里的确提到了一个叫西尔万的年轻演员,此处应该还是在说提金斯说的一种非常旧式的法语。

③ Archevêque de Cantorbéri,法文。意为"坎特伯雷大主教"。坎特伯雷大主教是英国的主教长,下文提到的兰柏宫是坎特伯雷大主教在伦敦的官邸。

④ 这是"克里斯托弗"的法语音读。

翻倍了。如果她不愿意住在格罗比的孀居别屋①,还有给她在法国买幢房子的安排。一幢路易十三时代的孀居别屋。这就是他说的安慰人的话。他装出一副公事公办的样子……这些英国人。但是,也许他们真的不会在你的尸体尚温的时候就席卷你的橱柜和衣橱!

她尖叫着说他们可以把他们的结婚证书和遗嘱表格统统拿走,只要能把她的男人还给她。如果他们让她给他喂草药茶,而不是……

她的胸口起伏着,冲着那个男人的脸大叫:"我发誓,等我当了提金斯夫人,而且有法律权力的时候,我要做的第一件事就是把这些人都赶出去,然后给他喂浸过罂粟壳和椴树花的药茶。"她以为会看到他脸上一颤,结果他说:"看在老天的分上,就这么做吧,我亲爱的嫂嫂。这有可能救了他和这个国家。"

他这么说可真蠢。这些家伙有太多的家族骄傲了。马克只不过是在负责交通运输而已。好吧,也许那个时候交通运输是件重要的事情吧。不过,很可能是克里斯托弗·提金斯,高估了马克·提金斯,到底有多不可或缺……那应该是在休战前三周或者一个月。那真是段黑暗的日子……不过,他是个好弟弟。

在另一个房间里,在那个头戴牧师帽②,穿着整齐的牧师③念完经书后,正签文件的时候,马克打手势让她低头靠近他,然后吻了她。他小声说:"感谢上帝,还有一个提金斯家的女人既不是妓女也

---

① 在英国庄园里专门留出来供遗孀居住的独立于大宅的房屋。
② calotte,法文。
③ curé,法文。

不是婊子！"他痛苦得皱了一下眉。她的眼泪落到了他脸上。第一次，她说了："我可怜的男人，他们对你做了什么！"克里斯托弗叫住她的时候她正急着离开房间。

马克说："我很抱歉，还要给你添更多的麻烦……"用的是法语。他以前从来没有用法语和她说话。婚姻让一切不同了。出于对他们自己和社会地位的尊重，他们会礼貌地和你说话。你也可以自由地把他们叫作可怜的男人①。

还得再举行一个仪式。一个下脸颊铁青，看起来像刚刚穿好衣服的老囚犯的人带着他那本办公室登记簿一样的书走了出来。他又让他们结了一次婚。这次是民事婚礼。

就是那个时候，她第一次知道了另外一个提金斯家的女人的存在，克里斯托弗的妻子——她都不知道克里斯托弗有个妻子。她为什么不在那里？但是马克的胸膛困难地起伏着，带着好不容易保持的礼貌告诉她，他特意夸大了婚礼的正式程度，就是因为担心如果他和克里斯托弗死了，她，玛丽·莱奥尼·提金斯，可能会受到某个西尔维娅的刁难。那个婊子！……哼，她，玛丽·莱奥尼，才不会害怕面对她的弟妹。

---

① pauvre homme，法文。

第三章

小女仆比阿特丽斯和冈宁一样,对玛丽·莱奥尼既尊敬又顺从,却也对她摸不着头脑。她是夫人,这是个优点;外国来的法国佬,这是个缺点;家里、花园里还有养鸡房里的活都干得非常利落,这件事让人不知该怎么评价。她的皮肤很白,不是黑脸庞,这是个优点;她很丰满,不像那些真正的上等人那样瘦兮兮的,这是个缺点,因为这样她就不算是真正的上等人。但也是个打点折扣的优点,因为如果你的房子里都是上等人的话,最好不要是真正的上等人。但总的来说,他们还是喜欢她的,因为和他们自己一样,她的脸色也是红扑扑的,长着一头金发。这就让她像个普通人。黑皮肤的女人可信不得,而且要是你嫁了个黑皮肤的男人,他可不会好好对你。在英国乡村,人们就是这么认为的。

家具木匠克兰普是曾经长时间居住于萨塞克斯的小个子黑皮肤人种中现存的一员，他对玛丽·莱奥尼的不信任中夹杂着对她从巴黎弄来的清漆质量的艳羡。那可是正儿八经的法国漆。他就住在公地上那条小径的对面的木屋里。至于东家给他分派的活儿，他说不上是喜欢还是不喜欢。他要修修补补，还得用蜂蜡抛光——不是清漆——他爷爷那个年代用的简陋玩意。那些老破玩意得有一百多年还不止，是连他爷爷都扔了的东西。

他要从这件老玩意上弄下点老木头，再补到别的少了一块的老玩意上。买来了老莫利家的猪泥塘围板，那原来是小金斯沃西教堂唱诗班座位上的木料。上尉让克兰普用这些木头修补各种各样的东西。上尉还买了老库珀小姐的兔笼子。用蜂蜡清出来之后能看见镶板的边都磨得很漂亮。克兰普不否认这点。让他比着镶板边的样子，用金斯沃西教堂唱诗班座位的木料把少了的那扇门给配上了，还拿了更多的木料来修补。他，克兰普，可是干得相当像样，他是这么觉得的。现在弄完了以后，它看上去挺像那么回事——一个长长的矮衣柜，带着六扇磨过边的门，角上还嵌了漂亮的镶边。就像是爵爷摆在菲特尔沃思①大宅的都铎时代房间里的玩意一样。得有一百多年了。三百，四……谁知道。

品位的事谁能说得清。他得说上尉眼光够毒。看一眼什么老破玩意——上尉看一眼——就能知道它比一八四二年修在塔德沃思

---

① 英国东南部萨塞克斯郡的一个市镇。

山上的庆祝自由贸易光荣胜利的理查德·艾奇逊爵士雕像还老[①]。那个雕像上是这么写的。从牛棚后面拖出点老破烂,它们就被扔在那里——上尉就会这么干。有的日子里,看到老母马回家的样子,克兰普的心都会一沉,马车里满是鸡窝、铅打的猪食槽,还有用来堵牛棚窟窿的白镴盘子。

然后,这些玩意——全是老英格兰不要了的玩意——都给送去了美国。美国真是个奇怪的地方。猪食槽、鸡窝、兔笼子,还有现在谁都用不上的洗衣房大铜锅,他把它们都装上去——等他把它们刷洗好,用细白砂抛了光,打过蜂蜡,刷上松节油之后——都装上老马车,再套上老马,送到火车站,运到南安普顿,再装船送去纽约。那边绝对是个奇怪的地方!难道他们没有自己的家具木匠或者老破玩意吗?

好吧,世界上啥样的地方都有,这可得感谢上帝。他,克兰普,能有份多半能干上一辈子的好工作就是因为有的人脑子有问题。那些老木头去了那边,而他克兰普的老婆就能置办上一套像样的家当。他们的客厅看上去就让人舒心,红木三脚架上摆着蜘蛛抱蛋[②],地上铺着威尔顿地毯,放着竹编椅子,还有别的红木玩意。尽管克兰普太太有张刀子嘴,但她可是个好人。

---

① 自由贸易的光荣胜利,可能是指一八四六年英国(福特可能弄错了年份)取消了旨在保护本国地主和农夫,向进口谷物征收高关税的《谷物法》,塔德沃思,英国萨里郡的一个村庄,未查到理查德·艾奇逊爵士是何人,可能是作者根据当时英国反《谷物法》联盟的领袖之一理查德·考伯登的名字杜撰的。

② 一种常绿观叶植物。

克兰普太太就觉得夫人不咋样了。她讨厌外国人。说他们都是德国间谍。她不和他们打交道，绝对不。谁知道他们是不是真的结婚了。有人说是，有人说不是。但是你骗不了克兰普太太，还是什么上等人！哪点看起来像真正的上等人？他们过起日子来可没什么上等人的做派。上等人不都是傲得很、穿着光鲜的衣服、坐汽车，家里有塑像，有棕榈树，有舞厅，还有暖房的？才不会把苹果酒灌进瓶子，捡鸡蛋，也不会和干杂活的人说乱七八糟的外国话。才不会卖掉他们坐的椅子。四个小点的孩子也不喜欢夫人。因为夫人从来不叫他们漂亮的小宝贝，她从来没有过，也不会给他们糖吃，送他们碎布缝的布偶或者苹果。如果被她在果园里逮到，她就扇他们。她甚至没在冬天送他们件红色法兰绒披风。

但是比尔，他最大的儿子，挺喜欢夫人的。说她是个像样的人。一说起她就停不下来。说她卧室里有塑像、漂亮的金漆椅子、钟，还有开花的植物。比尔替夫人做了个她称之为"爱提娇儿"①的东西，有三层架子，摆在墙角里放小零碎，上面的细纹饰是照着她给他的样子做的，还打了像样的清漆。虽然他不该这么说，但是这活儿干得不错……但是克兰普太太从来没有进过夫人的卧室。那可是个像样的地方，住个伯爵夫人都配得上！要是他们能准克兰普太太看看那个房间，她也许会改变看法。但是克兰普太太可说了，"绝对不能相信金发白皮肤的女人。"因为她自己是黑皮肤。

不过，说起苹果酒来，倒让他好好想了想。他们分到过一两瓶，

---

① 法语 étagère 的音读，意为"置物架"。

那可是好苹果酒。但那不是萨塞克斯的苹果酒，有点像德文郡的苹果酒，又更像赫里福德的苹果酒，但是和哪个都不一样——更有劲，更甜，颜色也更深。想喝多少就喝多少可不行！你要是敢喝上一夸脱①，它简直能把你的肚肠给刷一遍！

整个小庄园里的人都鬼鬼祟祟地朝树篱走去。克兰普从工棚里伸出他的秃脑袋，然后溜了出来。克兰普太太，一位极为瘦削、衣着不整的黑皮肤女人，正用围裙擦着手，出现在家门口。克兰普家大小不一的四个娃从空猪圈里跑了出来——克兰普打算两周后去小金斯沃西集市上买冬天的猪。艾略特家的孩子们拎着牛奶罐，沿农场的绿色小径慢慢走过来；艾略特太太，一头乱发的大个子女人，从她家的树篱上看过来，她家的树篱在公地上圈了一小块地。小霍格本，那位农夫的儿子，一个已经四十岁的人，身体肥壮，从山毛榉树林里的小径上走了出来，貌似还赶着一头黑色大母猪。就连冈宁都从修剪枝条的地方走开了，拖着步子走到马厩边上。从那里他还是能看到躺在床上的马克，但是从苹果树的缝隙里朝下看，他也能看到玛丽·莱奥尼把苹果酒灌进瓶子里，大个子，脸红红的玛丽·莱奥尼就在那个有水顺着V字形木槽流动的挤牛奶棚里，专心致志的样子。

"她拿管子把苹果酒从桶里抽出来！"克兰普太太朝山上的艾略特太太喊道。"分装起来！"艾略特太太用低沉而沙哑的声音喊了回来。所有这些人都鬼鬼祟祟地聚拢过来了；孩子们从树篱细小的

---

① 英制单位，一夸脱约等于一千一百三十六毫升。

缝隙里看过去,还互相说着:"分装起来……这准是外国的路数……一根玻璃管……分装起来。"克兰普用木匠的围裙擦着他的秃脑袋,他训了克兰普太太两句,让她记住他有份好活计。不过就连克兰普都沿着小径走到了树篱边上,站得不能再近了——从上头看过去——近得树篱上的棘针都刺透他的薄衬衣扎在汗津津的胸膛上。一个疲惫的面包师刚和他疲惫的马一起从下面的密林里走上来,那群人就赶紧拉住他说,得有人阻止她,得有人去告诉警察。用一根玻璃管把苹果酒灌到瓶子里。还把灌好的苹果酒放到水里去。收税的人去哪了?老实人喝了这样的酒会烂肚肠的!这是在给他们下毒。不用说,要是老爷能说话或能动弹,他肯定会告诉他们原因。应该有人告诉警察……就让她炫耀吧,把苹果酒放在流水里——刚刚装好就冰起来!分装开来!就因为她们的名字后面拖了夫人两个字,还比人品更好的人家多了那么点钱。也没多出多少钱去!估计他们是破败了,把家当都变卖了,就和菲特尔沃思的希格森一样。他也把自己装成上等人!玛丽·莱奥尼也不是个什么夫人。如果能知道真相的话,就算不上是什么夫人了。不是子爵,也不是男爵,就是个从男爵夫人。要是我们都能有自己该有的权利的话……应该叫警察来管管这件事!

  一群上等人,骑在亮油油的马上,沿小径骑了上来,皮制的马具响得很动听。他们是真正的上等人。一位优雅的老绅士,瘦得像根木条,脸颊刮得很干净,鹰钩鼻子,白色的唇髭,漂亮的手杖,漂亮的裹腿,骑在爵爷日常出行最喜欢用的马上——一匹枣红色母马。一位高贵的夫人,体形像男孩一样瘦削,像她们现在常做的那样两腿分开跨在马上,虽然过去她们不这样骑,但是时代总会变的。她骑的是伯爵夫人那匹额头一片白的栗色马。那马脾气可不好。那位夫人骑得不错。还有位夫人,头发灰白了,但也很瘦,骑着侧鞍,穿一身古怪的行头——带裙撑的长裙,还有顶三角帽——就是你在昆斯诺顿①的新酒馆里看到的那幅画里旧时候拦路抢劫的人戴的那种。她看上去有点老派,可是不用说,那肯定是最新潮的扮相。这年头什么东西都是混在一起的。老爷的朋友自然有钱,想怎么做就怎么做。有个男孩,大概十八岁吧,也打着闪亮的裹腿。他们的衣服都光鲜耀眼。那个男孩也骑得不错。看看他用腿夹紧奥兰多的样子——那是车夫头头的马。他们是出来透透气的。老爷的马夫巴不得这些马能在打牧草的季节里出来动动。这些是真正的上等人。

他们拉住了马缰绳,坐在那里看着——就在小径前头一点,下坡到果园的地方。应该有人告诉他们下面正在发生什么事情——有人把白色的粉和糖一起加进苹果酒里。应该告诉那些上等人的……但是你不应该和上等人说话,他们不注意到你就最好了。你可说不清楚,他们总是喜欢抱团,说不定就是提金斯家的朋友。**不知道提金斯家是不是真的上等人**。最好赶紧走开,不然说不准你会出什么事。你听见了!

那个穿着闪光裹腿和衣服的男孩——他没戴帽子,一头闪光的金发,还有神采奕奕的脸颊——高声喊道:"我说,妈妈,我可不喜欢这样偷看!"几匹马动了动,挤来挤去。

---

① 英国东南北安普敦郡的一个市镇。

你看，他们不喜欢这样偷看，赶紧走开。那些马慢慢地朝山上去的时候农民都匆匆走开了。要是老爷、夫人们盯上了你，他们照旧可以收拾你。这片土地适合所有的小老百姓——不管用哪个词来代表小老百姓——就是说得好听而已。他们手头捏着警察，捏着看猎场的人，也捏着你的小屋和生计。

冈宁从马厩旁边的果园门走了出去，冲着小霍格本大声呵斥说："喂，你别赶那头母猪。它和你一样有权利上公地去。"

那头大母猪犟头犟脑地走在小霍格本矮壮的身躯前，他在它后面嘶嘶呀呀地叫着。它扇了扇大耳朵，左右嗅了嗅，俨然一尊不可打动的黑色塑像。

"让你们家的猪离我们的瑞典芜菁远点！"小霍格本在他的呵斥声中吼了回来。"它一天到晚都待在我们的四十英亩地里！"

"让你的瑞典芜菁离我们的猪远点！"冈宁嚷了回去，大猩猩一样的长臂摇来摇去像在打旗语一样。他朝公地走过去。小霍格本从坡上走下来。

"你该像其他人一样把猪圈起来。"小霍格本威胁说。

"在公地上跑来跑去的人应该被圈出去，不是圈进来。"冈宁威胁说。他们面对面站在软软的草皮上，扬着下巴互相威胁着。

"爵爷把地卖给了上尉，可没把用公地的权利也卖给他，"那个农夫说，"问问富勒先生就知道了。"

"老爷不会把地卖给提金斯家却不给他们用公地的权利，就像你不能卖了牛奶却不卖喝牛奶的权利一样。问问斯特吉斯律师就知道了！"冈宁坚持着。小霍格本说他要把砒霜拌到芜菁根里。冈宁说要是他这么干了，就等着去刘易斯市的监狱里蹲七年吧。他们继续着这场无休无止的争吵，这种争吵常常在不是上等人但习惯欺负手下农夫的佃农主和绅士家的在自己的阶级和农夫中都有些人气的亲随之间发生。他们之间唯一的共识就是不相信有过一场战争。战争本来可以赋予佃农主全副小暴君的权力，它也应该赋予绅士们的管家同样的权力。那头母猪在冈宁脚下哼哼着，抬头等着冈宁通常都会洒下的玉米粒。这样做，不管母猪在公地上跑出多远，你叫它们的时候它们都会跑到你跟前。

从上山的硬路上——提金斯家的地顺着山坡一直上延到的树篱那里——乡下人眼里打扮奇奇怪怪的那位老妇人骑着马下来了。她认为自己是——不是从血缘关系，而是从道德认同的角度——曼特农夫人的后裔，所以她穿了条带裙撑的灰色骑马长裙，戴了顶灰色三角毡帽，手里拿着条绿粗革马鞭。她瘦削的灰色脸庞上满是倦意，又满是威严，她帽子下面的头发扎成一个发髻，灰得发亮，戴着无框夹鼻眼镜。

这座花园建在陡峭的山坡上，海卵石铺成的小径从花园的一头曲曲折折蜿蜒到另一头，小径是橙色的，因为最近才铺过沙子。她在楹梓树间小心翼翼地走来走去，像极一只篱雀，轻快地跑出一段距离，然后停在那里，等那个打着闪亮裹腿的男孩面无表情地超过她。

她说想起年轻时候造下的罪孽会带来这样的报应就让人害怕。这该让她年轻的同伴好好想想，一辈子到头来住在这么个偏僻地方，没有汽车根本就到不了这里。昨天，她自己的德拉鲁－施奈德①就在来这里的山路上出了故障。

那个男孩身形瘦削,但是宽大的脸颊红得发亮,长着一头棕色的头发,打着确确实实闪着光的裹腿,还系一条有红白条纹的绿色领带,脸上一时显得很忧郁。不过,他还是不乐意地开口说,他觉得这么说可不太公平。再说了,成百上千辆汽车都爬上了那座山,否则那些人要怎么来买旧家具?他先前就告诉过德·布雷·帕佩夫人,德拉鲁-施奈德的化油器就是个废物。

但帕佩夫人坚持说,就是那样的,一想起来就可怕。她迅速转过另一个之字拐弯,然后停了下来。

她说,这些守旧乡野的可怕之处就在那里。为什么他们从不汲取教训呢?比如说这里有两位出身于伟大的家庭,格罗比的提金斯家——古老的宁静停留之地②,一个因为他年轻时造下的罪孽而落到一种毫无疑问的可怕境地,另一个则要靠卖旧家具谋生。

那个年轻人说帕佩夫人说错了,她一定不能相信他妈妈向她暗示的东西。他妈妈没什么问题,但是她暗示的东西并非事情的真相。如果他想把格罗比庄园租给德·布雷·帕佩夫人,那是因为他讨厌大排场。他伯伯也讨厌大排场。他嘟囔了两声,然后接着说:"还有……我父亲也是!"再说了,这样说不公平。他有双温柔的棕色眼睛,现在他的眼前浮起了层雾气,他的脸也变红了。

---

① 作者杜撰的汽车品牌。

② 出自英国桂冠诗人阿尔弗雷德·奥斯汀的游记《古老的宁静停留之地》,记述的是他在英国各地古宅的见闻。

他嘟嘟囔囔地说妈妈是挺棒，但他觉得她不应该把他送到这里来。自然，人无完人。至于他自己则是马克思主义的信徒。不光他，全剑桥的人都是。所以他理所当然地要支持他父亲想和谁住就和谁住的意愿。不过，做事情总还是要守规矩的。因为一个思想进步的人应该懂得尊重女性。不过当他在下一个路口的拐弯处赶上那位疲倦的夫人时，他可是不耐烦得要命。

帕佩夫人希望他不要误会她的话。在她眼里，卖旧家具不是什么丢人的事情，绝对不是。麦迪逊大道上的莱缪尔先生也算是个旧家具商。当然，他卖的是东方的，所以又有所不同。但是莱缪尔先生是个非常有修养的人。他在纽约州克鲁格斯的乡间宅邸被布置得就算法国大革命前的**贵人们**住进去都会觉得有光彩。但是从那个到这个……真是一落千丈！

那栋房子——称之为农舍吧——现在几乎就在她的脚下，屋顶特别高，窗户深深地嵌在灰色的石墙里，而且非常小。门前有个铺了石头的半圆形庭院，那块空间是从果园的山坡上挖出来的，四周围着石墙。房子绿得过头了，被掩埋在绿色植物当中，几乎有帕佩夫人腰那么高的长草里藏着朵朵正在结籽的花。四个郡从她的脚下延展开，树篱像绳子一样伸向远方，把田地围起来，一直伸到遥远地平线上的丘陵中。四周的乡野都长满了树。男孩在她旁边深深地吸了口气。每当他看到壮观景色的时候都会这么做。比如在格罗比上方紫色的沼泽里时就是这样。

"这根本**不是**人住的地方！"那位夫人用一种伟大真理被证实了的胜利语气说，"这些老地方的穷人住得连乞丐都要同情他们。你觉得他们会不会连浴室都没有？"

"我觉得我父亲和我伯伯本人是**干净**的！"男孩说。他嘟囔说这本来就应该是个给人看的地方。他相信他父亲还真能找个给人看的地方住下来。看看挖出来的花园里长满的岩生植物！他大声说："好了！我们回去吧！"

帕佩夫人的不安变成了顽固。她大声说："绝不！"这个可怜男孩那位受了伤害的母亲给了她一个任务。要是逃避了，她就永远都不能正眼看西尔维娅·提金斯了。卫生比一切都重要。她希望在她去世以前留给这个世界一个更好的地方。她被委以可以这样做的权力——通过灵魂转移而来的。她坚信曼特农夫人的灵魂，刘易斯十四的伴侣[①]，就附在她身上。谁知道有多少座修道院是由曼特农夫人建立的，谁又知道她有多么严格地照看着居住其中的人的道德和卫生？这就是她，米莉森特·德·布雷·帕佩，想要做的。她要那位年轻人相信她。她在法国南部的蔚蓝海岸[②]有座宫殿，是那位著名的建筑师贝伦斯先生[③]建造的——仿造了曼特农在桑苏西[④]的宫殿，但是是卫生的！曼特农夫人的闺房似乎只是镶了护墙板，非常大，只是因为太阳王[⑤]无用的虚荣而已。没有这样的虚荣，曼特农

---

① 事实上应为路易十四。在帕佩夫人这一段内心独白中，关于法国历史的内容基本都不准确。

② 法国东南部和意大利交界处，海滨旅游胜地。

③ 彼得·贝伦斯（1868—1940），著名的德国现代建筑设计师。

④ 曼特农夫人曾经建立贫穷贵族妇女的收养院，位于圣西尔，而不是桑苏西。

⑤ 即路易十四。

夫人也会满意的。但是只要一按镶板上的一个机簧，藏在墙里的各种各样的洁具就出现在你眼前：嵌入地面的浴缸、摆在地上的浴缸、放加碘海水的莲蓬头、放加了或者不加浴盐的水的莲蓬头。这就是她说的让世界变得好一点的地方。有这么多器具不可能还不健康。

那个男孩嘟囔说原则上他不反对砍了那棵老树。事实上，从原则上，他反对他父亲和他伯伯选择过农民的生活。但现在是工业时代了，农民从来都会毁掉世界思想的每一次进步。这一点全剑桥的人都同意。他大叫了起来："喂！你不能那么做，不能从立着的**牧草**里走过去！"

看着德·布雷·帕佩夫人长裙后那道闪亮的灰色裙裾，他那乡下男孩兼地主的每一缕灵魂都感到了愤怒。他父亲的人要怎么收割被踩成这样的牧草？但是，德·布雷·帕佩夫人再也无法忍受顺着橙色的蜿蜒小径向马克·提金斯走去引起的焦躁，直接沿着山坡跑向那幢没有墙壁的草屋。她已经能从苹果树树冠之间看到它了。

那个男孩紧张得不得了，继续沿着蜿蜒的小径往下走，小径会把他带到紧靠他父亲房子的地方——一直到铺路石的缝隙里长出岩生植物的庭院里。他妈妈不**应该**逼他陪着德·布雷·帕佩夫人。他妈妈是挺棒的，尽管她受了很多苦，但仍像神一样美丽，像阿塔兰塔或者贝蒂·纳托尔[①]一样健美。但她不应该派德·布雷·帕佩夫人来，这**算是**种报复。坎皮恩将军并不赞成。尽管将军能看出来，但

---

① 贝蒂·纳托尔 (1911—1983)，英国女子网球选手，一九二七年的时候跻身世界前十。

他说的是,"我的孩子,你应该永远听你亲爱的妈妈的话!她受了太多苦。你的义务就是要满足她哪怕是最小的一时兴起的要求来补偿她。英国人是永远都要尽到对自己母亲的责任的!"

当然,这是因为德·布雷·帕佩夫人在场,将军才不得不说这样的话。这大概是出于爱国主义的动机吧。坎皮恩将军怕他妈妈怕得要死,谁又不是呢?但是他也不会要求一个儿子去偷窥自己的父亲和父亲的……伴侣,如果不是他要向德·布雷·帕佩夫人证明英国人的家庭关系比她的祖国要好多得多的话,他们因为这件事情一整天都吵个不停。

不过,他也说不清楚,女人对另一半的控制是件恐怖的事情。他见过老将军像条挨了鞭子的狗一样呜咽,白色的唇髭嘟嘟囔囔的……妈妈是挺棒的。但难道性不是个恐怖的东西吗……他喘不上气来了。

他在缝隙里铺满橙色砂土的卵石上走了两英尺。在这个坡上铺砂土肯定不是什么容易的事!不过,"之"字形蜿蜒的小径坡度并没有那么大。大概每十六英尺下降一度。他又在缝隙里铺满橙色砂土的卵石上走了两英尺。他怎么能做到?他怎么能再走两英尺?他的脚跟都在发抖!

四个郡在他的脚下延伸出去,一直到天边!**把天下的万国都指给他看。**①这里的景观和格罗比山上一样壮阔,但不是紫色的,也没有大海。相信父亲一定会住在爬上山就可以看到壮丽风景的地方。

---

① 出自《圣经·路加福音》。

"他的双脚扎根在大地中"……不对,"他的声音卡在了他的颌里"[1]。确切说是硬腭。他的硬腭干得像锯木屑一样!他怎么会这样!……一件恐怖的事情!他们管它叫性!……他妈妈凭借她的性狂热的力量把他强迫到了这种硬腭发干、脚跟发抖的地步。他们在她闺房的晚安说得总是让人难受,她用各种言词逼迫他动身,来这里。美丽的妈妈!……残忍!残忍!

闺房里一片明亮、温暖!有香气!是妈妈的肩膀!挂着一幅彼得·莱利爵士画的内尔·格温的肖像[2]。德·布雷·帕佩夫人想把它买下来。她觉得她连地球可以都买下来,但菲特尔沃思爵爷只是笑了笑……他们是怎么被妈妈强迫着下到这里来的?……来偷窥父亲。妈妈从来没有关心过菲特尔沃思——好人菲特尔沃思,他是个好地主!直到去年冬天,妈妈发现父亲买了这个地方。然后就是菲特尔沃思,菲特尔沃思,菲特尔沃思!午宴、晚宴,在公使舞会上跳舞。菲特尔沃思没有拒绝。谁可以拒绝妈妈在马鞍上的身形,还有她的秀发呢?

要是在去年冬天来菲特尔沃思家的时候,他就知道现在才知道的就好了!他现在知道他妈妈来这里猎狐,虽然她对猎狐从来就没有太大的兴趣……不过,她会骑马。朱庇特在上,她骑马真的很厉

---

[1] vox adhaesit faucibus,拉丁文,出自维吉尔的《埃涅阿斯记》第三卷第四十八行。

[2] 彼得·莱利(1618—1680),荷兰画家,但是他的职业生涯大部分都在英国度过,成了当时主要的宫廷肖像画家。内尔·格温(1650—1687),英国国王查尔斯二世的情妇。

害。在那些她大笑着纵马跃过的地方,他每次骑马跳过之前都会一次又一次地全身紧张。她就是狄安娜[①]……哦,不对,狄安娜是……他妈妈告诉了他来这里猎狐是为了来折磨他父亲和他的……伴侣。就她那样的笑法……那肯定是种源自性的虐待!……她笑得就像那些莱昂纳迪,不对,莱昂纳多·达·芬奇画的女人一样。一种怪怪的笑,最后是种扭曲的微笑[②]……她和父亲的用人通信……装扮成女仆,躲在树篱后偷窥。

她怎么**能**这么做?**怎么能**?她怎么能逼他到这里来?他们会怎么说,蒙蒂、首相的儿子、多布尔斯、波特——肥得不得了,因为他爸有钱得不得了——他在剑桥的同伴们会怎么说?他们个个都是马克思主义的信仰者。然而……

要是劳瑟夫人**真的**知道了,她会怎么想?……要是某天晚上他从妈妈的闺房出来的时候她恰好在走廊里,那个时候他就会有勇气问她了。她的头发像蚕丝,她的嘴唇像切开的石榴。她笑的时候会把头一扬……现在他全身都发热了,他的眼睛湿润又温暖。

当他问她,是不是——是否**她**也想让他这么做——妈妈让他怎么做他就怎么做,无论他是否赞成……如果他妈妈让他去做出他自己觉得卑鄙的举动……但那是在开着著名的菲特尔沃思七姊妹

[①] 罗马神话中的阿波罗的妹妹,对应希腊神话中的阿尔忒弥斯,是月神、女猎神以及女性和生育的处女守护神。下文中马克显然意识到了把他妈妈比作狄安娜是不妥的,因为她不是处女。

[②] 这里指的可能是达·芬奇的名画《蒙娜丽莎的微笑》。

蔷薇①的孔雀露台上……在蔷薇的映衬下，她穿着一件黄色……不是，是浅褐色……不是黄色，不是黄色。绿色是被抛弃，而黄色是被放弃。②一想到劳瑟夫人可能会被抛弃，他心中就充满了强烈的怜悯之情。但是她一定不能被放弃……浅褐色的丝质裙子，闪闪发光。在粉红蔷薇的映衬下，她纤细的纤细的秀发放出一团光晕。她朝斜上方抬起头，张开她那似切开的石榴一样红的嘴唇大笑……她告诉他，在像你妈妈克里斯托弗·提金斯夫人这样的女人面前时，通常来说，最好照她想要的去做。她温柔的声音……温柔的南方口音……哦，在她嘲笑德·布雷·帕佩夫人的时候……她是怎么成了德·布雷·帕佩夫人的朋友的？

如果不是在阳光下……如果他是在从妈妈的闺房出来的时候遇到了劳瑟夫人，他就有勇气了。在夜深时，他就能说："如果你真的关心我的命运，告诉我该不该去偷窥我的父亲和他的……伴侣！"在夜深的时候，她就不会笑了。她会把她的手伸给他，最可爱的手，还有最轻巧的脚。她的眼睛会暗下去……可爱的可爱的大花三色堇！大花三色堇是野三色堇③。

他为什么会这么想：这样一阵阵不可忍受的……哦，欲望。他

---

① 蔷薇的一种，一枝茎上可以开出多朵花。

② 出自一首关于新娘应该穿什么颜色衣服的英国民谣，歌词为："噢，绿色是被抛弃的，黄色是被放弃的/但是蓝色是能穿上的最漂亮颜色。"

③ 英文中大花三色堇是 pansy，而三色堇或野三色堇是 heartsease，前者是由后者和其他堇菜属植物杂交而来。这里马克也有可能是在指涉三色堇这个词的词形，heartsease 可以解为"令人宽心"。

的确是他妈妈的儿子……他的妈妈是……谁敢说出来他就杀了谁……

感谢上帝！哦，感谢上帝！他已经沿着那条疯狂的小径走到了和房子齐平的地方。而且**这里有另外一条路通向马克伯伯的小屋**。圣母——她长得像海伦·劳瑟！——在庇护他。他不用从那些又小又深、镶着小片玻璃的窗户下走过了。

他父亲的……伴侣可能在朝外面看。他可能会晕过去……

他父亲是个好人。但他也必定是……像妈妈一样。如果他们说的是真的。因为过得太堕落，被毁了。不过是一个很好的憔悴的人——就是那种会被妈妈折磨的人。父亲的手指头又大又扁，但是做飞蝇钩①，没人能比得上他。他好多年前做的几个飞蝇钩到现在还是他，格罗比的小马·提金斯，手上最好的。而且父亲钟爱着酒红色的高沼地，他怎么能憋屈着生活在这些树下！被树干遮掩的房子是不利于健康的。意大利人是那么说的……

但是树下的景象多么可爱啊！路边长满了美洲石竹，光从树干之间透下来。阴影，小片的窗玻璃的反光，砌墙的石头上长满了地衣。这就是英格兰。要是他能在这里和父亲待上一阵子……

父亲对付马的水平无人能及。对付女人也是……他，小马克·提金斯，遗传了多好的才能！如果他可以在这里待一段时间……但是他父亲选择了……要是她从门里出来……她一定很漂亮……不是，他们说她连妈妈脸上的斑都比不上。这是他在菲特尔沃思家

---

① 把羽毛捆扎在渔钩上模仿昆虫形态的钓钩。

无意中听见的。或者海伦·劳瑟……不过,他父亲不是没有选择的!……如果他选了……

她要是从门里出来,他会晕过去的……就像维纳斯,是波提①……扭曲的微笑……不,海伦·劳瑟会保护……他也许会爱上他父亲的伴侣……当你接触到一个坏女人的时候,你怎么会知道将有什么事降临到你身上……还有进步的观念……他们说她有进步的观念,还是个拉丁语学者……他就是个拉丁语学者!非常喜欢!

或者,他父亲会喜欢海伦……爆热的嫉妒充斥了他全身。他父亲就是那种人……她可能……为什么欲望过于……的人,像他妈妈和父亲那样的人,会生孩子?

在他踏上铺在小径上的大石条的时候,他的眼睛一直出神地盯着农舍的石头门廊。小径通向马克伯伯没有墙的小屋……门廊里没有人影出现。他究竟会怎么样?他很富裕,他会遇到难以抵抗的诱惑。他妈妈不是什么好导师。他父亲也许更好些……算了,还有马克思的共产主义,现在在他们——他剑桥的同伴们——都信那个。蒙蒂,首相的儿子,长着黑色眼睛;多布尔斯,坎皮恩的外甥,瘦得跟耗子一样;波特,长着个猪嘴,但是风趣得不得了,肥猪。

---

① 指意大利画家波提切利,他的代表作是《维纳斯的诞生》。

第四章

马克·提金斯觉得肯定是有头牛或者猪进了果园里,因为草丛里传来好一阵沙沙声。他自语着,那个该死的冈宁总喜欢吹嘘他修剪树篱的本事有多好,他最好保证他那该死的树篱能把公地上的畜生挡在外面。有个不同寻常的声音——语调不同寻常——说道:"哦,马克·提金斯爵士,这真是太可怕!"

看起来是挺可怕的。有位穿长裙子的女士——明显是位从《威弗莱》里走出来的年长的黛·弗农①,《威弗莱》是马克读过的为数不多的几本小说中的一本——把立着的牧草弄得一塌糊涂。她在及

---

① 福特此处提供的出处有误,黛安娜·弗农是司各特的《罗伯·罗伊》的女主角,而不是《威弗莱》中的人物。

膝的长草中奔跑的时候,那些漂亮、骄傲的草穗晃动着倒了下去。她停了下来,又从他视野的一边跑到了另一边,然后又停了下来,为的是绞绞手然后再次惊呼这真是太可怕了。有只小兔子被她的跑动惊了出来,蹿到了他的床下,然后应该是朝菜畦的方向跑去了。玛丽·莱奥尼的"大王"多半会抓住它,因为今天是周五,玛丽·莱奥尼会不开心的[①]。

那位女士拨开隔在他们之间的长草走了过来,看起来就像是从他的床脚飘起来的一样。她一副不显眼的样子——就像篱雀一样。穿的是灰色裙子,配的是件灰色短外套,还有一件钉了小圆扣子的马甲,戴着顶三角帽子。一张疲惫、瘦削的脸……嗯,她肯定是累了,穿着长裙子从高高的草丛里穿过来。她拿着根绿色的粗草马鞭。住在他草屋顶下的旧鞋里的那只母山雀发出长长的警告声。那只母山雀不喜欢看到这个不请自来的幽灵。

她在用她那双不算难看的眼睛贪婪地打量着马克的脸,还嘟嘟囔囔地说:"可怕!可怕!"一架飞机从离头顶很近的地方飞过。她抬头看了看,然后几乎是要流着泪说:"你就没有想到如果不是因为年轻时候的罪孽,你现在有可能是在这些漂亮的山丘上跑上跑下吗?现在!"

马克考虑了一下这件事,盯着她的眼睛看了回去。对一个英国人来说,"年轻时候的罪孽"这样的话和一位绅士身体不能动弹扯上

[①] "大王"就是前文提到的玛丽的猫。按前文所述,玛丽在周五是不会让她的猫吃肉的。

关系，暗示的只能是一种东西①。他还从来没有想过这种暗示会被用在他身上，但是它当然可以。这就是一种令人不舒服的或者至少有损人名誉的暗示，因为在他的阶层里，他们习惯性地认为这样的残疾是因为和便宜的妓女胡搞才会染上。除了和玛丽·莱奥尼，他这辈子没有和别的任何女人搞过，而她简直健康得有点夸张。但是如果非要他和其他女人搞的话，他一定会去找最贵的那种。而且会做好防护措施！一位绅士要尽到对他同胞的义务！

那位女士还在继续说："我干脆现在就告诉你吧，我是米莉森特·德·布雷·帕佩夫人。你难道没有想到，如果不是因为堕落——毫无控制的堕落——你弟弟今天本可能是在凯珀尔宫②工作，而不是在兜售旧家具一直到世界末日？"

她又一脸紧张地接着说："我是因为紧张才这么说。在名声在外的花花公子面前，我总是很害羞。我受的教育就是这样的。"

她的名字让他想起这就是那位要住在格罗比的女士。她的确给他写过信问他会不会反对，他没有什么好反对的。只是那封信写得很古怪，简直是用枝枝蔓蔓、嵌套萦绕的象形文字写成的……"我就是那位要租你格罗比宅邸的女士，从我的朋友西尔维娅夫人手上。"她说。

他那个时候就想到了——当瓦伦汀把信举起来给他读的时候……瓦伦汀，现在挺漂亮的，乡间的空气很适合她——这个女人

---

① 这里是指三期梅毒。
② 伦敦证券交易所的旧址。

一定是他弟妹西尔维娅的密友。否则，她至少应该说"西尔维娅·提金斯夫人"。

现在他不是那么确定了。这不是那种会和那个婊子成为密友的人。那她就是个爪牙而已。西尔维娅的密友——在女人中间的——都是些毕比、吉米，还有玛吉[①]一类的人。如果她和其他任何女人说话，那都是为了利用她——把她当作贴身女仆或者一件工具。

那位夫人说："不得不把祖屋租出去一定让你很痛苦。但那也不是一个不和我说话的理由。我本来想从伯爵管家那里要点鸡蛋给你的，但是我忘记了。我总是会忘事，我太活跃了。德·布雷·帕佩先生说我是从这里到圣塔菲之间最活跃的人。"

马克很好奇：为什么是圣塔菲？那多半是因为德·布雷·帕佩先生在加利福尼亚[②]那一片有橄榄树种植园吧。在他读帕佩夫人的信的时候，瓦伦汀告诉他帕佩先生是世界上最大的橄榄油商人。他垄断了普罗旺斯、伦巴第和加利福尼亚[③]所有的橄榄油和稻草色的细颈瓶，还告诉他的国人如果你的沙拉里用的油不是从帕佩精选细颈瓶里倒出来的，你就不算是真正的精致人。他还描绘了穿着晚礼服的女士们先生们从所费不菲的一桌宴席旁退开，捂着他们的鼻子大喊道："你居然没有**帕佩！**"马克很好奇克里斯托弗是从哪里知道这

---

① 此处用的都是女性名字的昵称，暗示马克觉得西尔维娅的朋友都是些肤浅无知的人。

② 此处马克再次表现出了他对美国的不了解，圣塔菲是美国新墨西哥州的首府。

③ 伦巴第是意大利的一个地区，这三个地区都是橄榄油的产地。

些的，因为很自然地，瓦伦汀的消息都是从他那里来的。也许克里斯托弗读过美国的报纸。但是为什么要读美国的报纸呢？马克自己就从来不读。《田野》杂志①还不够吗？……他真是个古怪的人，克里斯托弗那家伙。

那位夫人说："这可**不是**不和我说话的理由！不是！"

她发灰的脸慢慢红了起来，她的眼睛在无框夹鼻眼镜后面闪着光。她大呼道："你这么高级的贵族大概是不屑于和我说话的，马克·提金斯爵士。但是我的身体里住着曼特农夫人的灵魂，你不过是一群有特许状的浪荡子的肉身后裔罢了。时代和新世界这样安排就是为了恢复旧世界的平衡。在你们所谓的祖屋里维持着旧日**贵人体面**的是我们。"

他觉得她多半是对的。不是个什么坏女人，很自然，她会因为他不答话而生气，这很合理。

他从来不记得和美国人说过话或者想起过美国。当然，战争时期除外，那个时候他和穿制服的美国人讨论过运输问题。他不喜欢他们的领章，不过，他们对自己职责范围内的那点事还是挺清楚的——那就是要求给没几个人的部队提供多得不成比例的运力。他不得不从整个国家里榨出那样的运力来。

如果有办法的话，他就没有必要这么做了。但是他没有办法。因为统治阶级太不像样了。运输就是战争的灵魂：一支军队的精神

---

① 创立于一八五三年的英国杂志，一直延续到现在，主要登载英国乡间生活和体育消息。

过去就是在它的双脚上,拿破仑这么说过。诸如此类的话。但是那帮家伙先是什么运力都不给军队,然后又用太多的运力撑得它动也动不了,然后又什么都不给了。那时他们还坚持让他给那些戴着奇怪领章的家伙找到多得过分的运力,好让那些家伙处理运输舰上运过来的打字机和缝纫机……这样的事摧毁了他。此外,还有孤独。到最后,他在政府里连一个可以说话的人都没有。没有一个人能分清柿子的血统和权杖或者鳔胶父系的区别。^①现在他们付出代价了。

那位女士正对他说马克爵士可能对她的精神认同感到惊讶。然而这一点是毫无疑问的。在每一栋曼特农夫人住过的房子里她立刻就觉得像回家了;在任何博物馆里一看到任何曾经属于路易十四令人尊敬的伴侣的小物件或者珠宝,她就会像被电击一样一惊。著名的灵魂转生论支持者考特奈先生告诉过她,这些现象毫无疑问地证明了曼特农夫人的灵魂附在她的身体里回到了人世。和这个相比,世家仅仅通过肉身得来的正当性又算得了什么?

马克觉得她多半是对的。他的国家里的世家都是些相当没有效率的家伙,他很高兴现在和他们没关系了。赛马大多是靠从法兰克福来的英国贵族延续的。如果这位女士说的是寓言的话,她多半是对的。再说她的灵魂总得是从什么地方来的吧。

但是她说这个灵魂的事情说得太多了。人就不应该说话这么滔滔不绝,这会令人疲倦,不能一直吸引注意力。可她还在继续说。

他的思绪沉浸在猜测她来这里的原因中,以及他弟弟那些被

---

① 柿子、权杖、鳔胶都是历史上著名的赛马。

踩倒的牧草。这会给冈宁还有那些临时雇来的人收割牧草的时候带来无穷尽的不必要的麻烦。那位夫人说起了玛丽·安托瓦内特。玛丽·安托瓦内特夏天在盐上滑雪橇。①与之相比，踏倒牧草真的更糟糕。或者说好不到哪去。要是乡村里的每一个人都像那样在牧草上走来走去，跑运输牲口的青饲料价格就要高得让人不敢买了。

她为什么要来这里？她想连格罗比的家具一起租下来。她想这么做他没意见。他从来也没关心过格罗比。他父亲从来没养出一匹值得谈论的种马，也没有卖出一两匹得小奖的马。他也从不喜欢猎狐或者猎鸟。他记得在十二号②的时候站在格罗比的草地上，看着猎鸟的人群爬上山去，他就会感觉自己像个傻瓜。克里斯托弗当然热爱着格罗比。他更年轻，也没有想着有一天会继承它。

西尔维娅多半已经把那个地方变成了一堆破烂——如果她妈妈没有拦住她的话。好啦，他们很快就会知道了。克里斯托弗就快回来了，如果那个机器没有摔断他倔强的脖子……那么，这个女人又是在这里做什么呢？她多半代表着那个让人不想提起的女人加在克里斯托弗身上的折磨又拧紧了一道。

对他来说，他的弟妹西尔维娅象征着一种神奇的不眠不休的躁动。他猜，她想要的是他弟弟回到她身边和她睡觉。这么深的仇恨

---

① 通常这个故事的主角不是玛丽·安托瓦内特，而是她的母亲，奥地利女皇玛丽娅·特蕾西亚——她在一七五一年的夏天让一位贵族把盐矿出产的一年的盐铺在地上，以便她滑雪橇旅行。

② 每年八月十二日，英国传统的猎松鸡季节开始的日子。

不可能有别的动机了……把这位美国女士送到这里来不可能有任何别的原因。

那位美国女士正告诉他她准备在格罗比摆出近似于国王的排场——当然是带着适度的民主的谦虚。明显地她找到了解决不可能的难题的方法！……也许真的有办法。那个国家一定有一堆有钱得不得了的人！他们是怎么化解摆阔气和民主之间的矛盾的？比如说，他们的男仆是不是坐下来和他们一起吃饭？这对纪律可没什么好处，但是也许他们不关心纪律。没人知道。

德·布雷·帕佩夫人很明显赞成让男仆戴上扑粉的假发或者当她乘坐他父亲的六马拉的马车出门时，让佃农的孩子们朝她屈膝行礼。因为当她乘车穿过高沼地去雷德卡或者斯卡伯勒①的时候，她想用的是他父亲那架六马拉的马车。西尔维娅告诉德·布雷·帕佩夫人，他父亲过去就是这么做的。这倒是没错。他父亲那个古怪的家伙，在他去履行治安官的责任或者去巡回法庭的时候总是要把那架怪物拉出来，那是为了配得上他的身份。只要她想，他不认为德·布雷·帕佩夫人为什么不能这么做来显示自己的身份。不过，他想象不出那些佃农的孩子们向这位女士屈膝行礼的样子！想象一下老斯库特的孩子们行礼的样子，或者山谷那头的高个汤姆！……当然，现在是他们的孙子辈了。他们管他父亲叫"提金斯"——有的甚至当面叫他"老马克"！对他们来说，他自己永远都是"小马克"。很有可能他现在还是。这些习惯就和高沼上的石楠花一样永远

---

① 两地都是约克郡的海滨度假胜地。

不会变。他好奇那些佃农会怎么称呼她。她会过得很难受的。他们不是她的佃农,他们是他的佃农,他们自己也清楚得很。那帮租了带家具的宅邸或者城堡的家伙以为他们把家庭关系也租了下来。战前有个从法兰克福来的家伙租了林迪斯法恩,就是神圣岛[①]或者其他类似的地方,还雇了个风笛手在他们吃饭的时候奏乐。风笛手吹利尔舞曲[②]的时候他还把眼睛闭上了,就好像是什么神圣的场合一样……那是西尔维娅在政府里的朋友们的朋友。还是得表扬她一下,她不会和犹太人打交道。这是她唯一值得表扬的地方!

德·布雷·帕佩夫人正跟他讲自己经过的时候让自己佃农的孩子下跪行礼和民主并不矛盾。

一个男孩的声音传来,"马克伯伯!"见鬼了,那会是谁?可能是他与之共度周末的人家中哪一户的孩子。可能是鲍尔比的,要不就是泰迪·霍普的。他一直都很喜欢孩子,孩子们也很喜欢他。

德·布雷·帕佩夫人正在说,是的,那对佃农的孩子有好处。著名的教育学家斯洛科姆博士兼神父说过,为了年轻人好,应该把这些感人的旧礼仪保留下来。他还说,看到威尔士亲王在加冕仪式上跪在他父亲面前宣誓效忠让人无比感动。再说了,她还在曼特农夫人的画像上见过——夫人四处走动的时候,下人就是这么做的。**她**现在就是曼特农,因此这样肯定没错。如果不是因为玛丽·安托瓦内

---

① 林迪斯法恩又名神圣岛,是英国东北的一个离岛,是英国本土凯尔特人基督教的重要遗迹,上面也筑有一座城堡。

② 爱尔兰和苏格兰的民间舞曲,曲调简单欢快。

特……

那个男孩的声音说:"我希望你能原谅……我**知道**这么做不好……"

他不把枕头上的脑袋转过去就看不到那个男孩,而他没打算把头转过去。他能感觉到有人站在他另一侧肩膀大概一码外。至少这个男孩没从立着的牧草里踩过来。

他不能想象任何他会与之共度周末的人家的儿子会从立着的牧草中踩过。年轻的一代都是些挺没用的家伙,但是他还是不能相信他们已经沦落到这般田地了。他们的下一代也许……他眼前浮现出灯火通明的餐厅,里面有高大的肖像和衣裙,从高高的窗户看出去,夕阳的光洒在庄园里高高的牧草上。这一切都和他没有关系了。如果有任何佃户的孩子会朝他下跪,那只有在他被装进木壳子,被车拉去高沼那头的小教堂的时候……他父亲就是在那里开枪自杀的。

那可是件古怪的事情。他记得自己收到消息时的样子。他那时在玛丽·莱奥尼家吃饭……

那个男孩正在为那位夫人踩着牧草而来这件事情道歉。与此同时,德·布雷·帕佩夫人正在贬低玛丽·安托瓦内特,显然她不喜欢玛丽·安托瓦内特。他不能想象,为什么有人会不喜欢玛丽·安托瓦内特。但她很有可能不讨人喜欢。法国人——他们是群讲道理的人——把她的头砍下来了,所以,估计**他们**是不喜欢她的……

他那时在玛丽·莱奥尼那里吃饭,她站着,双手叠放在身前,看他吃羊排,还煮着土豆。这个时候,他俱乐部的门童打电话来说有一封他的电报。玛丽·莱奥尼接的电话。他告诉她,让门童把电报打开读给她听。这没有什么不寻常的,发到他俱乐部的电报通常都是告诉他那些他没有参加的赛马会的结果。他讨厌从餐桌旁站起来。她走回来的时候步子很慢，开口的时候更慢，说有个坏消息要告诉他，出了场意外，他父亲被人发现中弹身亡。

他一动不动地坐了很长时间，玛丽·莱奥尼也什么都没说。他记得他吃完了羊排，但是没有吃苹果派。他还喝完了波尔多红酒。

在那个时候他已经得出了他父亲多半是自杀的结论，而他——他，马克·提金斯——多半要为他父亲这么做负责。那时他已经站了起来，告诉玛丽·莱奥尼给她自己准备几件丧服，然后坐夜班火车去了格罗比。等他到那的时候什么疑问都没有了，他父亲是自杀的。他父亲不是那种会糊涂到把拉开了击锤的枪拖在身后，再从花楸树篱里钻过去的人，还是为了追兔子……他是有意为之的。

那么，提金斯家的血统里还是有点软弱的成分的——因为没有什么真正够得上为之自杀的原因。他父亲的确经受了些痛苦。他一直没有从他第二任妻子的死当中恢复过来。对一个约克郡的男人来说，那就是软弱。他在战争中失去了两个儿子和唯一的女儿，其他人也经历了同样的事情，然后走出来了。他从马克这里听到他的小儿子——克里斯托弗——是个浪荡无赖。但是不少人都有个浪荡无赖的儿子……所以，就是血统里有的软弱！克里斯托弗自然是软弱的。不过，那是从他妈妈那里继承来的。马克的继母出生在约克郡南部。那里都是些软弱的人，一个软弱的女子。克里斯托弗就是她的宝贝，在西尔维娅从他身边跑掉的时候，她就难过得死掉了！

那个说话的男孩自己走到了床尾他可以看到的地方，在德·布雷·帕佩夫人旁边，一个有点高的瘦瘦的男孩，有点像乡下傻小子一样的脸颊，脸红扑扑的，浅色头发，棕色眼睛。站得直直的，可还是有点软弱。马克好像认识他，但是又没法想起他到底是谁的儿子。那个男孩请求他原谅他们不请自来，说他知道这么做不像话。

德·布雷·帕佩夫人还在令人难以置信地说着玛丽·安托瓦内特，这是个她尤其讨厌的人。她说玛丽·阿托瓦内特对曼特农夫人绝对是忘恩负义——那一定是很难做到的。照德·布雷·帕佩夫人的说法，很明显，在玛丽·安托瓦内特还是法国宫廷里一个被人忽视的小丫头①的时候，曼特农夫人就成了她的朋友，借给她裙子、珠宝，还有香水。后来，玛丽·安托瓦内特却迫害了她的恩人。法国还有广大的旧世界的苦难就是由此而来的。

在马克看来，这是把历史事实搞混了，但是他也不是很确定。不过，德·布雷·帕佩夫人说她是从雷金纳德·韦勒先生那里听说这些鲜为人知的秘闻的，他是西部一所大学里著名的社会经济学教授。

马克继续思考起提金斯家血统里的软弱来，同时，那个男孩用一双可以说是在恳求也可以说只是走神了的眼睛看着他。马克不明白这个男孩可能在恳求什么，所以，男孩多半只是愚蠢而已。不过，他的马裤倒是裁剪得非常好。事实上，非常之好。马克认出了这是哪个裁缝的手艺——孔迪特街②上的一个裁缝。如果这个家伙还知

---

① 德·布雷·帕佩夫人此处又把法国历史搞错了。玛丽·安托瓦内特嫁到法国成为太子妃的时候已经十五岁了，她之前都生活在奥地利官廷里，而且在她出生三十六年前曼特农夫人就已经去世了。

② 伦敦西区的一条街，一战前后这条街上有几十家裁缝店。

道去那个裁缝那里做马裤,他倒还不是蠢到了家……

克里斯托弗的软弱多半是因为她妈妈不是来自约克郡北部或者杜伦——但是这也不足以说明为什么这个家族要灭绝了。他的,马克的,父亲的儿子们都没留下后代。那两个战死的弟弟都没有孩子。他自己也没有孩子。克里斯托弗……哼,那可说不准!

等于是他,马克,杀死了自己的父亲,这点他是随时会承认的。人会犯错误,那就是一个错误。要是犯了错,就该努力去弥补;否则就应该减少自己的损失。他不能让自己的父亲复活,他同样也不能为克里斯托弗做任何事情……至少肯定没能做很多。那个家伙拒绝接受他的钱……他也不能真的怪他。

那个男孩问他愿不愿意和他们说话。他说他是马克的侄子,小马克·提金斯。

马克觉得自己很了不起,因为他一根头发都没动。他发现,他在头脑里已经坚持认定克里斯托弗的儿子不是他亲生的,以至于他几乎忘记了那个小崽子的存在。但是他不应该这么快就下结论:从大脑的自动反应来看,他很惊讶地发现他已经这样认定了。其实还有太多应该考虑到但是他从来没有认真想过的因素。克里斯托弗下定了决心要让这个男孩继承格罗比。对他,马克,来说那就够了。他不关心格罗比落到谁手上。

但是真正看到这个他从来没有见过的少年把这个亟待解答的难题送到了他面前。它成了个挑战。他仔细想了想,这个挑战最终要的是他对女人的本性做出个结论。他想,他从来没有让自己的本能的那一半来找过自己理智的麻烦。但是他发现,躺在这里的时候,他一定把多得不成比例的时间用来思考西尔维娅的动机是什么。

除了男人,他没怎么跟人说过话——而且他们大多数是和他同一阶级和类型的人。你当然会对招待你过周末的女主人说几句客气话。如果周日早晨去教堂之前发现你自己在蔷薇园里和一位年轻或者年长的女性待在一起,如果她了解任何和赛马有关的事情,你就和她聊赛马,要不就是古德伍德赛马会,或者阿斯科特赛马会①,聊到足够显示出你对女主人的客人很有礼貌就行。要是她对赛马一无所知,你就和她聊蔷薇花或者是鸢尾花,要不就是上周的天气。不过,能聊的话题也就是这些了。

然而,他知道关于女人的一切,对此他很有信心。这就是说,在和人聊天或者传闲话的过程中,当听到别人描述或者评论女人的行为的时候,他总是可以找出一个让他满意的、足以解释这些行为的动机,要不就是能够让他准确地预见那些事情未来的走向。不用说,二十年来一直听玛丽·莱奥尼那些永不停歇但是从来不会让人厌烦的言论也算是种增长见闻的教育。

他对他和她的关系无比满意——这是想到提金斯家的时候唯一能让人觉得无比满意的事情。克里斯托弗的瓦伦汀是个不错的漂亮姑娘,脑袋也该死地好用。但是克里斯托弗和她的关系给他自己带来这么大一团麻烦,除了那个姑娘之外,这是个挺糟糕的选择。男人的职责就是找一个既不会烦他又不会招来别的烦心事的女人。嗯,

---

① 两者都是英国最著名的赛马会,其中阿斯科特赛马会因为英国皇室的密切参与也被称为"皇家阿斯科特赛马会"。

克里斯托弗选了两个——看看他结果如何!

他自己从第一分钟开始就完全没犯过错。他第一次见到玛丽·莱奥尼是在考文垂花园①的舞台上。他去考文垂花园是为了陪他的继母,他父亲的第二任妻子——那个软弱的女人。一个脸红扑扑、温柔的、真是圣徒一样的人。她在格罗比周围就被人当作圣人。当然,是英国国教那种圣人。那就是克里斯托弗的问题所在,就是那种软弱的血统。一个提金斯家的人不该在血统上跟圣洁扯上关系!这当然会让他被人当成骗子、无赖看待!

但是他去考文垂花园纯粹是出于对他继母的礼貌,她很少到伦敦来。而在那里,就在芭蕾舞演员的第二排里,他看到了玛丽·莱奥尼——当然,那个时候更苗条。他马上就打定主意要和她在一起,然后一位乐于助人的门童替他从后台的门里要到了她的地址,于是,在第二天快到十二点半的时候,他就在埃奇韦尔路上朝她的住处走去。他本来是要去拜访她的,然而,他在街上就遇到了她。在那里看到她,他喜欢上了她的走路姿态、她的身形、她整齐的裙子。

他把自己、他的雨伞、他的小圆礼帽等等,直接地戳在了她面前——她没有被吓得脸上一颤,或者想绕过他跑开。然后,他对她说,如果在伦敦的演出结束以后,她愿意做他的情人②——一年二百五十英镑,零花钱再议——她就可以把奶壶挂在他为她租的公

---

① 伦敦的一个区,也指位于此处的皇家歌剧院。
② dans ses draps,法语,直译为"在他的床单之间",即成为某人的情人。

寓里了。公寓在圣约翰森林庄园①里，那个时候他大多数的朋友都在那个地方安了家。她更想住在格雷律师学院路附近，因为那里让她觉得更像法国。

但是西尔维娅完全就是另一种人了……

那个年轻人整张脸都红透了。旧鞋子里小山雀等得不耐烦了，尽管它们的母亲在草房顶上的树枝上发出了警告，它们还是叽叽喳喳地叫着。树枝笼罩在草屋顶上肯定是不健康的，但是在堕落成这样的年代里又有什么关系呢，在欲望面前甚至连小山雀也止不住自己叽叽喳喳的叫声。

那个年轻人——西尔维娅的野崽子——正尴尬地和德·布雷·帕佩夫人说话。他指出也许他伯伯讨厌那位夫人对历史和社会的长篇大论。他说他们是为了谈谈那棵树的事情而来。也许那就是他伯伯不愿意和他们说话的原因。

那位夫人说，给旧世界堕落的贵族好好上上历史课正是她人生的使命，这是为了他们好，不管他们有多不喜欢。至于谈那棵树的事情，那位年轻人最好自己完成。她现在决定要在果园周围走走，看看穷人过得怎么样。

那个男孩说，若是这样的话，他不明白德·布雷·帕佩夫人还来做什么。那位夫人回答说，她是在他被伤害的母亲的神圣请求下才来的。这个回答该足够让他满意了。她快步从马克眼前走开了，一副不安的样子。

---

① 伦敦中城西北部的一个区，现在依旧是伦敦的富人聚居区。

那个男孩，喉头明显地一上一下咽着唾液，用稍稍突出的眼睛盯住了他伯伯的脸。他准备说话了，但是他有很长时间都一言不发只是睁大了眼盯着。这是克里斯托弗·提金斯会干的事——不是什么提金斯家族的传统。盯着你看半天然后才开始说话。不用说，克里斯托弗是从他妈妈那里继承的——甚至比她还厉害。她会盯着你看很久。当然，不会看得你不舒服。但是克里斯托弗一直让他觉得厌烦，就算他还是个小男孩的时候也是……如果不是他盯着他看了那么久，就像只正放血的猪一样，有可能他不会变成现在这个样子。就在该死的那天的早上——休战日……该死的。

克兰普的大儿子，汉普郡第二步兵营里的一个号手，沿小径走下去了，军号在他卡其色的背影上闪闪发亮。现在他们该用那个乐器大闹一阵了。休战日那天他们在玛丽·莱奥尼窗下的教堂台阶上吹了《最后一岗》①……最后一岗！……最后的英格兰！他记得是那么想的。那个时候他还不知道全部的投降条款，但是他已经受够了克里斯托弗那副被放了血的猪的样子！……受够了！他不是说自己不应该被这样对待。如果你犯了个错误你就必须要接受因此而来的一切。你不应该犯错误。

床脚的那个男孩喉头正在做出痛苦的动作：他的喉结一上一下。他说："我明白，伯伯，你讨厌见到我们。就算这样，拒绝和我们说

---

① 英国军乐，用军号吹奏宣布军营里一天的结束或者是一场战斗的结束，召唤失散的士兵回归部队。现在在英联邦国家中一战休战日纪念的时候也会吹奏这首曲子，寓意是召唤在战争中牺牲的士兵的灵魂。

话还是有点过分吧!"

马克稍微想了想这其中必然存在的沟通问题。西尔维娅一直觊觎着这座庄园,一圈一圈又一圈。她和克兰普太太说过好几次话。他觉得向下人透露这种事是种很奇怪的格调——不光透露,还喋喋不休地说起被自己的丈夫厌恶这种事情。如果他的女人离开了他,他只会对此闭上嘴。他肯定不会跑去冲着和她搞在一起的男人的木匠大哭大嚎。不过,人的格调真是说不准。不用说,西尔维娅肯定满心都是自己的痛苦,因而很有可能她没有听见克兰普太太对于他的,马克的,状况说了什么。他几年前和那个婊子见面的一两次里,她就是那样的。她带着对克里斯托弗的满腔怨气冲了进来,以至于离开的时候她丝毫不清楚允许她在格罗比住下的条件究竟是什么。很明显,编造出她编造的那些谎言让她的大脑不堪重负了。你不可能编出了那种残酷的性虐待的玩意却一点不影响到自己的大脑。比如说,她不能编造了马克是因为年轻时候的罪孽而病倒的闲话却不会因此受到一点影响。这就是天命对那些经常编造闲话的人的最终惩罚。他们会变得有点傻……那个家伙——他一下想不起他的名字了,一半苏格兰血统,一半犹太血统,那个告诉他关于克里斯托弗最恶毒的谎言的家伙就已经变得有点傻了①。那家伙留了一嘴胡子,还在不合适的场合戴了高礼帽。好吧,事实上,克里斯托弗是个圣人,而老天总会为那些污蔑圣人的人想出最天才的惩罚。

不管怎么样,那个婊子沉浸在她自己编造的故事里如此之深,

---

① 本系列第一卷中马克的室友,拉格尔斯。

以至于她从来就没有意识到他，马克，已经不能说话了。当然，性病的后果不是什么想起来会令人快乐的东西，因此，不用说，西尔维娅在替他编造出这种疾病之后没有去想想对应的症状会是什么。不管怎么样，那个男孩不知道——德·布雷·帕佩夫人也不知道——他不会说话了。不会和他们说，也不会和任何人说。他和这个世界没关系了。他观察着世界行动的潮流，倾听着它的渴望，甚至还有它的祈祷，但是他再也不会动一动嘴唇或者手指。这就像死了一样——或者，像上帝一样。

这个男孩很明显是在请求他原谅。他觉得他自己和德·布雷·帕佩夫人就这么闯进来不是很合规矩……

不过，这么做其实没什么不合规矩的。他能看出来，他们俩都很害怕他，马克，就像害怕魔鬼一样。不过，这么做的格调高下可能就值得商榷。尽管如此，这种情况是非常特殊的——就像所有的情况一样。很明显，一个男孩跑到他父亲和父亲的情人同居的房子里格调就不太高，那位妻子的密友也不行。不过，他们俩明显还是一个想把格罗比租出去，一个想把格罗比租下来。如果他，马克，没有同意的话，或者不管怎么样，如果他反对的话，他们哪个都做不到。这是生意，而据说生意可以遮掩住不少格调不高的事情。

而且，事实上，那个男孩正在说的是他的妈妈，当然，她是个挺棒的人，但是他，小马克，觉得她的行为在很多方面都是不够光明的。然而，我们不能要求一个女人——还是个受到了伤害的女人……那个男孩，双眼闪闪发光，脸颊也红得发亮，看起来是在请求马克至少认同他妈妈是个受到了伤害的女人……那么，我们不能要求，一个受到了伤害的女人完全同意……同意年轻的剑桥学生的意见！因为，他赶紧向马克保证，他的伙伴们——首相的儿子、小多布[①]、波特，还有他自己，都一致同意应该允许一个人和他想要的人住在一起。因此，他并没有质疑他父亲的行为，而且就他自己而言，如果有机会的话，他会很高兴地去握他父亲的……伴侣……的手。

他亮闪闪的眼睛有点湿润了。他说事实上他不是想要质疑任何东西，但是他觉得如果能多一点来自他父亲的影响他自己会更好。他认为他受他妈妈的影响太大了。就算在剑桥他们也注意到了！事实上，这就是解除曾经缔结的婚约这件事情会遇到的真正麻烦。从科学上来说。问题……性吸引力这个问题，尽管科学家们很努力，现在还是非常神秘的。对于这个问题，最好，或者说最稳妥的解释是性吸引力会在性情和体格相反的人之间出现，这是一种自然法则因为自然会修正极端的情况。事实上，没有比他父亲和妈妈之间差别更大的了——一个是如此的优雅、健美，还……哦，迷人。而另一个是如此的……哦，就让我们说他是绝对值得尊敬的，但是……哦，无法无天。因为，这是自然的，你可以违反某些规矩，但依旧还是高贵的化身。

马克很好奇这个男孩是不是知道他妈妈习惯性地告诉每一个她遇到的人他父亲靠女人生活。靠女人挣的脏钱，在她觉得安全的时候她会这么暗示……

[①] 前文为多布斯，可能是作者的笔误。

高贵的化身，还有男性的笨拙，而且举止让人无可挑剔……好吧，他，小马克·提金斯，没有评论他父亲的资格。他的马克伯伯应该能够看出他对父亲充满了感情和仰慕。但是如果自然——请务必原谅他又用了一个拟人的表达法，因为这是最简便的办法了——如果自然想要性格迥异的人结合从而削弱他们后代中的极端状况，这个过程并不是在……简短地说，身体的结合这一行为之后就结束了。很明显，有了遗传的身体特征，以及，不用说，遗传的记忆之外，还有通过人与人之间的接触来影响后代的性格这个问题。因此，如果其中一个极端任由双方结合的产物完全置于另一个极端的个人影响之下的话，这很有可能违背了自然的意愿……

马克想，那个男孩，还真是个麻烦。他看起来是个不错的真诚的男孩，稍微有点话多，不过，那是可以原谅的，因为他必须要一个人一直说。时不时地，他说话当中会停顿一下，就好像是他恭敬地想要听听马克的意见。这样做很得体。他，马克，受不了半大小子们——尤其是这个年龄的半大小子，他们通常比一般的半大小子还要意见丰富、情绪激动。不管怎么样，一旦他们的童年不再，他就受不了年轻人了。但是他清楚地知道，如果你想进行科学调查，如果你想挖掘出——为了你自己——一个人身世的真相，你就必须把自己的喜好放到一边。

天知道，他原来就觉得克里斯托弗，在他还只是他父亲家里的几个小孩中的一个的时候——他就觉得他够烦人了……一个相当无精打采的金发小崽子，对数学特别感兴趣，总喜欢站在那用那双蓝莹莹的鼓眼睛盯着你——好多年前了，屋里屋外都一样，最先是在育婴室里,然后是在格罗比的马厩里。那么,如果这个小伙子让他觉得烦躁,这其实更能说明他是克里斯托弗的儿子,而不是西尔维娅和另一个男人的野崽子……那个家伙的名字叫什么?管他的,反正是个烂透了的混账无赖。

很有可能他**就是**另外一个家伙的儿子。如果不是她认为自己怀孕了,那个女人不会哄骗克里斯托弗和她结婚的。如果是这种状况,任何一个女人骗任何男人和她结婚都是不能受指责的。但是一旦找到一个把他的姓氏冠在你的杂种身上的男人之后,你应该对他有点忠诚,他还是帮了你挺大的一个忙。这点西尔维娅从来没有做到过……他们把这个年轻人弄到了他们的——提金斯家的——家庭里。他现在就在这里了,他的手已经放在格罗比上了……那没什么。和提金斯家一样伟大的家族早就发生过同样的事情了。

但是西尔维娅尤其令人生厌的地方就在于她居然在这之后还对他不幸的弟弟怀有这种性欲的疯狂。

没有其他的角度供以看待这个问题。不用说,她诱惑克里斯托弗和她结婚是因为她以为——不论她想的是不是真的——她怀上了另一个男人的孩子。他们永远都不能知道——可能她自己都不知道——这个孩子到底是克里斯托弗的还是别人的。关于这种事情,英国女人总是一团糟——一脸羞愧的样子。这是可以原谅的。但是从那一天起,她其他所有的行为都是不可原谅的——除非把它们看作是在恶意的性冲动之下做出的。

这样做是完全合理的——母亲的职责就是给没有出生的孩子找到一个姓氏和一位父亲。但是在之后又糟践那位父亲的姓氏比让孩子连个姓都没有更丢人。这个孩子现在是格罗比的提金斯了——但是他也是那个妈妈口中行为让人难以启齿的父亲的儿子……还是那个不能吸引自己男人的母亲的儿子!……她还把这些事情大大方方地告诉了家里的木匠!如果说一切为了下一代好是最高法则的话,这样做又算是什么品德呢?

在他眼里,西尔维娅所有的古怪行为唯一的目的都是让她儿子的父亲回到她身边,这么说很容易。毫无疑问,它们可能的确如此。他,马克,随时都准备承认,就连她的次次不忠,尽管它们都闹得很大,有可能也只是为了把他不幸的弟弟的注意力重新吸引到她身上而已——为了在他的头脑里保留她的印象。在他们结婚之后,克里斯托弗发现自己仅仅只是个棋子而已,他多半对她非常冷淡,或者干脆忽视了她——没有履行夫妻间的义务……而他又是个相当吸引人的家伙,那个克里斯托弗。他,马克,现在不得不承认这点了。简直是个圣人,是个基督教殉道者,还是……这就足以把一个女人逼疯了,如果她不得不和他生活在一起却又被他忽视。

很明显,必须允许女人使用一切她们可以利用的方法来维持——来激起——她们对她们的男人的性诱惑。说到底,那些婊子的用处也就在这里,她们必须要延续种族。为了这么做,她们必须把注意力集中到她们自己身上,还要使用任何她们觉得合适的手段,每一个人因她自己的性格决定。那种残忍是种兴奋剂,他也非常愿意退一步承认。他已经准备好了退让到底,承认那个女人的动机。摆出残忍的模样就是为了把注意力吸引到你身上,你不能期望一个忘了你的男人来追求你。但是事情总得有个限度。在这样的事情里，你应该要——就和在其他任何事情里一样——应该要知道你能做什么，不能做什么——而这一个布丁的好坏，就和其他的布丁一样，也要吃过才知道[①]。下定了决心一定要在她男人的头脑里留住她的印象，西尔维娅什么机会都没有放过，结果就是，她毫无疑问，不可挽回地失去了她的男人，输给了另一个女人。然后她就成了个厌物。

一个决心要把男人抢回来的女人应该有个系统的方案，至少得有点计划。但是西尔维娅——他是从休战日那天夜里跟克里斯托弗漫长的对话里知道的——西尔维娅最喜欢做的是她称作拉淋浴链子[②]的事情。她会做过分的事情，大多数都是非常残忍的，为的是找乐子看看下面会发生什么。唉，在一场战役中，你不能给自己找乐子，更不能拿这场战役的主题开玩笑！如果是你想做什么就做什么，而不是做应该做的事情，那不管最终结果有多糟糕都绝对是你活该。**绝对！**

不论西尔维娅做过什么，她本可以通过成功地和他弟弟再生一个孩子来给自己正名，但她没有做到。提金斯家的种族没有壮大。那她就是个厌物而已……

一个该死的厌物……她现在又想干什么？很明显，德·布雷·帕

[①] 英国习语，通常说的是"布丁的好坏吃过才知道"，这里马克想说的是，就和做任何事情一样，只有在做这件事情当中才能发现什么是能做的，什么是不能做的。

[②] 英国旧式的淋浴旁边都有一根铁链子，拉一下就会有凉水倒下来。

佩夫人和这个孩子来这里是因为她的——实话实说——虐待狂又发作了。他们来这里克里斯托弗会受到更多的伤害，而她不会被忘记。那么，她是想要什么？想要他妈的什么？

那个男孩已经安静了有一阵子了。他正盯着马克，双眼鼓出，喘着气，他父亲这么做的时候真是让人烦得不得了……尤其是在休战日那天……好吧，他，马克，现在明显愿意承认这个男孩有可能是他弟弟的儿子了。到底还是有个真正的提金斯要统治那幢无比长的灰色宅邸了，就在那棵神奇的雪松树后面。约克郡最高的雪松树。英格兰最高的。全帝国……和他没关系。树枝盖屋顶，医生来不停……那个男孩的嘴唇动了动。什么声音都没有发出来。他多半是非常紧张！

他的确是很像他的父亲。肤色更深……棕色的头发，棕色的眼睛，红色的脸颊现在红得发亮。挺直的鼻子，显眼的棕色眉毛。有种……受惊的、困惑的……什么来着？……表情。好吧，西尔维娅是金发白肤的，克里斯托弗深色的头发里混着银发，但也是白皮肤……该死。这个男孩比克里斯托弗在他这个年纪或者更年轻的时候还要有吸引力……克里斯托弗徘徊在格罗比当教室用的房间门口，为波的数学理论而困惑。他一向都受不了克里斯托弗，或者，事实上，也受不了任何其他的弟弟和妹妹，还有埃菲妹妹——**生来**就是要做副牧师的妻子……困惑的！就是这个！……那个麻烦的女人，他父亲的第二任妻子——那个圣徒！——把困惑混进了提金斯家的血脉里……这就是克里斯托弗的儿子，圣徒的血脉等等，什么都有。也许克里斯托弗生来就是要做一个有丰厚收入的乡间牧师长，除了星期六的下午之外，所有的时间都用来写关于积分的论文。圣徒一样的名声远播四方。唉，他既不是前者，也不是后者。他现在是个旧家具贩子，道德高尚的鼻孔只会闻到他的臭味……老天真是不可捉摸。那个男孩现在说的是，"那棵树……那棵大树……它遮住了窗户……"

马克对自己说了声："啊！"格罗比的大树是提金斯家的象征。格罗比方圆三十英里的人都是在格罗比的大树下宣誓结婚的。在约克郡其他区里，他们说格罗比大树的高度和格罗比古井的深度一样。当他们真的醉得很有想象力的时候，克里夫兰①的村民们会宣布——如果你敢反对，把你打翻在地——格罗比的大树有三百六十五英尺高，而格罗比的古井有三百六十五英尺深。一英尺代表了一年中的一天……在特殊的时候——他自己才懒得去记住是什么时候——村民会请求允许他们在树上挂上破布条或者其他的东西。克里斯托弗说过，圣女贞德的主要罪状之一就是她和栋雷米②的其他少女一起把破布和其他小玩意挂在一棵雪松上。献给精灵的祭品……克里斯托弗把那棵树看得很重。他是个浪漫的蠢货。可能他把那棵树看得比格罗比的其他一切都重要。要是他觉得大宅妨碍了那棵树，他会把大宅都拆了。

小马克现在像羊，绝对是像羊一样，哆哆嗦嗦地说："意大利人有个谚语……树枝盖屋顶，医生来不停……我自己同意这种说

---

① 格罗比所在的约克郡的区名。
② 法国的一个市镇，贞德的故乡。

法……当然，是从原则上……"

好啦，就是这个了！西尔维娅威胁要把格罗比的大树砍倒。只是威胁要求而已。但是那已经足够让可怜的克里斯托弗痛苦了。谁都不能砍了格罗比的大树。但是一想到那棵树现在由对它毫无感情的人管理就足够把克里斯托弗逼疯了——年复一年都是这样。

"德·布雷·帕佩夫人，"那个男孩磕磕巴巴地说，"非常热切地想要把这棵树……我原则上同意……我妈妈希望你能看到——哦，在现代——一幢宅邸几乎是租不出去的，如果……所以，她让德·布雷·帕佩夫人……她没有足够的勇气，虽然她发誓她有……"

他继续磕磕巴巴地说着。然后，他一惊，停住了，脸红透了。一个女人的声音传了过来，"提金斯先生……马克先生……嗨……哈！"

一个小个子女人，全身都穿白色、白色马裤、白色外套、白色宽边毡帽，正从一匹前额上有白色星星斑纹的高大的枣红马上下来——一匹长着大鼻孔和聪明脑袋的枣红马。她很明显是在朝男孩挥手，然后抚摸着那匹马的鼻头。很明显是在朝那个男孩……因为很明显老马克是不可能认识一个会发出"嗨，哈！"这样的声音来吸引他注意力的女人的。

菲特尔沃思伯爵，戴着顶方方的硬帽，骑在一匹高大的脑袋像棺材一样的灰色条纹马上。他留着一副短短的蓬松的唇髭，像笠贝[①]一样紧紧地坐在马上。他朝马克的方向挥了挥他的马鞭，然后继续和站在他马镫旁边的冈宁说话。那匹棺材脑袋的马一惊，朝前

---

① 一种能够非常牢固地依附在礁石上的贝类。

一动又往后退了一英尺左右。一阵狂野的从铜管中发出的尖锐声音惊到了它。现在，那个男孩的脸越来越红，而且随着他越来越激动，越来越像克里斯托弗在该死的那天的样子……胳膊下夹着件家具的克里斯托弗，在玛丽·莱奥尼的房间里，站在床尾，眼睛鼓出来。

马克痛苦地暗自咒骂了一声。他讨厌回忆起那一天。现在，这个男孩还有克兰普家的小孩子们从他们当号手的哥哥那里弄来的该死的军号又把那天塞回了他该死的脑海里。号声继续着。一阵一阵的。一个孩子吹两下，然后另一个继续。明显最后是克兰普家的大儿子接了过来。号声响起……嗒……嗒……嗒……嗒……嘀……嗒——嗒——嘀……嗒……《最后一岗》。去他妈该死的《最后一岗》……好吧，敏感的克里斯托弗，就像那一天马克预料到的一样，把他自己陷进了一团他妈的该死的麻烦里，同时还有个喝醉了的王八蛋在窗下吹《最后一岗》……马克的意思是那天号声还在响的时候他就已经预料到了一切。他憎恨那个军号让他想起了一切。他比自己想象中还要憎恨它。他甚至不能想到他会骂脏话，哪怕是对自己说的。他一定是无比激动了。因为那个该死的声音他妈的无比激动了。它就像场灾难一样降临在那天。他看到了那一天玛丽·莱奥尼房间的每一个细节。在大理石的壁炉台上，在一幅巨大的西斯廷圣母的版画下面，夜灯上温着一个喂食杯，里面装的是玛丽·莱奥尼给他热着的糊糊……也许这是他最后吃过的食物。

第五章

可是不对……那肯定是十二点左右,早一点或晚一点,就在该死的那天。不论如何,从那之后,他不记得吃过的任何一餐了。不过,他记得一段长得似乎没有尽头的极度恼怒的时光。或者是羞恼,如果他能说自己曾经感到过羞恼的话。他还记得在克里斯托弗向他宣布了他那个时候看来会毁掉一切的打算之后,他用鼻孔猛吸了一口气……直到差不多凌晨四点的时候,沃尔斯滕马克爵爷才给他,马克,打了电话,让他召回准备从哈里奇①出发的运输舰……凌晨四点,那些蠢货。——代理他工作的人在庆祝活动中消失了,而沃

---

① 英国东南部萨塞克斯郡的军港,一战的时候是英国海军驱逐舰和潜艇舰队的锚地。

尔斯滕马克爵爷想知道他们给哈里奇分配的代码是什么，因为必须不惜一切代价阻止那些运输舰。不会再进攻德国本土了……在那之后他就再也没有说过话。

他的弟弟没救了，国家也完了，他自己也是落魄下台了，就像人常说的那样。在他深深的羞恼中——是的，羞恼——那天早上他对克里斯托弗说——一九一八年十一月十一号——他再也不会和他说话了。在那个时候，他想说的不是他从此都不会再和克里斯托弗说一句话了——仅仅是他再也不会和他讨论事情了——格罗比的事情！如果克里斯托弗想要那幢巨大的、伸出去老远的、灰色的烦人宅邸，还有那棵树，那口井，那片高沼地，还有所有那些约翰·皮尔猎装，他就拿去。或者他也可以把它们扔在那里。他，马克，再也不会提起这件事情了。

他记得自己想着克里斯托弗可能会以为他的意思是要把他的希冀——不管那有没有价值——从克里斯托弗·提金斯和他女人的身上移开。这种理解和他真实的想法恰恰相反。对瓦伦汀·温诺普，他心底有块柔软的角落。他早就有这种感觉了，从在陆军部的门厅里，感觉像个白痴一样，坐在她旁边——啃着自己雨伞手柄的那天起。那个时候，他建议她去当克里斯托弗的情人；他至少恳求过她去照管克里斯托弗的羊排和扣子。所以这实在是不可能，在一年或多一点以后，当克里斯托弗宣布他真的终于要和那位年轻姑娘在一起，甘冒因此而来的任何风险的时候——他不可能想要在自己和他们俩之间划清界限。

这个念头让他如此担心，他甚至写了一张潦草的便条——他的手最后一次握笔——给克里斯托弗。他在便条里说,对女人来说,哥哥的支持什么用都没有,但是考虑到这次的特殊情况,他作为格罗比的提金斯,不论这头衔能有多大的意义,还有提金斯夫人,玛丽·莱奥尼,都非常乐意在所有的场合里和瓦伦汀,还有她的男人,一起出现在人前,这可能管点用,至少在佃农之类的人面前是这样。

好吧,这点他可没有食言!

但是一旦隐退这个念头——不仅是离开工作,还要离开整个世界——进到了他的头脑里,它就不停地生长壮大,扎根在他的羞恼和疲惫之中。因为他不能向自己隐瞒自己已经疲惫到死了——受够了工作、国家、世界,还有人……人……他受够了他们,还有街道,还有草地,还有天空,还有高沼地。他完成了自己的工作——那是在沃尔斯滕马克打电话来之前就完成了,他那时还以为把东西送到世界上的这里或者那里的工作还是有点意义的。

人生在世要尽到对国家和家庭的责任……首先是要尽到对亲人的责任。好吧,他必须要承认他让自己的亲人非常失望——第一个就是克里斯托弗,尤其是克里斯托弗。不过,这又影响了佃农。

他一直就厌倦佃农和格罗比。他天生就厌倦它们。这样的事情的确会发生,尤其是在古老又显赫的家族里。格罗比以及所有和格罗比有关的事情会让他如此厌倦是挺奇怪的,他想那是因为他天生就有什么缺陷。提金斯家的所有人天生都有这样那样的缺陷。可能是因为高沼地上的孤独、严苛的气候、粗野的邻居——甚至有可能是因为格罗比的大树遮住了大宅。你从充当教室的房间看出去只能看到它庞大、长满节疤的树干,孩子们住的那一侧楼整个都被它的树枝遮盖住了。黑的！……像葬礼上用的黑羽缨①一样！据说，哈布斯堡王族的人就很憎恨他们的宫殿——不用说，那就是为什么他们中有那么多人，从胡安·奥特②开始，成了没用的家伙。不管怎么样，他们把王室生活扔到了一边。

在还很小的时候，他就决定抛弃这整套乡间绅士的生活。他不觉得自己是想理会那些糊涂、倔强的乞丐，或者那些该死的住在风呼呼刮的高沼地和潮湿的谷底的人。是得尽到对那些可怜鬼的责任，但是也没有必要和他们住在一起，或者监督他们给自己的卧室通风。这么做也大多是做做样子而已，向来都是。从《谷物法案》被废止以后，就几乎完全是做样子了。然而，明显的是，一位地主是要对他和他的父辈一代一代以之获取收入的庄园尽义务的。

不过，他从来没有想过履行自己的义务，因为他天生就厌倦那一切。他喜欢赛马以及同喜欢赛马的人一起讨论赛马。他想要一直这样，到死为止。

他没能做到。

他本来打算就在办公室、他的寓所、玛丽·莱奥尼家，还有去好家庭出身的赛马主家过周末之间生活，一直到他闭上眼为止……当然，最后只能听上帝的处置，就算是格罗比的提金斯也一样！他

---

① 英国习俗，在出葬的时候马车会插上黑色的羽毛扎成的缨。

② 应该指的是奥地利大公约翰·萨尔瓦多，他在一八八九年宣布放弃了哈布斯堡皇族的身份，改名约翰·奥特，一八九〇年乘船旅行时他搭乘的游轮失踪，直到一九一一年才被正式宣告死亡。

本来想父亲一死就把格罗比让给弟弟中间有继承人的而且看起来能把庄园管好的那个。这样本来可以皆大欢喜的。泰德，他的二弟，脑子挺好用。如果他有孩子的话他就满足要求了。三弟也是可以的……但是他们两个都没有孩子，而且居然都在加里波利①让人给杀了。就连玛丽妹妹，其实她才是紧接着他出生的，如果真的有有主见的女性②的话，她就是一个，也在当红十字护士长的时候死了。她本来可以把格罗比经营得够好的——那个高大邋遢的、长着点小唇髭的无趣的女人。

就这样，上帝让他嘭的一声摔下来，落在了克里斯托弗身上……好吧，克里斯托弗本来也可以把格罗比经营得很好。但是他不愿意。不愿意拥有一英码格罗比的土地，不愿意碰一便士格罗比的钱。他现在正因为这个而受苦。

事实上，他们两个都在受苦，因为马克不知道克里斯托弗，或者庄园，最后要怎么收场。

直到他父亲去世，马克几乎都不曾关心过那个家伙。他比他小十四岁；家里一共有十个孩子，他妈妈生的孩子有三个早夭了，还有一个是个没主意的。当马克永久离开格罗比的时候，克里斯托弗还是个婴儿——也不是彻底永久离开，他也会带着雨伞回来看看，看到克里斯托弗在充当教室的房间门口，或者在他自己的妈妈的起

---

① 土耳其的加里波利半岛，一战期间英法联军于一九一五年在此发动登陆战役试图打入土耳其内陆，战役持续了一年，以英法联军伤亡惨重而告终。

② maîtresse femme，法文。

居室里走神。所以，他几乎没见过那个孩子。

而在克里斯托弗结婚的时候，他就下定决心再也不会见他了——一个被骗和婊子结婚的蠢货。他对他的弟弟没有恶意，但是一想到他，马克就觉得有点恶心。从那以后，年复一年，他听到过关于克里斯托弗最糟糕的传言。从某种程度上讲，这些流言反而安慰了马克。上帝做证，他就不怎么关心提金斯家族——尤其是那个温柔的圣人的孩子，但是他更宁愿他的弟弟是无赖而不是蠢货。

然后，从流传的谣言里，他渐渐地觉得克里斯托弗的确是个不折不扣的无赖。这点他很容易就能解释。克里斯托弗性子里有柔软的一面，而一个女人能把一个性子里有柔软一面的男人败坏到什么程度简直是让人不敢相信的。再说，克里斯托弗搞到的那个女人——搞到他的那个女人——也是让人不敢相信的。马克对女人没有什么很好的眼光；如果她们是有点丰满的、健康的，有点忠诚，而且穿的衣服又不那么显眼，对他来说这就够了……但是西尔维娅瘦得就跟一条鳗鱼一样，跟一匹坏性子的母马一样充满了邪念，完全不忠，而且还穿得像个巴黎的荡妇。在他看来，克里斯托弗不得不一年花大概六千或者七千英镑养那个婊子，结交的还全都是些无赖——而他的收入最多只有两……对一个小儿子来说够多了。但很自然，他只有当无赖才能挣到那么多钱。

那时在他看来就是这样……而且看起来也不是什么大事。他一年可能就想到他弟弟两次。但是有一天——就在另外两个弟弟战死以后——他们的父亲从格罗比到伦敦来，到俱乐部里对马克说："你想过吗，在那个两个孩子被杀以后，克里斯托弗那个家伙实际上就是格罗比的继承人了？你没有合法的孩子，对吧？"马克回答说他连私生子都没有，而且他肯定是不会结婚的。

那个时候他很确定他不会娶信天主教的玛丽·莱奥尼·里奥托尔。当然，他更不会娶别的人。所以，克里斯托弗——或者要不就是克里斯托弗的继承人——自然就要继承格罗比了。在此之前，他从来没有想到这点。但是当这个问题突然就这样闯进他脑海的时候，他马上就发现它打乱了他整个人生的安排。按他那个时候对克里斯托弗的看法，那个家伙是世界上最不应该管理格罗比的人——因为在某种程度上，你得把格罗比看作一个灵魂的牧区。而他，他自己，也好不到哪里去。他完全不熟悉庄园的事务，而且，就算他父亲的庄园管理人是个非常有效率的家伙，他自己那个时候也彻头彻尾地忙于那场战争的事务，几乎不会有一刻的空闲来了解任何和庄园有关的事情。

因此，他的人生安排出现了一个漏洞。本来那已经是个摇摇欲坠的计划了。马克习惯了把自己视作自己命运的主人——他的野心没多大，他还深深地躲藏在自己的习惯和财富背后，就算环境不会随时都向他的意志屈服，命运也几乎不能把他怎么样。

提金斯家的小儿子是个大胆违背法律的人，这是一回事——或者无论怎样，他应该蔑视一切限制。而格罗比的继承人会是个软弱的无赖则是另一回事了，何况这个家伙干的下作蠢事还让他的名声在他自己阶层的人的鼻孔里臭不可闻，如果说小儿子也属于某个阶层的话……不管怎样，在他父亲和长兄所在的那个阶层里。据说，提金斯把他老婆以如此低廉的价格卖给了她的公爵堂兄，结果在交易之后他明显还是一文不名。他还把她卖给过其他有钱人——比如说银行经理。即使在那以后他还是不得不开空头支票。就算一个人要把自己的灵魂卖给魔鬼,他至少也得坚持要个好价钱吧。据说,那个婊子的社交圈就是以类似的交易著名——但是按拉格尔斯的说法,他们大多把老婆卖给了政府成员,又都靠着政府的金融小道消息挣了几百万——要不就是弄了个爵位。把几百万和爵位都弄到手的也不少见。但克里斯托弗就是这么个蠢货,他两样都没弄到。因为一点小钱他的支票就被人拒收了。而且他还笨到了这般田地,非要去把他们父亲老友女儿的肚子搞大,还要让全世界都知道这件事。

他是从拉格尔斯那里听说这个消息的——而这消息杀死了他们的父亲。对,他,马克,绝对是应该被指责的,没有什么可说的。但是——无比糟糕的是——这让克里斯托弗下定了决心,那些钱,那些曾经是他父亲的现在成了马克的钱他一便士都不要。克里斯托弗犟得像头猪。而这点马克并不怪他。提金斯家的人就该犟得像头猪。

然而,他没法劝说自己抛开一个念头,那就是克里斯托弗拒绝接受格罗比和所有格罗比的产出,这不光是从他软弱的妈妈那里继承来的该死的圣洁的表现,同样也是他心中怨恨的表现。克里斯托弗**想要**甩掉自己庞大的财产。他的父亲和他的哥哥相信他就是玛丽·莱奥尼会叫作皮条客①的人,因此羞辱了他这件事不过是他迫不及待地想要抓住的借口而已。他想要的是脱离一个没有效率到恶心而且罪恶的世界,就像他,马克,同样也想脱离一个他发现的比克

---

① maquereau,法语。

里斯托弗遇到的更加下作、更加虚伪的世界一样。

不管怎么说,在他们父亲死后他们第一次说起格罗比的继承问题的时候,克里斯托弗就宣布马克可以带着他的钱和格罗比的所有权去见鬼。他言称再也不会原谅他父亲或者马克。只是在瓦伦汀·温诺普急切地恳求之后他才同意握住了马克的手。

那是马克的生命里最难过的时刻。这个国家,就算在那个时候,已经要没救了;他弟弟提出要饿死自己;格罗比——按照他弟弟的愿望——要落到那个婊子手里了……然后这个国家越来越没救了,而他的弟弟也饿得越来越惨……至于格罗比……

那个实际上已经拥有格罗比的男孩,在那个穿着白色的骑装、大喊"嗨!哈!"的女人发出第一声响的时候——就在她发出第一声响的瞬间,这个男孩就从覆盆子树丛里蹦蹦跳跳跑了过去,现在站在树篱边,她在他头上俯下身来,笑着,背后她的马侧身探过来。菲特尔沃思慈爱地朝他们微笑着,同时继续他和冈宁的对话。

对那个男孩来说,那个女人太老了,他一听到她的声音就满脸通红。对克里斯托弗来说,西尔维娅也太老了。在他毫无准备的时候,她就逮住了他,那个时候他还是个孩子……世事循环。

不过,他很庆幸能休息一下。他必须要向自己承认他没有过去那么年轻了。如果他想要弄明白——而非干涉这个世界的话,他就得思考很多事,还得耐着性子听那些让他疲惫不堪、充满道德说教的长篇大论。在太短的时间里他被灌了太多的东西。如果他开了口,他就不用听这些,但是因为他没有开口说话,那位曼特农夫人转世的女士和那个男孩扔给了他一堆需要考虑的观点,却没有给他留出足够的时间让他的头脑喘口气。

那位女士管他们叫腐败无用的贵族。也许他们并不腐败,但是,作为地主来说,他们肯定是无用的——他和克里斯托弗都是。想到那个烦人至极的东西他们就觉得厌烦——而且拒绝履行他们岗位的职责意味着他们也拒绝领受随之而来的报酬。他不记得自从童年时代过后他拿过格罗比的一个便士。他们不会接受那个岗位,他们已经有了其他的……对,这就是他马克的最后一个岗位……如果可以,他也会因为自己的这个黑色幽默笑出来。

对克里斯托弗他没有那么确定,那个蠢蛋是个非常感情用事的人。也许他会喜欢当个大地主,维护庄园的大门——就像菲特尔沃思,一说起大门他就像个疯子。也许他现在就正在和冈宁胡咧咧他的大门,用他的猎鞭手柄敲着他的靴筒。是的——维护庄园的大门,还要确保佃农的田地每英亩能够产出多少蒲式耳①的小麦,或者一年能够蓄养多少头绵羊……在适当的经营下,一英亩土地一年可以蓄养多少头绵羊,能产出多少蒲式耳的小麦?他,马克,一点概念都没有。克里斯托弗知道——还知道格罗比成千上万英亩土地里每一英亩土地会有的产量差异……是的,克里斯托弗就像一位盯着自己婴孩脸庞的母亲一样专注地关心格罗比!

所以,克里斯托弗拒绝管理庄园很有可能是基于一种对精神禁欲的渴望。老坎皮恩由此说过,他相信——且因此而被吓得不

---

① 英制的容量和重量单位,一般用来度量谷物,约合三十六升,重量随谷物的不同而不同。

轻——克里斯托弗想要追随耶稣基督的精神生活。在将军看来那非常恐怖，但是马克并没有觉得那**本身**有多恐怖……不过，他怀疑，如果管理格罗比是他的职责的话，耶稣基督恐怕不会拒绝。耶稣基督也算有点英国人的品质，而通常来说，英国人是不会拒绝尽到他们的责任的……过去他们不会。现在，毫无疑问，他们会拒绝了。这是个俄罗斯人的把戏。他听说甚至在革命以前，俄国的大贵族就散尽家产，让他们的农奴获得自由，然后穿上刚毛衬衣①坐在路边乞讨……诸如此类。也许克里斯托弗就是英格兰人正在发生改变的症候。他自己不是，他只是懒而且下定了决心而已——而且和一切都没有关系了！

一开始的时候，他还不能相信克里斯托弗真的下定了决心——约克郡人绝不悔改的决心——不要和格罗比或者他的，马克的，钱有一点关系。尽管如此，在他弟弟说出这些话的时候，他还是感到了一阵由衷的钦佩。克里斯托弗一点都不要父亲的钱，他永远都不会原谅他的父亲或者他的哥哥。非常典型的约克郡的情感，冷冷地说出来，而且，从某种程度上说，还是好脾气地说出来。他的眼睛，自然是鼓出来的，但是他没有表现出其他的情绪。

尽管如此，马克还是想象着也许他是有所图谋。也许他只是想要马克屈服……但是除了同意把格罗比让给他弟弟之外，马克还能怎样更屈服呢？当他弟弟在法国参战的时候，他的确是把这一切都

---

① 一种由棉麻和马毛混合织成的粗糙布料做的衣服，基督教的苦修士和忏悔的人穿着以示对肉体的惩戒。

藏在自己心里的。说到底,把大笔财富的管理权让给一个可能会变成炮灰的家伙是没有道理的。对于克里斯托弗**的确**要去参战这件事,他有点满意,但是他也该死地觉得难过。克里斯托弗这么做,他的确很钦佩——而且他那时想,这样也许能够洗刷掉一些克里斯托弗的坏名声,尽管现在他已经知道那些被算到他弟弟头上的罪恶都不成立,他弟弟是完全清白的。他自然想错了——他忘记了要考虑到在战争结束之后平民们会想办法在每一个去前线打过仗的男人头上强加上不容辩解的坏名声。毕竟这是很自然的。绝大多数的男性人口都是平民,而一旦战争结束再也没有任何危险的时候,他们就会苦苦地后悔自己没能参战。他们自然会把这种怨气发泄到参过战的士兵头上!

所以,克里斯托弗为国家效力只给他招来了额外的坏名声,而没给他任何帮助。西尔维娅因此就能非常合理地说克里斯托弗天生就是个游手好闲、腐化堕落的家伙,一个军人!这种说法在和平时代帮了她的大忙。

尽管如此,马克还是对他的弟弟很满意,一等到克里斯托弗因病被送回英国,回到在伊林的旧铁皮罐头贮运站的时候,马克立即就启动了让他弟弟退伍的程序,这样他的弟弟就可以管理格罗比了。那个时候西尔维娅、那个男孩,以及西尔维娅的妈妈,已经住到格罗比去了。整个庄园只能由为他父亲工作过的庄园管理人来经营,无论是西尔维娅还是她的家人都不能染指;虽然她妈妈还能向他,马克,保证整个庄园在由菜贩子和证券商组成的农业委员会①的干预之下经营得还不错。那帮人要求在除了石楠什么都长不了的裸露的高沼地上种麦子，还要把散养的沼地绵羊圈养在全是肝吸虫的峡谷湿地里育肥。但是那位庄园管理人尽力抵制了他们的要求，做到了一个人抵抗一个小店主国家②的精英所能做得最好的一切。

而在那个时候——克里斯托弗回到伊林的那天——马克还在想象克里斯托弗其实只是在拖延接受格罗比而已。结果他自然大失所望。他已经想办法让克里斯托弗退了伍——完全瞒着他——差不多就是在快要休战的时候……然后，他发现他的行为纯属是火上浇油！

他几乎是在求那个可怜的家伙，那家伙还指望着靠他的薪金至少能再过一年，于是，就用自己的卖命钱做抵押贷了款打算和一个该死的美国人合伙做旧家具生意。而且，自然，他的卖命钱也大幅缩水了，因为这笔给退伍军官的钱是按照服役天数计算来的。所以，他害得克里斯托弗丢了二三百英镑。他本是好心却害得克里斯托弗陷进糟糕的局面……于是，克里斯托弗就成了这样，就在休战日到来的前几天，马上就要退役，而且一个便士都掏不出来！好像他不得不把西尔维娅在搬空他家的时候留下的几本书都卖掉了。

这个甜美的真相就在他因为肺炎病得很厉害，随时都有可能了

---

① 英国政府在一战和二战期间都成立了专门的战争农业执行委员会来负责调控全国的农业生产，保证战争需求。

② 指英国，这个说法出自拿破仑对英国的评价。

账的时候重重地摆在了马克面前。事实上,玛丽·莱奥尼给克里斯托弗打了电话,她自己觉得应该这么做,告诉他如果他还想在坟墓的这头再见到他哥哥的话,最好来看看他。

他们一见面就吵了起来——其实应该说是每个人都开始发表起自己的见解来。克里斯托弗说了他准备做什么,马克表达了他对克里斯托弗打算的恐惧和憎恶。马克感到恐惧和憎恶是因为克里斯托弗居然打算放弃舒适的生活。一个英国人的职责就是永远为自己安排好合适的衣着,每天一件干净的衬衣、几块不加调料烤好的羊排、两个美味的土豆、一个苹果派、一角斯提尔顿奶酪和面包干、一品脱梅多克①葡萄酒、一间干净的屋子、冬天的时候炉膛里有旺旺的火、一把舒服的扶手椅,还有一个舒服的女人来确保这一切都给你准备好了,在床上让你保持温暖,早上替你刷圆顶礼帽,叠好雨伞。把这一切都安排好,你就可以想做什么就做什么了。要注意的是,你所做的事情绝对不能威胁到这种稳定的安排。这样的生活还能有什么不好的呢?

克里斯托弗除了说他不准备过上那样的生活之外什么都没说。他不会过上那样的生活,除非那样的或者类似的生活是通过他自己的才干赚来的。他现在唯一的有用处的才能就是他辨认真正的古董家具的天赋。所以,他准备靠古董家具谋生。他的计划已经考虑得非常成熟了,他甚至已经找好了一个美国合伙人,那个人花言巧语说服购买古董的美国人的天赋和他,克里斯托弗,发现这些古董的

---

① 法国的葡萄酒产地,位于波尔多北方,盛产红葡萄酒。

天赋一样出色。那个时候战争还没有结束,但是克里斯托弗和他的合伙人,他们两个人一起预料到美国会把全世界产的黄金都纳入囊中,随之而来的就是搬空欧洲宅邸里的旧玩意……你自然可以以此谋生。

克里斯托弗说,其他的职业都对他关上了门。他之前在那里工作过的统计部,毫不客气地拒绝了他。他们不光是强硬,他们还对那些参过军作过战的公务员怀有报复心理。他们认为他们中间更愿意去参军的那些职员都是些游手好闲、腐败堕落的家伙,他们参军的目的无非是为了满足他们对女人的欲望。和平民比起来,女人自然是更喜欢军人了。现在轮到平民来报复军人了。这很自然。

对此马克表示同意。在他对作为参战军人的弟弟感兴趣之前,他也倾向于认为大多数的军人在运输这件事上非常无能,而且在大多数情况下只会讨人厌。他也赞同克里斯托弗不能回到统计部去,因为克里斯托弗在那里必然会是个被打入另册的人。他可以坚持他得到复职的权利,可是他的肺,已经在战争中恶劣的环境里被摧残了的肺,可能会给他们合法拒绝他的理由。国王陛下的公务员系统和政府部门有权力拒绝给任何可能会永久性身体不适的人安排工作。一个丢了一只眼睛的人可能会被所有的部门拒绝,因为他有可能会连另一只眼睛也丢掉,这样就必须给他发赡养金。但是,就算克里斯托弗逼着统计部重新接收了他,他们也会把他打入另册。在战争中,当统计部试图强迫他虚造数据的时候,他粗鲁地拒绝了他们,这些数据是政府逼迫统计部提供的,用来打发要求英国派出更多部队的法国人。

从这个角度看，马克发现自己全然认同克里斯托弗的行为。他和玛丽·莱奥尼的漫长的关系，他对她精明头脑的尊敬，他从她的闲话里得来的对法国小资产阶级①的生活和观点的熟悉——所有这一切，再加上他对自己国家未来的失望，让他对英吉利海峡对岸那个国家②的命运，甚至还有品德，都有非常高的信心。因此，如果他的弟弟要从一个被用来背叛我们的盟友的机构里领薪水，他会非常反感。事实上，他已经极度反感自己要从一个强迫国家采取如此行径的政府里领薪水了，如果不是他认为自己的服务对那场还在进行的战争的胜利结束来说是不可或缺的话，他会非常乐意辞去他的职务。他不想再和它有任何关系了，但是在那个时候，他没有看到有任何机会。在那个时候，战争明显是在朝着胜利的方向前进。多亏了法国人的军事天才，在那个时候他们已经得到了最高指挥权，敌方每天都被迫放弃大片领土。但这只使得对运输的要求越来越高。同时，如果我们想要成功地、毫不浪费地占领敌人的首都，在那个时候他还觉得我们明显必须那么做，对运输力的要求就一定会变得大到无可估量。

尽管如此，这也不足以支持他弟弟重新为国效力。在他看来，公共生活会变得——而且一定会保持很长一段时间——如此道德败坏，全都是当时政府成员的功劳，他们不正当的外交政策，还有他们同此前从来没有染指英国政治馅饼的某一类可疑的金融家的亲密

---

① petite bourgeoisie，法文。
② 即法国。

接触——公共生活已经变成了一件如此臭不可闻的事情，唯一的解决办法就是让真正的统治阶级完全撤出公共生活。简单地说，事情必须要先变得更糟然后才能朝好的方向发展。面对国内可怕的凋敝，还有国际上的坏名声，在苏格兰菜贩子、法兰克福金融家、威尔士讼棍、米德兰军火商，还有在战争后期通过阴谋诡计组阁的无能南方佬的控制下，这个国家必定会马上陷入这种困境之中——眼看着这样可怕的情景，这个国家一定会恢复到一种类似它过去由北方式的睿智和英格兰式的诚实来驾驭的水平。也许他和他的家族所属的旧统治阶级也不会重新掌权，但是不论发生了什么革命——他不关心——这个国家必须重新意识到，不论它的统治阶级是谁，都有必要要求他们多少有点个人诚信和能够公开兑现诺言的诚意。他明显是不会参与其中了，或者等战争结束的时候他就不会参与其中了，即使卧病在床，他也没有放松了指挥办公室的工作……战争状态很明显地适合各种各样的阴谋家爬到顶层。这是不可避免，也没办法改变的。但是在正常时期，一个国家——每一个国家——都应该忠于自己。

不管怎么样，他很满意他的弟弟在此期间不会参与其中。让他自己去安排好他的羊排，他的一品脱波尔多红酒，他的女人，还有他的雨伞，而且不论他住到了什么偏僻地方都无所谓。但是这一切要怎么才能切实地安排好呢？看起来有好几种方法。

比如说，他意识到，克里斯托弗是个不错的数学家，还是个虔诚的教徒。他自然可以接受圣职，负责管理马克有权力安排的三个家族教区中的一个，而且在切实履行他对自己教众的职责之外，还可以去做一个生活无忧的数学家想做的任何事情。

可是，克里斯托弗虽然承认了他对这种生活的偏好——在马克看来，这种生活非常适合他的禁欲苦行，他通常的软弱，还有他个人的品位——克里斯托弗坦白说，让他负责一个教区有一个障碍——一个不可逾越的障碍。马克立即问他是不是真的和温诺普小姐同居了。但是克里斯托弗回答说自从他第二次上前线之后他就再也没有见过温诺普小姐。那个时候，他们就已经认定他们俩都不是那种会开始一段隐秘情事的人，那件事也就没有再进一步。

不过，马克意识到像克里斯托弗这样思考的人自然会认为不应该接手一个教区，尽管他最终放弃了勾引一位年轻姑娘，但是他的确私下里渴望和她开始一段被禁止的关系，这就足够让他说有一个不可逾越的障碍了。他不知道自己是否同意这样的想法，但是，在教会的问题上，他不应该干涉任何人和自己的良知之间的事。他自己不是个很好的基督徒，至少在男女关系上不是。不管怎么样，英国国教还是有英国国教的规矩。不用说，如果克里斯托弗是个天主教徒，他就可以让那位姑娘去给他当管家，而且不会有人对此说三道四。

可是他弟弟又他妈的该做什么呢？他们给了他一个——算是个安慰，而且，不用说，也是为了让他为统计部的事情保密——在地中海某个港口当副领事的职位，那个港口在土伦或者来航[①]，要不

---

① 土伦是法国南部沿海城市，也是一个军港。后者是意大利第三大港口城市里窝那的旧称。

就是其他类似的地方。这本来也还不错。想到一个提金斯家的人,格罗比的继承人,不得不挣钱谋生就觉得荒谬得很。这简直就不真实,但是如果克里斯托弗正处在一种不真实的情绪里,谁都没有办法做什么。副领事是个蠢兮兮的工作,你要管理来往船只的旅客名单,把被抓的水手保出狱,向来旅游的英国老太太提供本地英国人或者有英国血统的人开的旅店的地址,或者向来访的英国海军分舰队的中将提供一份应该被邀请到旗舰上赴宴的本地居民的名单。这是个傻兮兮的工作,如果能把它看作一种打发时间的方法的话,也没什么坏处……而那个时候,马克还以为克里斯托弗是在等待马克的某种让步,然后才会全部负起格罗比的责任——它的佃农,还有采矿权……但即使是那个副领事的工作也有不可逾越的反对意见。首先,这份工作是公共生活的一部分,就像已经说过的一样,马克强烈反对这样的事。其次,给出这份工作也算是一种贿赂。此外,领事事务系统也要求每一个担任领事或者副领事的人上交四百英镑保证金,而克里斯托弗连四百先令都没有。而且,此外,马克也意识到,温诺普小姐可能再次成为一个障碍。一个英国副领事可以在后街养一个马耳他女人或者黎凡特女人而不会有任何坏影响,但是他多半不能和一个有身份有地位的年轻英国女士同居又不引发会让他丢掉工作的丑闻。

就是在这个时候,马克再一次,但是最后一次,问他的弟弟为什么不和西尔维娅离婚。

那时,玛丽·莱奥尼已经回到她的房间休息了,她已经非常疲倦了。马克病了如此之久又病得这么厉害。她是如此全心全意地照顾他，以至于在这整个期间她都没有上过街，除了有一次或者两次过街去对面的天主教堂，她会在那里献上一两根蜡烛祈祷他康复，还有一次或者两次去屠夫那里和他理论他送来给马克煮汤的肉的质量。除此之外，还有许多天，她还得熬到深夜，在马克的指示下处理办公室送给他的公文。她不能或者不想把她的男人交给任何夜班护士来照看。她推说战争已经占用了所有照顾病患的人，但是马克精明地怀疑她根本就没有采取任何行动去找一个帮手。这可以用她们整个国家对穿堂风的恐惧来解释。她虽然满怀着失望勉强接受了英国医生关于病房里必须通新鲜空气的要求，但是她夜复一夜地坐在一张带罩子的椅子里，关注着风向的任何变化，然后随之挪动她摆放在她的病人和打开的窗户之间的一组复杂的屏风。然而，她把马克交给他弟弟的时候一句抱怨都没有，安安静静地回到房间睡觉去了。而马克，虽然他可以和他弟弟说任何话，虽然他不会要她离开才和他弟弟讨论那些他认为可能过于私密的话题——马克抓住这个机会向克里斯托弗阐述了他对西尔维娅还有他们这对奇怪夫妻关系的看法。

说到底，他就是想让克里斯托弗和他妻子离婚，而克里斯托弗对男人不能向女人提出离婚的观念没有任何改变。马克提出，如果克里斯托弗打定了主意要和瓦伦汀在一起，那么，在一次离婚的努力之后，事实上，他娶不娶她就几乎不重要了。如果一个男人想要和一个女人在一起，而且还要尽可能地对她表示尊重的话，他就必须要做出点为之斗争的样子——就算是种象征。婚姻，如果你不把它看作一种圣礼的话——因为，毫无疑问，应该这样看待婚姻——

其实就是一对夫妻打算两个人一辈子在一起的象征而已。除此之外，现在人们——正经人——对其他的东西都不怎么看重了。不停地更换伴侣是个社交上的麻烦事，你弄不清楚应不应该邀请一对夫妻一起喝下午茶。而社会的存在不就是为了社交活动吗？这就是为什么关系混乱不是件好事。在社交活动的时候，男女的数目必须一致，否则有人就会没有说话的对象，所以，你必须知道，在正式的社交意义上，谁是和谁一起的。谁都知道陆军部卢普斯的孩子其实都是某位首相的，所以，由此推断，那位伯爵夫人大多数时候是和首相睡在一起的，但这并不是说你可以邀请首相和那个女人一起参加社交活动，因为他们没有任何公开结合的象征。相反，在所有会上报纸的社交活动中，你邀请的都是卢普斯爵爷和夫人，但是你也要注意邀请那位夫人参加任何首相会出席的私人周末聚会，或者亲密晚宴。

而且克里斯托弗也必须考虑到，说到婚姻这个问题，世界上百分之九十的人都认为其他任何人的婚姻几乎都是无效的。一个天主教徒自然不会认为英国登记官或者法国市长①主持的婚礼有任何道德价值。这最多算是展示想要从一而终的渴望罢了。你走到一个公务员面前，当众宣布男人和女人想要一直在一起。同样，对极端的新教徒来说，一场由天主教牧师，或者其他任何教派的牧师，或者一个佛教喇嘛主持的婚礼，统统都没有受到他们自己那一派的神的保佑。因此，真的，从现实的目的来说，如果一男一女真的向他们

---

① maire，法文。

的朋友们保证他们想要一直在一起，如果可能的话，永远在一起；如果做不到，至少在一起过上足够的年头来表示他们真的为此努力过了，这就足够了。马克要克里斯托弗在他的，马克的，朋友里想问谁就问谁，他会发现他们都同意他的观点。

所以，他着急的就是，如果克里斯托弗真的想要和那个温诺普家的年轻姑娘在一起，他至少应该做做离婚的样子。他可能没有办法成功地离婚。他明显有足够的理由，但是西尔维娅有可能会反过来指责他。他，马克，说不清她成功的概率有多大。他自己是准备好了接受他弟对自己完全清白的主张，但是西尔维娅是个滑头鬼，说不清法官最后会是什么态度。法官也许会觉得有这么大股烟雾的地方一定有足够的火头，他会因此拒绝批准离婚①。毫无疑问，这么做会招来该死的臭名声。但就算是臭名声也比西尔维娅想方设法暗地里栽在克里斯托弗身上的恶名要好。而克里斯托弗面对了这种臭名声，还做出了努力，这至少可以算作是对温诺普小姐的一定敬意。社会是好心的，如果一个男人坦然面对并接受了对他的惩罚，它就倾向于认为他基本上算是被无罪开释了。也许还会有人坚持要反对他们，但是马克猜克里斯托弗想要的是他和他的姑娘有合理的物质享受，还有足够多的正经人组成的社交圈可以每周请他们赴一次晚宴，或者在周末聚会的季节里每月请他们去度一个周末。

克里斯托弗如此友好地认同了他的观点的正确性，以至于马克

---

① 即如果双方彼此指责对方犯有严重的过错，法官可能会认为两个人或多或少都是不清白的。

开始希望在格罗比那件更重大的事情上也能说服他。他已经准备好了更进一步，而且尽可能多地向克里斯托弗保证，如果他愿意在格罗比定居，接受一份适当的收入，并且管理那个庄园，他，马克，会保证他的弟弟和瓦伦汀有过得去的社交生活。

然而，克里斯托弗除了说如果他试图向西尔维娅提出离婚，这明显会毁掉他的古董家具生意之外就什么回答也没有了。因为他的美国合伙人已经向他保证，在美国，如果一个男人向自己的妻子提出离婚而不是让她把他离掉，没人会愿意和他做任何生意。他举了一个名叫布卢姆的人的例子，他是个挺有钱的证券交易商，不顾朋友的意见坚持要离掉他的妻子，等回到证券市场的时候，他发现所有的客户都对他不理不睬，结果他全完了。再说，因为这些家伙很快就要扫荡世界上的一切，包括古董家具行当，所以克里斯托弗觉得他不得不研究一下他们的偏好。

他找到他的合伙人的过程非常离奇。那个家伙——他的父亲是个在德国出生的犹太人，但是已经加入了美国国籍——本来在柏林扫荡德国旧家具准备在美国内陆销售，他在那里有很红火的生意。所以，当美国加入和德国对立的一方的时候，那些德国人突然有礼貌地拜访了沙茨魏勒先生，把他征召到他们的军队里，然后在美国人参战还不到一个月的时候把他当成一个可怜的小兵派到前线。那里，就在那些他必须要照管的战俘中间，克里斯托弗发现了这个小个子大眼睛的敏感家伙，一句德语都不会说，倒是痴迷于战俘行军途中经过的法国城堡里的那些家具和挂毯。克里斯托弗和他成了朋友，尽可能地把他和其他不喜欢他的战俘分开，还和他聊过很多次。

看起来沙茨魏勒先生过去和卖古董家具的老百万富翁约翰·罗伯逊爵士打过很多交道，主要是买东西。那位爵士是西尔维娅的密友，而且曾经很是钦佩克里斯托弗买家具的天赋，他甚至——很多年前——提议克里斯托弗和他合伙。那个时候，克里斯托弗觉得约翰爵士的提议不在他计划的未来范围之内。那个时候，他还在统计部工作。但是这个提议一直让他觉得很有趣，也让他印象深刻。那就是说，如果那个从他的生意里挣了一大笔钱的精明现实的老苏格兰人因为克里斯托弗辨认旧木料和曲线的**天赋**就认真地向他提出了商业提议的话，克里斯托弗多半应该更加严肃地对待他自己的天赋。

而等到他负责指挥押解那些可怜虫的部队的时候，他已经非常清楚地意识到在没有必要押解之后，他妈的他就不得不考虑他自己要靠什么谋生了。那是肯定的。他不准备再让自己加入那帮在他原来部门忙来忙去的可怜的小人物中间。他年纪太大了，不能继续留在军队里。他也一定不会接受从格罗比来的一个便士。他不关心自己变成了什么——但是他的不关心并没有带上任何浪漫悲剧的色彩。他完全可以住在一间山坡上的破屋里，在门外的三块砖上做饭——但这不是一种非常现实的生活方式，而且就算这么过也是需要钱的。所有参过军上过前线的人都知道维持生命只需要多么少的东西——而且还能令人满意。但是他并不认为这个世界——等它安定下来的时候——会变成一个适合学会了欣赏节俭的老兵生活的地方。恰恰相反，老兵们会被害怕他们的广大平民弄得窘困不堪。因此，光是过上干净的生活而且不欠债就是件难事。

当他在帐篷里整夜无眠，在月光下，还有哨兵在带倒钩的铁丝网围起来的营地四周游走巡逻,时不时地互相质问口令的时候,约翰爵士的提议就又闯进了他的脑海里。这个念头还因为他遇到了沙茨魏勒先生而变得更强烈。那个小个子是个瑟瑟发抖的艺术家,而克里斯托弗心里还有足够的迷信让他觉得他们能在如此不可能的情况下相遇不是寻常事。毕竟,过了这么久了,天意应该让他放松一下了,所以,为什么这个不幸而且明显是上帝的选民中的东方一员[①]不能是个和上帝签订契约的象征呢?从某些方面来说,他让提金斯想起了他过去的跟班麦克马斯特——他有同样的黑眼睛、同样的体形、同样急切的渴望。

他是犹太人又是个美国人这事一点都不让克里斯托弗难受,他过去也没有对麦克马斯特是个苏格兰菜贩子的儿子这件事有任何意见。如果他一定要和人合伙,而且被迫和人亲密接触的话,他才不关心那人是谁,只要他不是个骗子或者是一个和他自己同阶级同民族的人。他意识到,和一个英国骗子或者一个好出身的英国人有密切的精神交流,这是他不能忍受的。但是,如果是个小个子的、瑟瑟发抖的、有艺术眼光的犹太人,就像过去的麦克马斯特一样,他能够非常切实地感到一种真正的喜爱——就像对动物的喜爱一样。他们的习俗不是你的习俗,也不能期望他们和你一样。而且不论他们的智力如何,他们都会有某种微微的警觉,某种思想上的严谨。再说了,如果他们背叛了你,就像每一个商业伙伴或者跟班一定会

[①] 可能是说沙茨魏勒看起来像东欧犹太人,下文还会用东方人来指沙茨魏勒。

做的一样,你不会感到像被跟自己同一个民族和同样地位的人欺诈了一样羞耻。第一种情形只不过是世事如此而已,而在后一种情形中你要面对的是你自己的传统已经崩溃了的事实。而在战争的经久的压力下,他已经从他自己的家族、民族的心态和传统中挣脱了出来,本来这两件事情就承受不了经久的压力。

所以,在那个小个子的悲伤的帐篷里,他欣然接受了他恳求的目光和最终的东方式感恩。因为,很自然地,当他偶然发现自己处在美国远征军总部附近的时候,凭借他那种正经的交流方式,他使得那个小个子得到了释放,他现在已经安全地回到北美大陆中部的某个地方了。

但在这之前,他还和约翰爵士有过一连串的书信来往,而且从他那里,也从一两个美国远征军里偶然认识的人那里,发现这个小个子的确是个不错的古董家具商。那个时候约翰爵士已经退休了,而且他写给提金斯的信也不是特别的礼貌——如果西尔维娅向他展示过她的魅力的话,这自然是可以预料的。不过,看来沙茨魏勒先生和约翰爵士有过很多生意往来,他大量的货都是约翰爵士提供的。那么,如果约翰爵士不再做古董家具生意了,沙茨魏勒先生就需要在英格兰找一个能代替约翰爵士的人。而这不会特别容易,因为德国人弄走了他一大笔钱——他们卖了一大堆古董家具给他,并且得到了付款,然后就把他征召到他们的勃兰登堡大兵行列中。在那里,他自然没有办法处理带复杂锁具和铁合页的精雕橡木箱子……除此之外,再加上他一直不在底特律——他大多数的买家都是在那附近——沙茨魏勒先生发现他的活动受到了极大的限制。因此,如果想要和这个现在变得乐观、迷人的东方人合伙，马上向他提供一笔资金的任务就落到了克里斯托弗肩上。这可不容易，但是通过抵押他的薪金和卖命钱来贷款，再就是卖掉那些西尔维娅留给他的书，他还是能够向沙茨魏勒先生提供至少足够在大西洋另一边某个地方的启动资金……而且，沙茨魏勒和克里斯托弗两个人还顺着这个美国人很久以来都在思考的方向想出一个天才的计划，把他同胞们的品位和现在的时局都考虑了进去。

马克宽容地，甚至是愉快地听完了他弟弟说的这一切。要是一个提金斯家的人想要去做生意，他至少想的是个有意思的而且积极地投身其中的生意。而且，起码克里斯托弗幽默地计划的东西比倒卖证券或者票据贴现①正经多了。除此以外，到这个时候他已经非常确定他弟弟已经和他，还有格罗比，完全和解了。

就在那个时候，当他再一次提起格罗比这个话题的时候，克里斯托弗从他一直坐着的床边的椅子上站了起来，用他凉凉的手指握住他哥哥的手腕，说道："你的高烧差不多都退下去了。你不觉得是时候娶夏洛特了吗？我猜你打算在这次发作结束之前娶她。你可能会复发的。"

这段话马克记得非常清楚，还记得他又说，如果他，克里斯托弗，动作够快，他们今天晚上就能完事。所以，那个时候一定是一九一八年十一月十一日的三个星期以前的那天下午一点左右。

---

① 企业通过转让有价票据获得流动资金的金融行为，马克的意思是做票据贴现的中间人。

马克回答说他会很感谢克里斯托弗的,而克里斯托弗把玛丽·莱奥尼叫醒,告诉她,他会及时回来,以便让她晚上好好休息,说完就消失了,他说他要直接去兰柏宫。在那个时候,只要能花得起大概三十英镑,在最短的时间里结婚简直毫无问题,而克里斯托弗帮自己的士兵安排过太多最后一刻的婚礼了,对这个程序熟悉得不能再熟悉。

马克对这件事非常满意。丝毫不用争论。如果格罗比的假定继承人①已经同意了这件事,就再没有什么可以反对的了。而且,马克还认为,如果他同意了克里斯托弗只有作为格罗比的假定继承人才能给出的建议,这就给了马克更多的理由期待克里斯托弗最终会同意由他自己来管理格罗比。

---

① 指的是排在继承的第一顺位但是可能因为更有继承权的人的出现而失去继承权的人。在这里,克里斯托弗是马克的假定继承人,他能否继承格罗比就取决于马克是否有儿子,如果有,马克的儿子将成为第一顺位继承人。

第六章

那应该是十一月十一日的三周前，在计算具体是十月的哪一天的时候他的脑子迷糊了一下。他那个时候还得着肺炎，他的脑子记不太清楚那段时间的日期，好多天都是在发烧和无聊中度过的。不过，一个人还是应该记得自己是哪天结婚的。就算是一九一八年十月二十号吧，十月二十号是他父亲的生日。当他回忆那天的时候，他会记起当时他朦胧地想他会在他父亲踏入人世的那一天离开人间，这真是奇怪。这也算是种完全的终结吧。事实上，那天也的确算是种完全的终结，一个天主教徒进到了格罗比他们自家人中间。也就是说，他那时候下定决心，即使克里斯托弗不愿意接受格罗比，他的儿子也会把格罗比当成他的家的。而到现在，那个男孩已经是个定了型的天主教徒了,腌好了,抹了油,也用华夫饼夹好了。①大概一个星期以前,西尔维娅把这件令人不愉快的事情捅到了他面前,给他寄了张卡片,邀请他参加他侄子的重领洗礼②和第一次领圣餐的仪式。让他自己吃惊的是他没有感到更多的愤恨。

他毫不怀疑正是这件事使他接受了和玛丽·莱奥尼的婚姻。大概一年多以前他告诉过他弟弟,他永远不会娶她,因为她是个天主教徒,但是他也知道,那个时候他只是在拿斯佩尔登③打趣罢了,就是那个写了《斯佩尔登论亵渎》的家伙,那本书预言了拥有以前天主教会的土地或者赶走天主教徒的家伙会遇到各种各样的灾难。当他告诉克里斯托弗他永远不会娶夏洛特的时候——为了迷惑别人,他在婚前总是叫她夏洛特——他非常清楚地知道他是在拿斯佩尔登的鬼魂打趣——斯佩尔登肯定死了都有一百多年了。就好像是,他一脸严肃而和气地对那个鬼魂说:"呃,老家伙。你看,你预言格罗比会遭受灾难,因为在荷兰威廉④来的时候你们那派有个家伙掉了脑袋,而后这片土地被赐给了一个姓提金斯的人。但是你不能就此

---

① 此处是借用华夫饼三明治的做法指克里斯托弗的儿子加入天主教这件事已经没有回转的余地了。

② 重领洗礼是天主教给不确定第一次洗礼是否有效的人加入天主教而进行的洗礼。

③ 可能是指英国人亨利·斯佩尔曼,他在十七世纪写了一本《亵渎者的历史和命运》的书,预言从收缴的教会土地中获利的人会遭到不幸。

④ 指威廉三世(1650—1702),他一六七二年出任荷兰执政官,一六八八年光荣革命后成为英国国王。

就吓我去娶——更别说让她当格罗比夫人——一个天主教徒了。"

而他的确没有——他可以发誓,在结婚那一天——他头脑里就没有想过任何关于格罗比的灾难的事。现在,他不会这么想了,但是那个时候他想到了什么他是非常确定的。他记得仪式还在进行的时候他记起了一七四五年洛瓦特的弗雷泽①被处死之前说的话。在他上绞刑架的时候,行刑人告诉他,如果他向英王乔治二世做出任何臣服的举动,他的尸体就可以免于被卸成几块,插在爱丁堡的建筑尖顶上示众。弗雷泽的回答是:"国王已经要了我的头了我才不管他怎么处置我的——"他指的是现在已经不方便在起居室说起的绅士身体的一部分。因此,如果要入主格罗比大宅的是一个天主教徒,格罗比的提金斯夫人是天主教徒还是异教徒就更无所谓了。

通常来说,只要是个还有点原则的男人就不应该娶他的情人。如果他还想要有个前途,当有人发现她原来是他的情人这就可能会妨碍他,或者一个想要远大前途的家伙可能会想通过娶个好老婆来帮自己一把。就算一个人不在意前途,他也该想想一个当过他情人的女人非常有可能在结婚以后给他戴绿帽子,因为,如果她和他犯了错,那她就有可能在其他地方也犯错。但是当一个人快要完蛋的时候,就没有这样的顾虑了,他还记起,引诱了处女是要下地狱的。在这个时候或者别的什么时候同你的造物主讲和都是一样的。永远可是个很长的字眼,而据说上帝是不喜欢没有受到祝福的结合的。

---

① 西蒙·弗雷泽(1667—1747),苏格兰贵族,在一七四五年苏格兰的雅各宾派叛乱之后被以叛国罪处死。

再说了,虽然关于结婚的事情她从来没有说过一个字,这很有可能会使玛丽·莱奥尼高兴起来,而且肯定会给西尔维娅添堵,她肯定还在指望着当上格罗比的提金斯夫人呢。同时,不用说,这样也会让玛丽·莱奥尼更安全。不管怎么看,他给他情人的很多东西都可能是那个婊子渴望的。不论是他还是克里斯托弗的生命都值不了什么,而如果被卷进大法官法庭①的官司可是件非常昂贵的事情。

他也知道自己心头一直为玛丽·莱奥尼留有块柔软的地方,否则他就不会给她起那个在公开场合使用的夏洛特的名字。如果有任何和她结婚的可能,男人会给他的情人另起一个名字,这样等他娶她的时候看上去好像是娶了另一个人。玛丽·莱奥尼·里奥托尔看上去和随口而出的夏洛特不一样。这样能让她有更好的机会面对外面的世界。

所以,这样也不错。这个世界已经在变了,没有什么特别的原因说他不应该和它一起变……而且,他也没能瞒过自己,他也已经开始变了。时间变得越来越漫长了。当他有天浑身湿透从一场战争期间他们不得不用来凑数的愚蠢的本地马会上回来的时候,他就知道有什么事情要发生在他身上了,因为,在玛丽·莱奥尼服侍他上床躺下之后,他想不起一匹赢了一场不重要的让步赛的赛马的血统了。玛丽之前的确给了他不小的一杯掺了黄油的朗姆酒,这有可能让他的脑子不是很清楚——但是,尽管如此,不管喝没喝朗姆酒,这样的事情这辈子没有在他身上发生过。而现在他连那匹赛马和那

---

① 英国高等法院的一部分,处理普通法无法解决的遗产和信托纠纷。

场赛马会的名字都记不得了……

但他再也不能向自己隐瞒自己的记性越来越差这件事了,尽管在其他方面他还认为自己和以前一样健康。但是在记忆方面,自从那天以后,有的时候他的大脑就像一匹疲倦的马停在一道栏杆前突然停下来……一匹疲倦的马!

他没法鼓动自己去计算十一月十一号往前三周是什么日子,他的大脑就是不会去算这个问题。因为这样,他也几乎记不清楚那三个星期里发生的事情哪件在前哪件在后。克里斯托弗自然一直在周围,替玛丽·莱奥尼值夜,专心地照料着他,他的专心是只有妈妈是个圣徒的人才有的那种温柔且目不转睛的专注。他会好几个小时连续不断地朗读博斯韦尔的《约翰逊传》①,马克挺喜欢这本书的。

马克还记得听着他的声音满意地迷迷糊糊地睡去,然后满意地迷迷糊糊醒来,还是听着同样的声音。因为克里斯托弗认为,如果他的声音一直嗡嗡地响下去,可以让马克睡得更满意一些。

满意……这也许是马克体会过的最后满意了。因为,在那个时候——就在那三个星期里——他还是不能相信克里斯托弗真的要坚持他对格罗比的意见。你怎么可能相信一个像用面口袋做出来的女孩一样细心照料你的家伙会下定了决心要……就说是伤透了你的心吧。最后结局就是如此……这个家伙还在大多数事情上看法和你惊人的一致。这个家伙,说起来,比你知道的东西还多十倍。一个该

---

① 十八世纪作家约翰·博斯韦尔为十八世纪英国著名评论家、诗人和词典编辑家塞缪尔·约翰逊写的传记,是英国文学史上的名著。

死的有学问的家伙……

马克不是看不起学问——尤其是在小儿子身上。这个国家落得一塌糊涂就是因为没有好好教育小儿子们，他们的责任就是完成国家的工作。有首很老的北方民谣说"地卖光，钱花光，学问就该发光。"是的，他不是看不起学问。他没有多少学问，无非是因为他太懒了，学了点萨吕斯特①，一点康涅利乌斯·尼波斯②，摸了摸贺拉斯③，法语够看看小说，还能听懂玛丽·莱奥尼说的是什么……一结了婚，就算自言自语他也管她叫玛丽·莱奥尼。一开始的时候吓了她一跳！

但是克里斯托弗是个该死的有学问的人。他们的父亲，一开始也是个小儿子，也是该死的非常有学问。他们说，就算在死的时候他也还是英国最好的拉丁语学者之一——那个姓温诺普的家伙的密友，那个教授……那么大把年纪了还要自杀，他父亲！啊，如果他的婚礼是在一九一八年的十月二十日，他的父亲，那个时候已经死了，他一定是出生在十月二十日，哪一年？……一八三四……不是，那不可能……不是，一八四四年。而**他的**父亲，马克知道，是出生在一八一二年——在滑铁卢④之前！

漫长的时间。巨大的变化！然而，父亲不是个没文化的人。恰

---

① 公元前一世纪的罗马历史学家。
② 公元前一世纪的罗马传记作家。
③ 公元前一世纪奥古斯都时期罗马著名诗人和评论家。
④ 指的是英国和盟军在滑铁卢击败拿破仑的滑铁卢战役，战役的时间是一八一五年的六月十八号。

恰相反，虽然他强壮又倔强，但他是个安静的人。还很敏感。他自然是非常爱克里斯托弗——还有克里斯托弗的妈妈。

父亲很高，老了的时候驼着背，像棵歪倒的树一样。他的头看起来像很遥远，就好像他几乎听不见你说什么。铁灰色，短短的连鬓胡子！到最后的时候，有点心不在焉。他总是忘记把手帕放在了哪里，或者把眼镜推到额头之后就忘了眼镜在哪里……父亲也曾经是个四十年都没有和他的父亲说过话的小儿子。父亲的父亲从来没有原谅他娶了比根的西尔比小姐……不是因为父亲娶了比自己身份低的人，而是因为父亲的父亲想要他们的母亲嫁给他的长子……他们幼年的时候很贫穷，在欧洲大陆游荡，最终在第戎安定下来，在那里，他们算是有了点排场……市中心的大房子，还有几个用人。他一直都想不出他的母亲是怎么靠一年四百英镑做到那一切的。但是她做到了，一个坚强的女人。但是父亲和法国人关系很好，还和温诺普教授以及其他各种学会通信。他一直觉得他，马克，是个蠢材……父亲会坐在那里读装帧精美的书，一读就是好几个小时。他的书房曾是第戎那所房子里来客必定参观的房间之一。

他**真是**自杀的吗？要是真的，那瓦伦汀·温诺普就是他的女儿。这事十之八九就是这样的，倒不是说这事有多要紧。那么说来，克里斯托弗是和他的同父异母妹妹在同居……这也没什么要紧的。这对他，马克，来说，没什么要紧的……但是他父亲就是那种会被这样的事情逼得自杀的人。

一个一点运气都没有的倒霉蛋，克里斯托弗！……要是你假设一下这一堆麻烦事最坏的结果——当父亲的自杀了，当儿子的和他妹妹公开未婚同居了,儿子的儿子其实不是他的儿子,而格罗比落到了天主教徒的手里……这就是会发生在克里斯托弗那样的提金斯家的人身上的事情,会发生在任何一个不能像他,马克,那样抽身而出并且控制自己本性的提金斯家的人身上。提金斯家的人都因为做他妈的自己想做的事情而他妈的受到了该有的报应。看,这么做让他们落到这样的岗位……最后一岗,如果那个男孩不是克里斯托弗的,格罗比就不再属于提金斯家了。再也不会有提金斯家的人了。说不定斯佩尔登还真说对了。

父亲的祖父在一八一二年的战争中,在加拿大被印第安人剥了头皮;父亲的父亲死在一个他不该去的地方——自作自受,还在维多利亚的宫廷里惹出一出大丑闻;父亲的哥哥在猎狐的时候因醉酒摔死了;父亲自杀了;克里斯托弗自愿成了个穷光蛋,还有个野种顶替了他的位置。如果提金斯家的血脉还能延续……小可怜鬼们!他们会是自己的堂亲。[①]大概就是这样。

或许就算那样也不会更糟糕……其他的灾难要不是因为斯佩尔登,就是因为格罗比的大树。格罗比的大树是种下来纪念曾祖父的出生的,他最后死在妓院里——而格罗比的下人和孩子们总是悄悄地说格罗比的大树不喜欢大宅。树根掏空了一块块的地基,还有两三次不得不把树干砌进前面的墙里。这棵树原本是在绅士们还会考

---

① 因为马克上文认定了克里斯托弗和瓦伦汀是异母兄妹,所以他们的孩子会自己是自己的堂兄弟或者堂姐妹。

虑打理园林景观的时候从撒丁岛①买来的树苗。那个时候,绅士们种树前都会先问问自己的继承人。你会离大宅四分之一英里远的界沟暗墙旁边的银槭对面再种一片铜山毛榉吗?这样从大宅的舞厅窗户看过去颜色对比会很好看——等三十年以后。在那个时候——家族里考虑事情都是以三十年为单位的——庄园主会向继承人严肃地询问庄园主自己永远看不到而继承人可以看到的光影变幻。

现在,继承人很明显会询问庄园主,那个要把祖屋连家具一起租下来的租客能不能把树砍了以符合今天的健康观念——美国人的今天!好吧,为什么不呢?你不能指望那些人知道从皮尔斯高沼地边缘看过去,那棵树映衬着格罗比大宅屋顶是多么漂亮的景色。他们永远不会听说皮尔斯高沼地边在哪里,或者约翰·皮尔是谁,或者如此灰色的外套②……

很明显,那匹小马驹和德·布雷·帕佩夫人来这里就是为了这个。他们来征求作为主人的,他的,马克的批准去砍倒格罗比的大树。结果他们又给搞砸了,逃到了一边。至少那个男孩还在和树篱那头的穿白衣服的女人热切地说着话。至于德·布雷·帕佩夫人跑去了哪里,他没法知道。要他说,说不定她正在土豆垄里研究穷人的土豆。他希望她别碰上了玛丽·莱奥尼,因为玛丽·莱奥尼几下就能收拾了德·布雷·帕佩夫人,还会因此而恼火。

---

① 意大利的第二大岛。

② 约翰·皮尔是十九世纪英国著名的猎人。"如此灰色的外套"是以他为原型创作的歌曲中的歌词,在本系列第一卷也出现过。

但是他们实在不该不敢告诉**他**砍倒格罗比的大树的事情,他一点都不关心。德·布雷·帕佩夫人大可以走过来一脸高兴地说:"好呀,老伙计,我们要把你那棵遭瘟的老树砍了,让大宅屋里亮堂点。"如果美国人高兴是会这么说话的,他没法知道。他不记得和美国人说过什么话。哦,对,和卡米·菲特尔沃思说过话!在她丈夫继承爵位之前,她绝对是个非常喜欢说俚语的年轻女人。但是菲特尔沃思也该死的爱说俚语。他们说他在上议院做演讲的时候做到一半就不得不打住,因为他没法不说"倍儿棒",这个词惹得大法官很不开心。所以,德·布雷·帕佩夫人认为和一位疯狂而无用的得了淋病的贵族谈话是为了一棵老雪松,说不准她会说些什么。但是就算她高高兴兴地跑过来宣布也没事。他一点都不关心。格罗比大树好像从来就没有喜欢过他。它好像从来就没有喜欢过任何人。他们说它从来都没有原谅提金斯家的人,把它从温暖舒适的撒丁岛移植到那种湿冷压抑的气候里。仆人们是这么和孩子们说的,在阴暗的走廊里,孩子们也是这样悄悄地互相耳语的。

但是,可怜的老克里斯托弗!要是有人向他这么提议他会发疯的,哪怕是最隐晦的暗示!可怜的老克里斯托弗,这个时刻,他可能正坐在头上那些该死的机器中的一架里,从格罗比回来……如果克里斯托弗**一定**要买一幢倒霉的南方样板农舍的话,马克希望他不是买在这么靠近混账机场的地方。不过,说不定他的打算就是倒霉的美国人会坐着倒霉的机器飞过来买那些倒霉的旧垃圾。他们的确是这么做的——沙茨魏勒把他们送过来的,这个人除了寄支票以外做事非常有效率。

克里斯托弗差点魂魄都从皮囊里跳出来——就是说，之前他就像一块白色的大理石一样安静地坐着——就在他发现西尔维娅，并且还有他自己的继承人，想要把格罗比连家具一起租出去的时候。他视线越过西尔维娅的第一封信，对马克说："你不会同意吧？"马克一听就了解了他苍白的脸庞和突出的眼睛背后的痛苦……他的鼻孔周围全都发白了——这就是征兆！

而这就是这么久以来他最近乎恳求自己的一次了——要是连休战日他借钱那次也算恳求的话。但是马克觉得那不能算是自己得了一分。在他们的比赛里谁都没有真正地得过一分。也许永远谁都不会得分。不管别人怎么诋毁他们，他们两个绝对都是坚强的北方男人。

不，当克里斯托弗前天说"你不会同意他们租出去吧？"时，不能算他得了一分。克里斯托弗很痛苦，但是他并没有**请求**马克不要同意把格罗比租出去。他只是在询问马克准备让那个老地方堕落到什么程度。马克已经非常清楚地让他知道，就算格罗比被拆光，然后在原地盖一幢陶土砖酒店，他都不会动一动手指。而相反，克里斯托弗只要动一动手指，即使是储藏室院子里铺的鹅卵石缝里长出来的一片草叶都不会有人去碰……但是，按照他们比赛的规则，谁都不能下命令，谁都不能。马克对克里斯托弗说："格罗比是你的！"克里斯托弗对马克说："格罗比是你的！"都是一副好脾气又冷静的样子。所以，那个老地方多半会变成废墟，或者西尔维娅会用它来开个妓院……这是个不错的笑话！一个不错的冷酷的约克郡笑话！

无法知晓他们俩谁更痛苦。克里斯托弗，是的，他的心碎了，因为大宅受难了——但是，该死，难道马克他自己不也是因为克里斯托弗拒绝从他手里把大宅接过去而心碎了吗？不可能知道谁更痛苦！

是的，他混账的心在休战日的早上碎掉了——在那天早上和隔天早上之间。是的，就在克里斯托弗连着三个星期夜复一夜给他朗读博斯韦尔之后，那也算是在比赛？如果你没有原谅你哥哥，不睡觉也算是在比赛吗？哦，不用说，那是在比赛。如果你的哥哥用那种该死的方式让你失望了的话，你才不会原谅你哥哥……自然，如果你让他知道你相信他是靠他老婆不道德的收入为生，这**肯定**算是用令人作呕的——令人作呕的——方法让一个人失望……马克就是这么对待克里斯托弗的。这的确是不可原谅的。同样，你也只能在他给你的伤害划定的界限之内伤害你的哥哥：你是他最好的朋友——除了在他给你的伤害划定的界限内，你会温柔得像一条该死的虫子一样照顾他——前提是他给你的伤害划定的界限不会阻止你这么做。

因为，很明显，克里斯托弗能为他哥哥的健康做得最好的事情就是接受格罗比的管理权——但是，就算他的哥哥死了，他自己死了，他也不会这么做。不管怎么说，这都是件非常残酷的事情。在读博斯韦尔的时候，这两兄弟变得亲密无间，亲密得令人惊讶——而且还令人惊讶的一致。如果他们中有一个对本内特·兰顿[①]作了什么评价，他说的就正是另外一个嘴边想说的。现在，有些蠢货管这

---

① 塞缪尔·约翰逊的密友，在博斯韦尔给他写的传记中有多次提到。

叫心灵感应——一种温暖、舒畅的感觉，夜深时分，你眼前的灯光被遮住了，那个声音在伦敦城等待投下的炸弹引爆的沉寂中一直响下去。好吧，马克接受了克里斯托弗的断言，同意自己是个十八世纪的家伙，不过，在他想告诉克里斯托弗他更老派的时候，他被抢先了——他就是个类似十七世纪英国国教徒的家伙，就应该胳膊下面夹着一本希腊文《圣经》在树林里散步。而且，说真的，他还有容身的空间！这片土地没有变化，在耕地旁边还是有密密的山毛榉树聚成林，乌鸦还是在犁铧朝它们犁来的时候懒懒地飞起。这片土地没有变化，好吧，连人都没有变，还有克里斯托弗……只是，时代……它变了，那些乌鸦，还有耕地，还有山毛榉树林，还有克里斯托弗，都还在这里。但是时代的思想框架不在了，尽管太阳升起，照耀在犁过的地上，直到它在树篱的背后落下，然后，犁地的人走开去酒馆；然后，月亮再做一遍同样的事情。但是，在它们的旅程中，它们不会——不论是太阳，还是月亮——看到任何像克里斯托弗的人。永远不会。它们还不如指望能看到一头乳齿象①。而他，马克，他自己也是个老派的老糊涂。这没什么。就连加略人犹大②也是个老派的蠢蛋，在过去的某个时候！

但是，克里斯托弗让那种亲密发展起来的同时又坚持不肯原谅，这几乎就是到了不守比赛规矩的边缘了，还不是彻底地不守规矩，但也快了。难道马克没有做出过和解的试探吗？难道他没有让

---

① 一种已经灭绝的古象，上一册中提金斯也以此自比。
② 《圣经·新约》中出卖耶稣的十二使徒之一。

过步吗？难道他娶玛丽·莱奥尼这件事不就是对克里斯托弗的一种让步吗？难道克里斯托弗——如果把真相挑明了——想要马克娶玛丽·莱奥尼，不就是因为他，克里斯托弗，想娶瓦伦汀·温诺普但又不可能吗？如果把真相挑明了……不管怎么样，他那是在向克里斯托弗让步，本来他也算是个牧师一样的人。但是如果他自己不准备让步，克里斯托弗怎么能够强迫——通过心灵感应驱使——马克做出这个让步呢？当那个可怜的家伙已经因为他日复一日地监督清洗旧罐头盒子的军队工作而疲惫不堪的时候，如果他真的打算当个倒霉的旧家具商拒绝接受格罗比，他又怎么能够强迫他，马克，接受他那心不在焉的女人一样的照料？因为，以他的灵魂起誓，直到休战日那天早上，马克还只是把克里斯托弗讲的沙茨魏勒先生的故事当成是个好脾气、恐怖的威胁而已——一种试图摆出威胁姿态的假动作。

好吧，也许这是公平的。如果克里斯托弗觉得它是真的，它就是真的。

但是，一个突如其来的残酷打击……本来就是，他几乎要康复了，他已经能穿着睡衣从床上下来了，还告诉沃尔斯滕马克爵爷他爱从办公室送多少文件过来就送多少过来。结果克里斯托弗，没戴帽子，穿着件难看的浅桑葚色哈里斯花呢平民外套，胳膊下面夹着一件该死的旧家具就冲进了房间——那是种嵌花的玩具写字台，一个模型——给细木匠用的！还真是件带进一个正在康复的人的房间里的好东西，带给一个正在旺旺的炉火前安静地看一九一八年十一月十日E十七号字的T. O. LOUWR①一九六二号表格的人面前……而且,那个家伙脸白得跟石膏一样,头发里还有不少的银发,他多少岁了? 四十岁? 四十三岁②? 上帝才知道!

四十英镑……他想要押那件该死的家具借四十英镑。为了休战日的狂欢,还要和他的姑娘安家! 四十块! 我的上帝! 马克觉得自己的胃肠都在身体里恶心得打卷了。那个姑娘——很有可能是这个家伙的异母妹妹——正在一幢空荡荡的房子里等着他去引诱她。为了庆祝七百万人的死亡拯救了这个世界!

如果要引诱一个女孩你不能只有四十英镑,你应该接受格罗比,还有每年三千,七千,或者一万英镑的收入。他是这么和克里斯托弗说的。

然后,他就突然明白了,就像被砸在脸上,克里斯托弗不会要他的一个便士,永远不会。永远不会! ……这也是毫无疑问的。这个事实插进马克的脑海就像一把刀捅进公鹿的咽喉。同样的疼痛,但是它却没能杀死他! 该死,它还不如把他杀了呢! 它还不如……一个人对自己的哥哥做出这样的事情来,应该吗? 仅仅是因为他哥哥管他叫……那个法语词是什么来着? Maquereau! ……也许管人叫maquereau比"皮条客"更糟……跳蚤和虱子的区别,就像约翰

---

① 未查到这个缩写是什么意思,可能是作者杜撰的政府部门名称的缩写。

② 一般认为整部小说设定的开始时间是一九一二年,那个时候克里斯托弗是二十六岁,所以在一九一八年的时候他应该是三十二岁。

逊博士①说的那样!

呃,但是克里斯托弗一脸气愤的样子!……很明显,他先带着那个花哨玩意去了约翰·罗伯逊爵士家。很多年前,约翰逊爵士愿意出一百英镑把它买下来。那是件特别的模型,上面还有一个什么巴斯的细木匠大师在一七六二年的签名……是美国人叛乱那年吗②?反正克里斯托弗是在一个二手店里花五块钱把它买下来的,而且约翰爵士许诺了愿意出一百块。他收集细木匠的模型,它们是非常值钱的。克里斯托弗飞快地说那个玩意值一千美元……他还以为人家和那些买他旧家具的顾客一样呢!

当克里斯托弗用了那个词的时候——蓝色的卵石一样的眼睛从他猪油一样白的脑袋上鼓出来——马克就觉得他全身都是汗了。那个时候,他就知道全完了……克里斯托弗继续说着,"你以为他一张口就会火花四溅,但他的声音是木木的。"

约翰爵士对他说:"呃,不对,小子。你现在是个出色的军人了,强暴过弗兰德斯和伊林一半的姑娘,还要求我们把你当成英雄看待。真是不错的英雄。而现在你安全了……一百英镑是开给一个忠于他可爱妻子的基督徒的价格。我最多愿意支付你五英镑,你还得谢谢我是五英镑,而不是一英镑,看在过去的情分上!"

---

① 即塞缪尔·约翰逊,他在英国文学史上被尊为约翰逊博士。据博斯韦尔给他写的传记中记载,曾有人让约翰逊博士评论两个诗人的优劣,他的回答是:"先生,要在跳蚤和虱子中间分出高下来是不可能的。"

② 马克再次表现出他对美国的无知,美国独立战争是从一七七五年开始的。

约翰·罗伯逊爵士就是那样跟克里斯托弗说的。那天,整个世界就是如此对待参过战的士兵的。所以,你不必纳闷为什么克里斯托弗会气愤——即使面对他那个内衣已经被汗水浸得冰冷的哥哥也是。

马克说:"我的好兄弟,我不会收那个愚蠢的东西当抵押借给你一个便士。但是我马上就给你开一张一千英镑的支票。替我从桌上把支票本拿过来。"

听到克里斯托弗的声音,玛丽·莱奥尼就走进了房间,她喜欢从克里斯托弗那里听到消息。而且,她也乐意克里斯托弗和马克激烈地讨论。她发现这样的讨论对马克有好处:在克里斯托弗第一次来这里那天,三个星期以前,那个时候,他们自然非常激烈地讨论过了,她发现马克的体温从九十九度六降到了九十八度二[①]。就在两个小时之内……说到底,只要一个约克郡人还有劲争吵,他就能活下去。她说他们就是这样的,那些人。

克里斯托弗转过去,对着她说:"我的爱人在我家等我,我们想和我团里的战友一起庆祝。我一分钱都没有了。借给我四十英镑,我求你了,夫人。[②]"他接着说他会把那个写字台留下来做抵押。他像白金汉宫门口的哨兵一样站得直挺挺的。她有些惊讶地看着马

---

① 华氏温度,换算成摄氏温度分别是三十七度六和三十六度七。

② Ma belle amie m'attende à ma maison; nous voulons célébrer avec mes camarades de régiment. Je n'ai pas le soue. Prêtez moi quarante livres, je vous en prie, madame! 法文。

克。说起来,她的确应该吃惊,马克什么动作都没有,突然克里斯托弗叫了出来,"借钱给我吧,借钱给我吧,为了上帝的爱![①]"

玛丽·莱奥尼脸色稍微有点苍白,但是她把自己的裙子拉起来,把丝袜往下一卷,然后掏出了钞票。

"为了爱神,先生,我想没问题。[②]"她是这么说的。你永远不知道有什么是法国女人说不出来的。这是从一首老歌里来的。

但他记得他当时满脸都是汗——大颗大颗的汗珠。

---

① Prêlez les moi, prêlez les moi, pour l'amour de Dieu! 法文。
② Pour le dieu d'amour, monsieur, je veux bien. 法文。

第七章

玛丽·莱奥尼正皱着眉头严肃地盯着勃艮第酒瓶[①]，她嘴里有股浓烈的苹果味，空气中也有浓郁的苹果香气，黄蜂在她周围飞舞，就好像有一层雪花一样的羽绒飘落到了她的脚边，苹果酒顺着她插在瓶颈里的一根玻璃管流进瓶子里。她皱着眉头是因为这个工作是件既严肃又需要全神贯注的工作，需要人全心投入，因为黄蜂让她烦心，还因为她正在抵抗自己心中的一种冲动。这种冲动告诉她，有东西让马克感到难受，催她赶紧去看看他。

这让她很烦心，因为按照规律来说——这条规律已经强大到有

---

① 在欧洲的传统葡萄酒产区各地根据当地的传统选择不同形状和颜色的酒瓶，所以勃艮第酒瓶就是法国勃艮第地区传统的深绿色斜肩酒瓶。

点像种法则了——只有在夜晚她才会感应到有什么东西使马克感到难受。只有在夜晚。在白天，她在内心深处①感到马克之所以是他现在这个样子只是因为他想是这样而已。他的目光是如此有神和威严，以至于你不会想不到有别的可能——那种黑色、液体般的、直愣愣的目光！——但是在晚饭后不久，她回到自己房间的时候，马克遇到灾难的可怕预兆就会袭上她的心头：他就躺在那里快要死了；他被乡间的鬼怪精灵围攻了；甚至还有强盗扑到了他身上，虽然这是不合情理的。因为整个乡间的人都知道，马克瘫痪了，没办法没能力把财富藏进他的床垫里。不过，心怀恶意的陌生人可能会看到他，进而猜测他把他的金壳问表②塞到了枕头下面。所以，她一晚上会起来一百次，然后，走到低矮的菱形窗框的窗口前，探头出去细听着。但是什么声音都没有：叶间穿过的风声、头顶有水鸟的鸣叫。小屋里会有昏暗的光，从苹果树的树枝之间看过去一动也不动。

然而，现在，青天白日的，快要喝下午茶的时候了，那个小女仆坐在她旁边的小凳上拔着在滚水里烫过的母鸡的毛。那些鸡明天要去市场上卖掉，还有一盒一盒的鸡蛋堆在架子上，每个鸡蛋都用铁丝捆到了盒子底，就等她有空的时候去盖上日期章——在这个夏日的安静明亮光线下，在敞开的盆栽棚③里，她突然有种感应：什么东西

---

① for intérieur，法文。

② 问表是指能够用不同的声音，比如"当"和"叮"，区别小时和分钟报时的表。

③ 英国花园里用来给植物换盆和堆放园艺工具的地方。

正使马克感到难受。她讨厌这样，但她不是能够抵挡这种冲动的女人。

不过，看起来这种冲动是没理由根据的。从这房子的一角，她正朝那里走去的房子的一角看出去，她可以非常清楚地看见马克孤单身影的一大部分。冈宁，有一个英国爵爷正在和他说话，拉着一匹没人骑的闲马的笼头，看着树篱那头的马克。他看起来很平静。一个年轻人正在树篱内侧走着，夹在树篱和覆盆子树丛之间。那不关她的事，冈宁没为此发出抗议吵吵嚷嚷的。还有一个年轻女子的头和肩膀——也可能是另外一个小伙子——在与第一个人几乎齐平的高度，顺着树篱外侧移动着。那同样不关她的事。也许他们是在看鸟窝。她听说那里有种什么鸟的窝，就在密密的树篱里。英国人在乡间干的——和在城里干的一样——蠢事数也数不清，他们会把时间浪费在任何事情上。那种鸟叫瓶子……瓶子什么来着①，而且克里斯托弗、瓦伦汀、牧师、医生，还有住在山下的那个艺术家，都为它着迷到发狂。在离树篱二十码远的地方他们就要踮起脚走路了。他们允许冈宁去修剪树篱，但是那些鸟明显认识冈宁……对玛丽·莱奥尼来说，所有的鸟都是"家雀儿"。在伦敦，他们就是这么说的——就好像所有的花都是"桂竹香②"——也就是跟你们会叫作壁花的东西一样。难怪这个国家要完了，它浪费了那么多时间在保护家雀儿的窝上，还给数不清的壁花起名字！这个国家本身还好——像是卡昂的郊区。但是这里的人！……难怪从法莱斯来的威

---

① 可能是长尾山雀，因为它的窝像瓶子，也得名"瓶子里的杰克"。
② giroflées，法文，意为"桂竹香，又叫香紫罗兰"，南欧常见的一种花。

廉,那么轻松地就在诺曼底征服了他们[①]。

现在,她浪费了五分钟,因为必须要把玻璃管从木桶的气孔里拔出来,那些玻璃管,用橡胶管连在一起,组成了她的从桶到瓶的虹吸设备。当她把它拔出来的时候有空气跑进去了,她只能再把它插进去,然后再含着玻璃管吸,直到第一股苹果酒进到她嘴里为止。她不喜欢这么做,这样会浪费苹果酒,而且在吃过午饭的下午她也讨厌这种味道。那个小女仆也会说:"啊,夫人,我**真的**觉得这样怪怪的!"……什么都拦不住那个孩子这么说,虽然她在其他时候都是聪明又听话[②]。就连冈宁看到这些管子都会挠头。

这些野蛮人就不明白要是想做会起沫的苹果酒[③]——会起沫的——你就一定要尽可能少把渣滓混进去吗?而在木桶的底部,就算它们很久都没有动过了,那里一定会有沉渣的——尤其是在你用靠近底部的龙头放酒从而使里面的液体流动起来的时候。所以在把起泡酒[④]装瓶的时候,你要用虹吸管把酒从大木桶的顶上吸出来,桶里剩下的用来喝,再把沉渣渣滓最多的部分用加了很多箍的薄木板桶子装起来,冬天冻上……在因为税收而买不到蒸馏釜的地方用来做苹果白兰地[⑤],在因为税收原因不能用蒸馏釜的地方……在这

---

① 卡昂和法莱斯都是法国的地名,详见前注。威廉指的是一〇六六年征服英国的征服者威廉。

② sage et docile,法文。

③ cidre mousseux,法文。

④ mousseux,法文。

⑤ calvados,法文。

个不幸的国家里,你不能用有蒸馏釜来蒸馏苹果白兰地、梅子白兰地,或者其他的甜白兰地①——因为要收税!什么样的国家!什么样的人啊!②

他们既缺勤劳精神,又缺节俭精神——而且,最重要的是,没精神!看看那个可怜的瓦伦汀,躲在她楼上的房间里,因为她怀疑外面到处都有从那个英国爵爷家里来的人。那个可怜的瓦伦汀,在她的当家的离家去买更多破烂的时候,有责任帮助她把苹果酒装瓶,也应该准备好把那些破家具卖给来访的人……结果,她为之心烦意乱的就是有几张版画找不到了。那些版画描绘的是——玛丽·莱奥尼非常清楚,因为她已经听到这件事情被提起好几次了——早些时候在伦敦游走叫卖的小贩。现在只能找到八幅,剩下的四幅去哪里了?他们的顾客,一位有爵位的英国夫人,急着想要买下这套版画。要用作一场很快就要开始的婚礼的贺礼!两天前,我的小叔子先生在一场廉价甩卖会上找到了能凑齐这一套版画的另外四幅。他非常得意地描述了他是怎么在草坪上发现它们的。大家自然以为他把它们带回了家,但是,在木匠克兰普的仓库里找不到它们,也没有发现它们被忘记在马车里,它们也不在任何柜子和橱子里。有什么可以证明我的小叔子③把它们从甩卖会上带回了家呢?他又不在这里,他已经走了一天半了。很自然,在最需要他的时候他就肯定会离开

---

① fines,法文。
② Quel pays! Quel gens! 法文。
③ mon beau-frère,法文。

一天半。他又去哪里呢,把他的年轻妻子扔在这种紧张状态里?走了一天半!他以前从来没有离开过一天半……那肯定是出了什么事情了。这种感觉弥漫在空气里,侵蚀到了她骨子里……就好像在那个可怕的休战日一样,那个时候,这片悲惨的土地背叛了美丽的法国①!那天,那位先生也找她借了四十英镑……上天在上,他为什么不再借四十——要不八十——或者一百英镑?那样他就不会这么心不在焉,也不会让马克和他不幸的姑娘那么心烦意乱了。

她不是没有同情心。那个姑娘瓦伦汀,她有文化,她能聊聊菲利门和巴乌希斯②。她也拿到了她的高中文凭③,她也是人们会说的那种出身好的家庭的女孩④,但是没有风格品味……没有……没有……好吧,她既没有显示出配得上才女⑤名号的学问——虽然她的学问是不少!——也没有足够的品味来成为一个放荡的女人——一个会和她的情人纵情声色的荡妇⑥。小叔子先生也不是什么会找乐子的人。但是男人总是说不清的……一条裙子的裁剪方式,盘头发的花样一绕……虽然现在没有那么长的头发可以盘绕了。但是现在有同样有效的方法。

---

① pays de France,法文。
② 罗马作家奥维德的《变形记》中的一对夫妻,因为热情招待了化成人形的宙斯和墨丘利而免受惩罚。
③ bachot,法文。
④ fille de famille,法文。
⑤ bas bleu,法文,意为"蓝色袜",借指才女。
⑥ poule,法文。

事实就是男人是永远说不准的。看看埃莉诺·杜邦,她和索邦大学的杜尚同居了十年,埃莉诺从来都不会特别在意自己的服饰,因为她的男人戴着蓝色的眼镜,还是个学者①……但是,结果如何?跳出来一个小娘皮,头上戴的帽子有车辘轳那么大,上面全是绿色的玩意,帽子边一直盖到耳朵上——那个时候流行的就是这样。

这件事给她上了一课,玛丽·莱奥尼,她那个时候还是个小姑娘。她当时就下定了决心,就算她最后是和一位蝙蝠一样瞎的八十岁老先生有了一段严肃的关系②,她也要去研究当下的时尚,就连最时髦的香水是哪一款都不会放过。或许那些先生自己不会知道,但是他们会在交际花③和时髦的妓女之间出没,而且不论她在家的时候是多像一只壁炉前的棕色小鸟一样朴实,她的裙子的线条、她的发型、她身上的味道,都必须要和时尚同步。马克肯定想不到。她猜他从来没有在她的公寓里看到一本朝他摊开的时尚杂志,或者想到她会在他不在的星期天去海德公园的林荫道④散步。但是她像其他任何一个女人一样,在研究这些事情,甚至更用心。因为紧追时尚的同时又要显得你是个正经的小资产阶级非常不容易。但是她做到了。看看结果如何。

但是那个可怜的瓦伦汀,她的男人倒是对她很深情。他也理当

---

① savant,法文。

② collage sérieux,法文。

③ femmes du monde,法文。

④ 在当时伦敦社交界的时尚人士周日会在海德公园的林荫道散步,展示最新的潮流。

如此，想想看，他害她落到了什么境况里。但是风暴的高潮①总是会来的，总有一天，你必须要驶过合恩角②。那一天就是当你的男人看着你，说："嗯，嗯。"然后开始考虑，思考费这么大力气和你在一起是不是值得的时候！然后，有些聪明的人说这一刻会在第七年的时候来临，另一些聪明的人说是第二年，还有一些说是第十一年……但是，事实上，你把它放到任何一年的任何一个时刻都可以——放到第一百年……而那个可怜的瓦伦汀，总共才两条裙子，其中的一条还沾了四个油点子。而且穿起来都不成样子了，尽管，不用说，那些面料曾经是很好的。这个必须要承认！这个国家的人织出了令人羡慕的粗花呢，肯定比鲁贝③出的要好。但是，难道这就足够拯救一个国家——或者一个要依靠男人生活的女人，这个男人还害她陷进了糟糕的境况？

她背后有个声音传来，"你这鸡蛋可真不少！"这是一个不同寻常的声音，带着一种憋着气的紧张。玛丽·莱奥尼继续握住她的玻璃管的流嘴，把它伸进一个勃艮第酒瓶里。她已经在这个瓶子里加了一小纸包筛过的糖和非常少量的她从鲁昂一个药剂师那里买来的一种粉末。她知道，这个东西会让苹果酒的颜色变成一种深沉的棕色。她不明白为什么苹果酒一定是棕色的，但是如果它是淡金色

---

① pic des tempêtes，法文。

② 火地岛最南端的陆岬，通常被认为是南美洲的最南端，其面对的德雷克海峡是世界上海况最恶劣的航道之一。这里和前面的风暴高潮一样，都是指最糟糕的时刻。

③ 法国北部工业城市，以纺织业闻名。

的话，人们会觉得它不那么滋养人。她继续想着瓦伦汀，她现在肯定藏在窗前，紧张得浑身发抖，铁铅色的窗户正好开在她们头顶上。她肯定会放下她的拉丁文的书躲在窗口偷听的。

玛丽·莱奥尼身边的小姑娘已经从三条腿的凳子上站了起来，拎着一只胸口的毛几乎被拔光了的白色死鸡的脖子。她粗声粗气地说："摆出来的都是夫人最好的红皮鸡蛋。"她有一头金发，红扑扑的脸庞，暗金色的头发上顶着一顶相当大的无檐帽，她瘦瘦的身上穿一件蓝格子棉布裙。她又继续说："零买的话，一个鸡蛋半个克朗，要是整买，一打二十四先令。"

玛丽·莱奥尼有点得意地听着这个沙哑的声音。这个他们刚刚雇了两周的女孩看起来头脑很令人满意，买鸡蛋不归她管，而应该是冈宁的事。尽管如此，她还是清楚其中的细节。她没有转过身去，和想买鸡蛋的人说话不是她该做的事，而且她对顾客一点好奇心都没有。她要想的事情太多了。那个声音说道："半个克朗买一个鸡蛋可不便宜。这换成美元该是多少？这肯定就是我们常常听说的生产者抬高食物价格的暴政。"

"没有什么东西是用达勒[①]算的，"那个女孩说，"半个达勒是两

---

① 小女仆把美元（dollar）理解成了一种英国硬币半达勒（half-dollar）。不过常见的英国流通的硬币中并没有达勒，这里的达勒可能是指英国铸造的用在殖民地贸易用的贸易银圆（trade dollar），但是根据书中的信息无法确定。鲍勃和克朗都是英国的硬币名称，一鲍勃面值一先令，一个克朗面值五先令。在一九七一年改为十进制之前，英国的货币单位换算是一英镑等于二十先令，一先令等于十二便士。

个鲍勃。半个克朗是两先令零六便士。"

她们的对话继续着,但是渐渐在玛丽·莱奥尼的脑海里淡去了。那个孩子在和那个声音争吵着一个达勒究竟是多少钱——至少听上去是这样,因为玛丽·莱奥尼对争吵双方的口音都不熟悉。那个孩子是个好战的孩子,她用铜管风琴一样的声音指使着冈宁和细木匠克兰普。或许用锡管形容她的声音更合适,就像锡质的六孔小竖笛一样。在她没有干脏活的时候,她贪婪地读着书——她能找到的任何关于血统的书。她对上等人家出身的人尊重得夸张,但是对世界上其他任何人一点敬意都没有。

玛丽·莱奥尼觉得现在可能已经到了大桶里会出现沉渣渣滓的深度了。她往一个透明玻璃杯里放了点苹果酒,用拇指堵住玻璃管。她觉得苹果酒还很清澈,应该够再装十来瓶。随后她会让冈宁把下一个大桶的气孔塞子拔掉。她要处理四个六十加仑的大桶,已经处理完两个了。她开始感觉到累了,就算她能不畏疲劳地坚持下去,她也不是感觉不到疲倦的。她希望瓦伦汀能来帮帮她。但是那个姑娘不够坚强,而她,玛丽·莱奥尼,也承认,为了未来考虑,她最好还是休息,读读拉丁文和希腊文的书。并且避开会让人精神紧张的事情。

她给她盖了她们的四柱床上的鸭绒被,因为他们一定要把所有的窗户打开,但是女人首要的就是避开气流……瓦伦汀笑了笑说,她曾经的梦想是在蓝色的地中海边读埃斯库罗斯[①]。她们互相亲吻

---

① 古希腊悲剧作家,被誉为"悲剧之父"。

了一下。

她旁边的女仆在说,她一次又一次地听她父亲说过——他是个养了很多母鸡的商贩——要卖一打鸡蛋的时候,他会说"就算两个半达勒吧!"在这个国家没有一达勒,但是他们的确有半达勒。当然,海盗基德船长什么都有:他有达勒,有西班牙银币,还有葡萄牙金币!

一只黄蜂让玛丽·莱奥尼觉得很心烦,它差点就跑到她鼻子上嗡嗡作响,飞去,又飞来,绕了大大的一圈。在她刚刚灌好的瓶子里总是会有几只黄蜂在挣扎;其他的则绕着放大木桶的木台上散布的苹果酒渍转圈。它们把尾巴插进去,然后兴高采烈地膨胀起来。然而就在两天前她、瓦伦汀才和冈宁一起打着灯笼走遍了果园,拿着一把泥刀和普鲁士酸①,把沿着小径的和在山坡上的虫穴都堵上了。她很喜欢那种经历;黑暗,灯笼里透出来的一圈光落在杂乱的草上;那种她从屋里出来了,离马克很近的感觉,然而冈宁和他的灯笼又让那些造访的灵魂不敢靠近。深夜里,她在想去探望她男人的冲动和遇到的鬼魂的可能性之间饱受折磨。这样合理吗?……女人为了她们的男人必须要受苦!即使她们忠贞不贰。

那个不幸的瓦伦汀什么苦没受过?……

就算是在所谓的她的新婚之夜②那天……那个时候,一切看起来都莫名其妙。玛丽·莱奥尼什么细节都不知道。像幻觉一样,兴

---

① 即氢氰酸,剧毒化学物质。
② nuit de noces,法文。

许还有点悲剧，因为马克对此感到非常生气。她真的相信他发疯了。深夜两点，在马克的床边。他们——那两兄弟——相当粗暴激烈地对着话，而同时，那个女孩就在那发抖。但是下定了决心。那个时候，那个女孩绝对下定了决心。她不会回她妈妈家去。深夜两点……如果你深夜两点还不愿意回到你妈妈身边去，那你的确算是孤注一掷了。

在水从木槽中流过的棚子里，在飞舞的黄蜂中间，还有那个看不见的女人的说话声之下，那天晚上的细节慢慢地重现在她的脑海里。她把瓶子放在水槽里，是因为在瓶子里的发酵过程开始之前把苹果酒冰一冰更好。那些瓶颈闪闪发光的绿玻璃瓶子组成了一幅令人舒心的画面。她身后那位女士说起了俄克拉荷马……她在皮卡迪利电影院的电影里看到的大鼻子牛仔就是来自俄克拉荷马。那个地方肯定是在美国的某一处。过去她习惯周五去皮卡迪利电影院。如果你是思想正经的[①]，周五就不会去剧院，但是，你可以认为电影院和剧院之间的关系就好像便餐[②]和有肉的正餐之间的关系一样。很明显，在她身后说话的那位女士是从俄克拉荷马来的。她原来也是在一个农场上吃过草原榛鸡的[③]。不过，现在她非常有钱了。至少，她是

[①] bien pensant，法文，意为"思想正经的"。这里和前文提到的玛丽的天主教信仰有关，天主教徒在周五的时候应该守小斋，不吃红肉，也不应该进行娱乐活动。

[②] repas maigre，法文。

[③] 虽然草原榛鸡现在是一种濒危动物，但是在十九世纪它是美国西部的拓荒者常常食用的猎物。所以炫耀自己吃过榛鸡也就等于说自己是吃过苦的。

这么告诉那个小女仆的。她丈夫轻易就能把菲特尔沃思爵爷一半的产业买下来，不用在乎到底花了多少钱。她说要是人们能够效仿……

在休战日的夜里，他们跑来咚咚咚地敲她的门。因为听惯了那天街上的各种嘈杂声音，她没有被门铃叫醒……她一下跳到了房间中央，然后飞奔着去拯救马克——免遭空袭的伤害。她已经忘了那天休战……但是敲门声继续响个不停。

门外站的是小叔子先生，还有那个女孩，穿着件深蓝色女童子军一样的制服。两个人都一脸惨白，累得要死的样子。就好像他们互相倚靠着……她本来想的是请他们离开，但是马克已经从他的卧室里出来了。穿着他的睡衣，光着腿。腿还是毛茸茸的！他神情粗鲁地让他们进来，然后又回到了床上……那是他最后一次用自己的双腿站起来！现在，在床上躺了这么久之后，他的腿不再是毛茸茸的了，而是光洁的，就像细细的上过釉的骨头！

她想起他最后的手势。他肯定打了个手势，就像一个发了狂的人一样……而事实上，他的确发狂了，冲着克里斯托弗，而且淌着汗。在他们互相嚷嚷的时候她就给他擦过两次脸。

想要弄明白他们在说什么很不容易，因为他们说的是种粗鄙的方言①。很自然地，他们回到了他们童年使用的语言——当他们激动起来的时候，这些不容易激动的人！听起来像布列塔尼人②的方言。

---

① patois，法文。
② 法国西南部布列塔尼的人，当地方言属于凯尔特语族接近英国的康沃尔语和威尔士语。

刺耳!

而她自己则一直在为那个女孩担心。她很自然地为那个女孩感到担心,她也是女人。一开始她以为那个女孩是个站街的小娘皮!但即使是对一个站街的小娘皮……然后她注意到她脸上没有抹胭脂,也没戴假珍珠项链。

当然,在她听明白了马克在逼他们收下他的钱的时候,她的想法就不一样了。在两个方面都不一样了。她不可能是站街的小娘皮。然后,想到要把钱送人的时候她就心头一紧,他们可能会破产的。翻检她尸体的可能是这些人,而不是她在巴黎的侄子们。但是小叔子把双手推开了提钱的事情。如果她——瓦伦汀——想要和他一起走,她就必须要同担他的命运……什么样的国家!什么样的人啊!

那个时候看起来根本没法明白他们在做什么……看起来马克是在坚持那个女孩应该和她的爱人留在这里;而她的爱人,恰恰相反,坚持要她回她妈妈家去。那个女孩又一直在说无论如何她都不会离开克里斯托弗的,不能丢下他。要是把他丢下,他会死。事实上,小叔子看起来的确病得够厉害。他比马克喘得还厉害。

她最终把那个女孩领到了她自己的房间里。一个小小的、痛苦的、美丽生物。她有种冲动——想把她拥抱在怀中的冲动,但是她没有那么做。因为钱……她其实应该抱抱她的。想要这些人去碰碰钱简直是不可能的。她现在非常想借给那个女孩二十英镑去买条新裙子和几件新内衣。

那个女孩坐在那里一言不发。感觉像过了好几个钟头。然后对面教堂的台阶上有个喝醉了的人开始吹起了军号。悠长的号声……

嘀……嘀嘀……嘀嘀嘀……嗒嘀……嗒嘀……一直不停……

瓦伦汀开始哭了。她说那真是可怕。但是你没法反对。他们吹的是《最后一岗》。那是给死去的人的。你不能反对他们在那天晚上给死去的人吹《最后一岗》。即使吹号的人是个醉鬼,即使号声让你发狂。死去的人应该得到他们能得到的一切。

如果不是事先了解她的心情而有所准备,这样的表现会让玛丽·莱奥尼觉得是种夸张的煽情罢了。英国的军号乐声对死去的法国人来说可没什么用,而英国人在战争里的损失从数量上来说简直可以忽略不计。所以,因为一个醉汉吹起了他们的哀乐而变得情绪激动①就太犯不上了。法国的报纸估计英国就损失了几百号人。和成百万她自己的同胞一比这又算得了什么呢?……但是她明白那天晚上那个女孩在那位妻子手里经历了很糟糕的事情,但她又太骄傲而不愿意因为她个人的不幸表现出激动的情绪来,她就装作是因为听到了那个军号声而发泄出来……那曲子是够哀伤的。她明白过来是在克里斯托弗,把他的脸从没关好的门里伸了进来的时候,克里斯托弗小声地告诉她,他要去让他们别吹了,马克受不了那个号声。

那个女孩很明显是神游去了,因为她没有听见他的声音。她,玛丽·莱奥尼去看马克了,而那个女孩就坐在那里,坐在床上。那个时候马克已经非常平静了。那个军号已经停下来了。为了让他高兴点,她说了几句为了一小撮死去的人就在凌晨三点吹哀乐是多么

---

① emotionnée,法文。

不合适的一件事情。如果那是吹给死去的法国人——或者如果她的祖国没有被出卖！在离他们的边境还有那么远的时候就给那些恶棍休战的机会就是出卖她的祖国！仅仅因为这点就算得上是那些虚伪的盟友的欺诈背叛了。盟军应该直接从那些恶棍中间碾过，去屠杀他们上百万手无寸铁的人，然后还应该用火与剑把他们的国家变成一片废墟。让他们也知道像法兰西一样遭受苦难是什么感觉。没有这么做就算得上是背叛了，那些没有出生的孩子会因此遭报应的。

但是他们也只能等着，在那个时候，即使在这种背叛已经成为事实之后，他们也只能等着，等着有人通知这种背叛具体的细节条款究竟是什么。他们现在可能连柏林都不想去了……那么，活着还有什么意义呢？

马克呻吟了一声。事实上，他是个好法国人。她就是如此调教他的。那个女孩也到这个房间里来了。她受不了一个人……真是你方唱罢我登场。她开始和马克争执。女孩问道："难苦难还不够多吗？"他同意说苦难已经够多了，但是必定要有更多……就算是为了对可怜的该死的德国人公平——他管他们叫可怜的该死的德国人。他说："你对自己的敌人所能做得最糟糕的事情就是不让他们知道残忍的行为会有无情的后果。对此加以干涉，让人们看到如果他们肆意妄为了却又不一定会受到相应的报复，事实上，这么干简直就是犯下冒犯了上帝的罪孽。如果德国人不在全世界面前经历一次这样的报复，那这就是欧洲和整个世界的末日。又有什么能够阻止一九一四年八月四日早晨六点在一个叫盖默尼希①的地方附近发生的事情一次次地重演呢？没有任何东西可以阻止它。其他任何一个国家，从最小的到最大的都活该……"

那个女孩打断说这个世界已经变了。马克疲倦地往后靠在枕头上，讽刺而尖锐地说："是你这么说的，那你可以去负责这个世界了，我什么都不知道。"他看起来倦透了。

这两个人争论的样子很奇怪——在凌晨三点半争论"形势"。好吧，看起来那天晚上谁都不想睡觉。就算是在那条僻静的街道上，也有人群走过，一边吵闹，还一边拉着六角手风琴。她从来没有听到马克和人争论——而她再也听不到他和人争论了。他似乎用一种疏远的宠溺来对待那个女孩，就好像他很喜欢她，但是又觉得她学的东西太多了，太年轻了，什么经验都没有。玛丽·莱奥尼就这样看着他们，专心地听着。二十年来，这三个星期是第一次让她看到了她的男人和他自己的家人打交道接触的样子。这么一想她就很着迷，一想起这件事她就沉迷其中。

然而，她能看出来，她的男人内心都已经疲惫了。而且，明显那个女孩也到了她能够承受的极限了。她说话的同时看起来也在听着远处的声音，她一直回到那个惩罚与现代思想格格不入的观点上。马克则坚持他的观点，认为占领柏林并不是惩罚，但是不占领柏林却造下了智识上的罪孽。侵略的后果就是反被侵略和有象征意

---

① 比利时和德国边境上的市镇。一九一四年八月四日，德国入侵此地，英国对德宣战，第一次世界大战由此开始。

义的占领,就像自信过头的后果是遭到羞辱一样。对这个世界的其他地方,他什么都不知道;但是对他自己的国家来说,逻辑就是这样的——这是她生存的逻辑。背弃这样的逻辑就等于放弃清楚的思想——这是种思想上的懦弱。让全世界看到一个被占领的柏林,在她的公共场所摆上武器架子,插上旗帜,就是展示英格兰尊重逻辑。不让全世界看到这样的景象则显示出英格兰是个思想上的懦夫。我们不敢让敌国遭受痛苦,因为我们一这么想就害怕。

瓦伦汀说:"痛苦已经够多了!"

他说:"是,你害怕痛苦,但是世界必须要有英格兰。对我的世界来说,好吧,把它变成你的世界,然后随它怎么堕落崩溃吧。和我没关系了。但是,你必须要负起责任来。一个能让英格兰演出一副道德懦弱的闹剧的世界会是个层级更低的世界……要是你降低了跑完每一英里的时间要求,你就等于你降低了纯血马的质量。想想看。如果'柿子'没能取得它曾经取得过的成绩,法国大奖赛就不会是那么重要的赛事,而且迈松拉菲特[①]的驯马师也不会那么有效率。还有骑师,还有马厩的马童也一样,还有运动记者……有个坚持原则的国家,世界会受益的。"

瓦伦汀突然说道:"克里斯托弗去哪里了?"语气如此激动,就好像是打出了一拳。

克里斯托弗出去了。她大叫道:"但是你不能让他出去,他身体不好,不能一个人出去,他出去一定是为了回去……"

---

① 位于巴黎郊区的赛马场。

马克说:"别走……"因为她已经走到了门口。"他出去是为了让那个《最后一岗》停下来。但是你可以演奏一下《最后一岗》,为了我。也许他已经回到格雷律师学院广场去了。他应该是去看看他妻子怎么样了。我自己是不会这么做的。"

瓦伦汀带着极度的痛苦,说:"他不能这样。他不能。"她也走了出去。

那个时候玛丽·莱奥尼才有点明白,后来她才完全弄明白,克里斯托弗的妻子出现在了克里斯托弗的空屋子里,就在几码远的那个广场上。大概他们晚上很晚的时候满心爱意地回来了,结果发现西尔维娅在那里。她来是为了告诉他们她因为癌症要动手术了,这样一来,生性敏感的他们就几乎没办法在那个时候还想着要一起上床了。

那是个不错的谎话。那位提金斯夫人的确是个有主见的女人。这是不容置疑的。玛丽·莱奥尼她自己——半是出于她的天性,半是因为她丈夫的强烈要求——要照顾那两个人,但是那位提金斯夫人绝对是个天才。尽管他们是这个世界上最无害的一对男女,但她成功到极点地给那对男女制造了麻烦,还抹黑了他们的声誉,尽管他们是这个世界上最无害的一对。

在休战日那天他们肯定没能好好地庆祝。在他们的庆祝晚宴上,一位出席的军官绝对是疯话连连;另一位克里斯托弗团里的战友的妻子对瓦伦汀态度粗鲁;他们团的上校又抓住机会,乘机像演戏一样地死去了。很自然,其他的军官都跑掉了,把那个疯子和要死的上校扔到克里斯托弗和瓦伦汀手上。

那还真是一次舒适的蜜月旅行[①]……听说他们最后和那个疯子,还有另外那个一起,找到了一辆四轮马车,他们坐到了巴尔汉姆[②]——一个什么都没有的郊区,马车外面还挂着十六个庆祝的人,还有两个人骑在马背上——至少从特拉法加广场出来的几英里之内是这样。他们自然是对马车里面有什么一点兴趣都没有,他们只是单纯的快乐,因为世界上再也不会有任何苦难了。瓦伦汀和克里斯托弗在切尔西[③]的某个地方把那个疯子扔给了一个接受弹震症病号的收容所,但是没有机构愿意接收那位上校,所以他们只能坐车朝巴尔汉姆去,上校在车里对刚刚结束的战争、他的成就,还有他欠克里斯托弗的钱,发表了一番临死前的演说。据说瓦伦汀觉得那些话尤其折磨人。那个人死在了马车里。

他们不得不走回城里,因为那辆四轮马车的车夫由于他马车里死了人这件事大受刺激,连车都驾不动了。还有,马还滑了一跤。等他们走回特拉法加广场的时候就已经是午夜十二点了。一路上他们几乎都得从密密的人群里挤过来。很明显,他们因为完成了任务——或者做了好事而高兴。他们站在圣马丁教堂台阶的最高点,俯视整个广场,整个广场还是亮堂堂的,挤满了人,人们大声嚷嚷着,到处都是铺路的木板和从公共汽车上拆下来的木板堆成的篝火,纳尔逊纪念碑高耸在人群之上,喷泉池里满是醉鬼,演说的人和乐队。他

---

① voyage de noces,法文。
② 伦敦南部街区名。
③ 伦敦中城泰晤士河北岸的一个区的名字。

们站在最高一级台阶上,深吸了一口气,然后拥抱在一起——第一次——尽管他们已经互相爱慕了五年多了。什么样的人啊!

然后,在律师学院那幢房子楼梯的顶上,他们看到了西尔维娅,她穿着一身白衣服!

很明显,有人告诉了西尔维娅,克里斯托弗和那个女孩有联系——是一个因为欠克里斯托弗的钱所以不喜欢他的女士告诉她的。一位名叫麦克马斯特的夫人。很明显,世界上不喜欢克里斯托弗的人都是因为他们欠了他的钱。那个上校、那个疯子,还有那位对瓦伦汀很粗鲁的女士的丈夫……都是!都是!还包括沙茨魏勒先生,他只给克里斯托弗寄过一张支票,数额是应该付的一大笔钱的零头,然后就因为他作为战俘所经历的痛苦而精神崩溃了。

但是,手里攥着一个女人的命运的那个克里斯托弗究竟是个什么样的男人,凭什么能在他手里攥着一个女人的命运呢?……任何女人!

这些几乎就是她的马克和她,玛丽·莱奥尼,说过的最后的话。她当时正扶着他,这样他才好喝到她给他准备好的安眠的药茶,然后,他严肃地说:"我没有必要再要求,没必要再嘱咐你对温诺普小姐好一些了。克里斯托弗是不能照顾好她的。"这是他最后说的话,因为这之后电话铃立刻就响了。这之前他好像又烧得很厉害,而就是在他的眼睛大睁着盯着她,她放进他嘴里的体温计在他发黑的嘴唇上闪光,同时,她在后悔让他被他的家人折磨的时候,从客厅里传来了尖锐刺耳的电话铃声。紧接着,沃尔斯滕马克爵爷的德国口音,带着那种习惯性让人不舒服的感觉,在她耳边嗡嗡响起了。他说的是内阁还在开会,他们想要立刻知道马克同各个港口通讯时使用的密码。他的副手似乎在那天晚上的庆祝里消失不见了。马克在卧室里尖刻地讽刺道,如果他们想要阻止他的运输舰离开港口,他们大可以不必用密码。如果他们想用其实一塌糊涂的经济状况来给他们必须要面对的选举的障眼法充当门面的话,他们尽可以大肆宣扬一下这件事。再说了,他也不相信就他们手头的运输能力真能打到德国去。最近有不少都给毁掉了。

那位部长带着种沉重的欢乐说他们不会打到德国去了——那是玛丽·莱奥尼一生中最难过的时刻。但是在她的自制力的帮助下,她仅仅是把这些话复述给了马克。然后他说了句她没有听得很清楚的话,而且他还不愿意重复他说了什么。她就是这么告诉沃尔斯滕马克爵爷的,那个咻咻笑的声音说他猜这就是会让那位老伙计不乐意的消息。但是我们必须要适应自己的时代。时代已经变化了。

她已经从电话机旁走开,去看了看马克。她和他说话,她又和他说话。然后再一次——说得飞快而慌乱的话连珠而出。他的脸充血成了深紫色,他直勾勾地盯着他的前方。她把他扶了起来,他直挺挺地陷了回去。

她记得自己走回电话机旁,对另外一头的人说起了法语。她说另外那头的人是个德国佬,是个叛徒。她的丈夫再也不会和他或者他的同伙说话了。那个人说:"呃,怎么回事?……你是谁?"

可怕的阴影在她脑海里翻来覆去,她说:"我是马克·提金斯夫人。你害死了我的丈夫。从我的线路上滚开,凶手!"

那是她第一次用那个名字称呼自己,那也是她第一次用法语和那个部门说话。但是马克已经撒手不管那个部门了,不管政府,不管国家……不管整个世界。

把那个人从她的电话线路上轰走之后,她就给克里斯托弗打了电话。他身后跟着瓦伦汀跑了过来。对这对年轻人来说,那天真的是个不怎么样的新婚之夜。

卷　下

第一章

西尔维娅·提金斯,用她的左膝盖一夹,把她的栗色马带到了浑身闪光的将军骑的枣红色母马旁边。她说:"要是我和克里斯托弗离了婚,你会娶我吗?"

他像一只受惊的母鸡一样大叫:"上帝呀,不!"

他全身上下都闪闪发光,只有他的灰色粗花呢外套上那些因发亮而说明穿过不止一次的地方除外。但是他的白色细唇髭、他的脸颊、他的鼻梁而不是他的鼻尖、他的缰绳、他的近卫军领带、他的靴子、马颔缰①、轻马衔、大勒衔、手指、指甲——所有这一切都是数不清的打磨的成果……有他自己,有他的用人,有菲特尔沃思

---

① 连接马肚带和鼻羁的带子,防止马向后甩头幅度过大。

爵爷的马童,马夫……数不清的打磨和指手画脚监督的成果。只要看他一眼,你就知道他应该是爱德华·坎皮恩爵爷,退休中将、议会议员、圣迈克尔和圣乔治骑士团骑士、维多利亚十字勋章获得者、军事十字勋章获得者、优异服役勋章获得者。

所以他大叫道:"上帝呀,不!"他用小指在马嚼子的缰绳上一勾,让他的母马从西尔维娅的栗色马旁边退开。

那匹坏脾气的白额栗色马被它同伴的举动惹火了,它冲母马露出了牙齿,跳了几步,嘴角甩出几团泡沫。西尔维娅坐在马鞍上前后摇晃了几下,朝着下方她丈夫的花园笑着。

"你知道的,"她说,"你不能指望马蹦一蹦就可以把那个念头从我脑子里撵出去……"

"一个男人,"夹杂在冲他的母马说的"好了"之间,那位将军说道,"不能娶他的……"

他的母马朝路旁后退了一两步,又朝前走了一步。

"他的什么?"西尔维娅好脾气地问,"你不会是打算管我叫作你的被拒绝的情人吧。不用说,大多数男人都会想要试试看的。但是我从来没有当过你的情人,我得替迈克尔考虑!"

"我希望,"那位将军报复地说,"你能决定那个男孩到底要叫什么,迈克尔还是马克!我刚才要说的是'他的教子的妻子',一个男人不能娶他的教子的妻子。"

西尔维娅侧过身去抚摸着栗色马的脖子。

"一个男人,"她说,"不能娶任何其他男人的妻子……但是如果你觉得我会去当提金斯家的二夫人,前面是那个……法国妓女。"

"你更情愿,"将军说,"当上印度……"

印度的景象从他们还在交战的大脑中掠过。他们从马上俯视着西萨塞克斯的提金斯家的农舍,俯视着一幢陡峭屋顶上铺着瓦片、深深的窗户是用本地的灰色石头砌成的房子。尽管如此,他还是看到了诸如阿克巴尔·汗[1]、马其顿人亚历山大[2]、菲利普国王之子、德里、坎普尔大屠杀[3]之类的名称。他的头脑——从小就痴迷于幻想大不列颠皇冠上最硕大的宝石[4]——一下子就回想起如此多的传奇。他是西克里夫兰选区的议员,同时也是政府的肉中刺。他们必须把印度给他[5]。他们知道,如果不这么做,他会公布刚刚结束的战争最后阶段的一些秘闻。自然,他永远不会那么做的。不应该敲诈,就算对象是政府也不行。

不过,不管怎么看,他**就是**印度。

西尔维娅也意识到不管怎么样他都是印度。她看到了总督府里的宴会,在那里,头戴一顶后冠,她也会是印度……就像莎士比亚的作品里有人说过的一样:

---

[1] 十九世纪阿富汗的一位王子,在第一次英阿战争中屠杀了撤退中的英军和家属。

[2] 即亚历山大大帝。

[3] 一八五七年印度大起义时,坎普尔的英国驻军和平民向纳那·萨西布领导的起义军投降后被屠杀。

[4] 指印度。

[5] 即任命他为印度总督。

> 我要死了，埃及，要死了。不过
> 我要恳求死神暂缓一会儿，直到
> 我把可怜的最后的上千次亲吻
> 印到你的唇上……①

她想象这样一定会挺不错，比如说，她背叛了这个老糊涂蛋印度，有了一个情人，情人在她脚下喘着气，大喊："我要死了，印度，要死了……"而她则戴着她的高高的后冠在一旁，全身穿着白衣服，那衣服很可能，很可能是缎子的！

那位将军说："你知道，你不可能和我的教子离婚。你是个天主教徒。"

她一直微笑着说："噢，**我不可以？**……再说了，这对迈克尔有巨大的好处，如果他的继父是位大元帅，指挥着……"

他带着无力的厌烦说："我希望你能决定那个孩子的名字到底是叫迈克尔还是马克！"

她说："他管他自己叫马克。我叫他迈克尔，因为我讨厌马克这个名字。"

她带着真正的仇恨看向坎皮恩。她说机会合适的时候她会完美地找他复仇的。"迈克尔"是个萨特思韦特家的名字——她父亲的。"马克"是提金斯家长子的名字。那个男孩最初受洗礼和登记的时候

---

① 出自莎士比亚的《安东尼和克里奥帕特拉》第四幕第十六场。这是安东尼自杀之后对克里奥帕特拉说的独白。

都是用的迈克尔·提金斯。在被罗马教会接收的时候[①],他受洗的名字是"迈克尔·马克"。紧跟而来的就是她这一生中唯一的真正深切羞辱。在天主教洗礼之后,那个男孩要别人叫他马克。她问他是不是认真的。在长长的停顿之后——在孩子们做出判决之前难受的漫长停顿——他说他想从那个时候开始就管自己叫马克。他想用他父亲的哥哥的名字,他父亲的父亲的名字,曾祖父的名字,曾曾祖父的名字——用那个骑着狮子、举着宝剑的暴躁圣徒[②]的名字。萨特思韦特家,他母亲的家族,就像不存在一样。

至于她自己,她恨马克这个名字。如果世界上有一个男人是因为对她的魅力无动于衷而遭她记恨的话,那这人就是现在躺在她眼前那栋草顶小屋里的马克·提金斯。结果她的儿子,带着孩子的残酷打定了主意要管自己叫马克·提金斯。

将军瓮声瓮气地说:"简直没法跟上你的想法。你现在说排在那个法国女人后面当提金斯夫人是种羞辱,但是你之前说的一直都是那个法国女人不过是马克爵士的情人而已。我昨天还听见你这么跟你的女仆说的。你先说是这样,然后又说是那样。我到底该相信哪个?"

她像太阳一样居高临下地看着他。他接着瓮声瓮气地说:"先是这样,然后又是那样。你说你不能和我的教子离婚,因为你是天主教徒。尽管这样,你还是启动了离婚的程序,并且把能泼的污水都

---

① 即前文提到的马克的第二次洗礼。

② 圣马克,通常被认为是《马可福音》的作者和亚历山大教会的创始人。他的象征是一只背生双翼的雄狮,有的时候狮子手中也会有一把宝剑和一本书。

泼到了那个可怜的家伙身上。然后你又记起了你的信仰，不再继续了。这是玩的什么把戏？"西尔维娅依然从她的马脖子的后面讽刺但又好脾气地看着他。

他说："**真的**是弄不明白你，不久以前——一连好几个月，你病得都要死了，因为得了——往简单了说——是癌症。"

她用最好脾气的语调评论说："我不想让那个女孩成为克里斯托弗的情人。我还以为哪怕只有一点想象力的人都不**会**……我的意思是如果他的妻子是在那种状况下……但是，当然，当她坚持要这么做的时候……好吧，我才不会挺在床上，躲起来，一辈子都……"

她好脾气地嘲笑起她的同伴来。

"我想你一点都不了解女人，你怎么可能？自然是马克·提金斯娶了他的情人。男人总是会在临死前做点好事的。如果我选择不去印度，你最终会娶了帕特里奇夫人的。你以为你不会，但是你就是会的。至于我，我觉得对迈克尔来说，他妈妈是爱德华·坎皮恩，印度总督的夫人要比她仅仅是格罗比的提金斯二夫人，前头还有一个曾经是海峡那头过来的不清不楚的老寡妇好得多。"她笑了笑，然后接着说，"不管怎么样，圣婴会的修女说她们从来没有见过那么多的百合——纯洁的象征——除了在我要死去的时候的茶会上。你自己也会承认，你从来没有见过有比我在百合和茶杯的围绕中，头顶上是个大大的十字架的样子更迷人的了。那时你尤其地感动！你还发誓你要亲自割开克里斯托弗的喉咙，就在那个侦探告诉我们他真的和那个女孩住在这里那天。"

将军大叫道:"关于格罗比的孀居别屋①,这真是太他妈不方便了。你跟我发誓说,等你把格罗比租给那个美国疯女人的时候,我可以住在孀居别屋里,还把我的马养在格罗比的马厩里。但是,现在看起来我不能这么做了,看起来……"

"看起来,"西尔维娅说,"马克·提金斯想把孀居别屋留给他的法国情人来安排,不管怎么样,你是负担得起你自己的房子的。你够有钱了。"

将军惨叫起来:"够有钱!我的上帝!"

她说:"你还有——相信**你自己**——你还有作为小儿子分的财产。你还有将军的薪水。还有战争结束的时候国家给你那笔钱的利息。你每年还有四百英镑的议员津贴。你、你的用人、你的马,还有你的马夫,在格罗比一年又一年的生活费都是从我这里蹭来的。"

无比的忧伤笼罩了她同伴的脸。他说道:"西尔维娅,想想在我的选民们身上的花费,我差点就要说你恨我了!"

她的眼睛继续贪婪地注视着在她身下延展开的果园和花园。有一道凌乱的新翻过的土沟从他们的马蹄旁边穿过,然后几乎垂直地通向下面的房子。她说:"我猜那就是他们引水的地方。从这上面的泉水里引来的。木匠克兰普说他们的管道一直有问题!"

将军大叫道:"啊,西尔维娅。那你还告诉德·布雷·帕佩夫人说他们没有水源,所以他们连澡都不能洗!"

西尔维娅说:"要是我不这么说,她永远都不会想到要砍倒格

---

① 庄园大宅之外单独修建起来供庄园主的遗孀居住的房屋。

罗比的大树的。你还不明白吗,对德·布雷·帕佩夫人来说,不洗澡的人是野蛮的?所以,虽然她不是真的很勇敢,但她还是会冒险砍掉他们的老树……是的,我差点就相信我的确很恨守财奴,而你是我愿意纡尊结交的人里最像守财奴的。但是我应该建议你冷静下来。如果我让你娶了我,我从萨特思韦特家继承的那份钱也是你的了。更别说在迈克尔成年以前你还有格罗比的钱,还有——多少来着?——你从印度总督职位上挣的一年一万英镑。要是这所有加到一起,你都还不能省出和你在格罗比的时候从我这里蹭去的相当的数目,把你当守财奴,还真是高看你了!"

好几匹马,驮着菲特尔沃思爵爷和冈宁,从花园外面的软土小径上爬到紧贴花园上方的硬土路上。冈宁骑在一匹马上,耷拉着脚,胳膊肘上还挽着另外两匹马的笼头。那是德·布雷·帕佩夫人、劳瑟夫人和马克·提金斯的马。那个花园从树篱的另一侧一直延伸到无限远的地方,里面有椴梓树林,有在曾经木材丰富的地方常看到的屋顶陡峭的老房子,有马克·提金斯小屋的茅草顶,还是那著名的四个郡交汇之地。几英里以外,有架飞机正嗡嗡地朝他们飞下来。从硬土路往上是一道长满了羊齿蕨的缓坡,坡顶沿着一道铁丝树篱长满了许多高大的山毛榉树。那就是库珀公地的最高点。在四周的宁静中,那几匹马的蹄声听起来就像一队骑兵懒洋洋地靠近一样。在还有一段距离的地方冈宁就把马停下来了;西尔维娅骑的那匹马脾气太不好,不能靠近。

菲特尔沃思爵爷打马上前到将军旁边,说:"该死的,坎皮恩,那是海伦·劳瑟该去的地方吗?我夫人两个星期都不会放过我的!"

他冲冈宁喊道,"这边,你个该死的,你这个老混蛋,斯皮丁抱怨说你又动了手脚的门在哪里?这个老恶棍在我手下干了三十年了,但他总是把你教子遭瘟的地里的门朝反方向装。下人自然是应该照管好他主人的利益,但是我们必须得处理好这个事情。不能一直像这样。"他又接着对西尔维娅说,"那可不是海伦该去的地方,对吧?那里住着各种各样的人,还有各种……如果你说的是真话!"

不管在哪里,菲特尔沃思伯爵给人的印象都是他好像穿一件鲜红的燕尾服、一双别着猎狐别针的白袜子、白色细织厚布马裤,戴一副看起来相当令人痛苦的眼镜和一顶用丝带固定在身上的丝礼帽[①]。事实上,他戴一顶方方高高的黑呢帽,穿着黑白细条纹的粗花呢外套,而且没戴眼镜。尽管如此,他还是会眯起一只眼睛来看你,而他黑亮的瞳孔、他长着粗短的黑灰色唇髭的黑脸皱成一团的样子,使得坐在高头大马上的他看起来像一只爱争吵又非常有气势的猴子。

他觉得冈宁听不到他说话了,就继续对着其他两个人说:"不应该在用人面前讨论他们主人的坏事……但那**绝对不是**电影公司董事长侄女该去的地方,卡米把她大部分的钱都投进去了。不管怎么样,她不会放过我的!"在嫁给伯爵之前,菲特尔沃思夫人的闺名是卡

---

① 此即英国贵族猎狐时的标准装扮。这种感觉呼应了前文对菲特尔沃思语言的描写,他这种喜欢大量使用俚语和咒骂的语言通常也是贵族猎手说话的方式。

姆登·格林。"简直就是爱……爱的天堂①，照你说的。奇怪的是，老马克这么大年纪还要这么干。"

将军对菲特尔沃思说："喂，我说，她说我是个不折不扣的守财奴……你有没有，比如说，听到你家的用人抱怨我给的小费不够？请你告诉她，可以吗？那才是判定是不是守财奴的真正标志！"

菲特尔沃思对西尔维娅说："你不介意我那样说你丈夫家，对吧？"他接着说，在过去，他们不会在一位女士面前这样说她的丈夫。或许，朱庇特在上，他们可能也会！他爷爷就有个……

西尔维娅认为海伦·劳瑟可以照顾好她自己。据说，她丈夫没有给她足够的关注——一位女士有权要求获得关注。所以，如果克里斯托弗……

她往一旁看了一眼，打量一下菲特尔沃思。那位贵族棕色的皮肤下微微透出点紫色来了。他看着远处的景色，咽了咽口水。她觉得她做决定的时间已经到了。时代不同了，世界也变了。她早上感觉到了过去从来没有过的沉重。前一天晚上，在长长的露台上，她和菲特尔沃思有次漫长、机智的谈话。那天晚上她机智到连自己都佩服。但是她也知道，在那之后，菲特尔沃思和他的卡米在卧室里也有一次漫长的谈话。即使在最宏大的宅邸里，当男主人和女主人

---

① 原文为 agapemone，出自希腊文，直译是"爱的居所"。一八六九年，亨利·詹姆斯·普林斯牧师以此为名成立了一个宗教社区，他的教义之一就是婚姻关系的精神化，他也因此娶了很多所谓的"精神新娘"，后来被人发现他和这些新娘之间的关系并非完全只是精神上的。现在使用这个词暗示一群人行为不检点、生活淫乱。

说起话来,空气里都会酝酿着一种悬疑的气氛。男主人和女主人——说了一句话,通常是男主人说的——起身离开,而家里的客人,至少是在小型聚会的时候,慢慢地散开,不知道该向谁发出要离开的信号,甚至还要把哈欠强压下去。最后,管家会走到关系最亲近的客人旁边,告诉他们伯爵夫人不会再下楼来了。

那天晚上西尔维娅射出了致命的一箭。她在露台上给那位伯爵描绘了一番她现在正俯视着的屋顶下混乱的生活。那片小地方在她下面展延开去,就好像她是可以决定它命运的女神一样。但是她并没有那么确定。菲特尔沃思皮肤上的暗紫色并没有消退,他继续朝远处看去,扫视着他的领地,就好像是在读一本书一样——这边一丛树消失了,一幢新别墅的红屋顶在树丛中生长出来,啤酒花干燥窑连带它特有的烟囱帽也从小山坡上消失了。他正准备要说什么。她前一天晚上请求他把那家人从那个缓坡上连根拔掉。

自然她的原话不是这么说的。但是她把克里斯托弗和马克描绘得如此不堪,以至于,如果那位贵族相信她的话,一位有责任心的贵族几乎有必要——出于最佳的考虑——把这样的瘟疫源头从他的乡间领地赶走。关键是菲特尔沃思是否会因为她是一个声音迷人的漂亮女人就选择相信她。他是个顾家得不行的男人,对他那个从大西洋那头过来的女人着迷得不行。只有从非常顽劣、高傲又有影响力的大家族出身的极端顽劣的黑皮肤男人才会在人生的后半截变成这样。他们之前伺候过如此多的善变歌剧女演员和著名职业人士,以至于当他们在人生的后半程娶了善变的或者善于操纵人心的妻子的时候,他们早已熟稔如何僵硬但非常仔细地做出每一种繁复的举动来表示遵从他们人生伴侣的意愿。这是他们与生俱来的。

所以,事实上,那片花园还有那个陡峭的屋顶的命运,都在卡米·菲特尔沃思的掌握中——在今天大贵族们还能对他们邻居的命运施加影响的范围之内。我们可以假定他们还是有一些的。

但是人都是好奇的动物。说到奇怪的地方菲特尔沃思会变得浑身不自然起来。昨天晚上他就是这样的。他很多时候都是站着的。要知道马克·提金斯可是他的老熟人——如果这位伯爵有孩子的话,马克和他的关系会更亲密一些,因为马克喜欢去有孩子的已婚夫妇家里过周末。总之,这位伯爵非常了解马克。在这种情况下,在听到关于另一个他很了解的人的闲话的时候,人应该很容易相信一位漂亮女人告诉他的东西——美和真理看起来总是相关的。而且没有人知道另一个人在自己看不见他的时候到底在做什么,这也不假。

所以,通过编造或者暗示说他暗地里妻妾成群、挥霍无度,进而因此染病来解释马克的身体状况和明显窘困的样子的时候,西尔维娅觉得自己并没有做得太过火。不管怎么样,她已经准备好要冒险了。这就是那种男人会相信的东西——即使是安在他最好的朋友身上。他会说:"只是想想……这么久以来谁谁谁……都看起来是一副安静的糟老头的样子,结果,他实际上……"这么一说就表明他已经深信不疑了。

所以看起来这么说是奏效了。

而她揭露的克里斯托弗惯用的挣钱伎俩看起来效果不是那么好。那位伯爵听的时候是把头歪向一边的,当她向他暗示克里斯托弗是靠女人过日子的时候——比如说,依靠前杜舍门夫人,现在的麦克马斯特夫人。没错,那位伯爵听这些话的时候满副恭敬,而且这看起来也是个错不了的罪名。谁都知道老杜舍门给他的遗孀留了一大笔钱。她有个挺不错的小庄园,离他们站的地方不到六七英里。

而且,在那个时候,把伊迪丝·埃塞尔牵扯进来看来也很自然。因为,就在不久之前,麦克马斯特夫人来拜访了西尔维娅。为的是刚过世的麦克马斯特欠克里斯托弗的债。那是从过去到现在麦克马斯特夫人一直为之痴狂的问题。她来拜访西尔维娅的真实目的是为了看看西尔维娅愿不愿意施展她对克里斯托弗的影响——让他免除那笔债务。就算在过去麦克马斯特夫人也习惯拿这件事情来烦西尔维娅。

很明显,克里斯托弗还没有愚蠢到被预料中的程度。他把那个可怜的女孩拖到了这样贫困的境况里,但是他不会让她,还有她看起来要有的孩子,真的忍饥挨饿,或者太过担心。而且,很明显,为了满足一种过意不去的虚荣心,很多年前麦克马斯特给了克里斯托弗要求用他的人寿保险收益抵债的权利。她知道得很清楚,麦克马斯特毫不留情地从她丈夫身上榨取着钱财,而克里斯托弗又很自然地把他借出去的钱当作是礼物。为了这个问题她自己就说过他好多次了,在她看来,这是克里斯托弗最最不能让人忍受的地方之一。

但是,很明显,那个用人寿保险收益抵债的权利还在,而且现在已经变成了要求用那个该死的家伙相当丰厚的遗产抵债的权利。不管怎么样,在还清债务以前,保险公司一分钱都不会赔付他的遗孀……而想到克里斯托弗为了那个女孩会做——她非常确定——

这种他永远不会为了她去做的事情，又给西尔维娅的憎恨增添了新的动力。事实上，她的憎恨现在已经完全变成了一种折磨人的念头——她想把那个女孩折磨到发疯。这就是为什么她会在这里。她想象瓦伦汀正在陡峭的屋顶下饱受折磨，因为，她，西尔维娅，正从树篱上方看下去。

但是麦克马斯特夫人的来访让她的恨意重新活了过来，也让她想出了干扰脚下这家人生活的新阴谋。麦克马斯特夫人穿着极其肃穆的黑纱丧服，这身衣服让她看起来就像拉灵车的马一样既优雅又可怕，看起来她真的不只是有点神志不清而已。她拿着各种让克里斯托弗放手的手段来征求西尔维娅的意见，她还在信里继续苦苦恳求着。直到最后，她终于想到了一个奇特的解决方案……好几年前，很明显，伊迪丝·埃塞尔和一位现在已经去世的著名苏格兰文人有一段心心相印的情史。众所周知，伊迪丝·埃塞尔是相当多的苏格兰文人心中的厄革里亚。麦克马斯特家出身于苏格兰，麦克马斯特在世的时候是位评论家，手头还有救济潦倒文人的政府基金，而且伊迪丝·埃塞尔对文化也满怀热情。这点你甚至可以从她黑纱的形状还有当她坐下去或者激动地站起来绞着双手的时候她是如何把黑纱拢在自己身边的样子里看出来。

但是这位苏格兰人信中的语言远远超过那些写给心中的厄革里亚的寻常书信中的措辞。它们提到了麦克马斯特夫人的双眼、双臂、双肩、女性的光晕……麦克马斯特夫人提议委托克里斯托弗把这些信卖给大西洋那头的收藏家。她说它们至少可以卖到三万英镑，而克里斯托弗从中可以抽取百分之十的佣金，这样他应该会觉得麦克马斯特家欠他的四千来英镑算是还清了吧。

而在西尔维娅看来,这个手段简直古怪,于是她乐不可支地建议伊迪丝·埃塞尔应该带着她的信坐车去提金斯家和——有可能的话,乘提金斯不在的时候——瓦伦汀·温诺普面谈。她算计着,这么做肯定会给她的对头带来不小的麻烦——而就算没有达到这个目的,她,西尔维娅,也相信自己回头可以从伊迪丝·埃塞尔那里听到那个温诺普家的丫头疲惫的容貌、破旧的衣衫,还有粗糙的双手的种种夸张细节。

要知道,一个被男人抛弃的女人遭受的最大折磨就是对那个男人接下来如何生活的物质细节无法满足的好奇。西尔维娅·提金斯,很多年以来,都在折磨她的丈夫。她自己都会承认她曾经是他的一根肉中刺。那主要是因为在她看来他从来都没有想要扮演好自己的角色。如果你和一个经常被人占便宜的人住在一起,而且如果那个人还不会捍卫自己的权利,你多半会相信你自己对绅士和基督徒的要求远逊于他,而这样的经历永远都让人难受。不过,不论怎么样,西尔维娅·提金斯都有理由相信,很多年来,不论好坏——绝大多数时候是坏的——她都有主宰克里斯托弗·提金斯的影响力。现在,除了成为外来的厌物之外,她意识到自己再也不能影响他了,无论是从好的方面,还是坏的方面。他成了她搬不动的装得满满的、四四方方的结实面口袋①。

---

① 面口袋是这本书里用来指代克里斯托弗高大身材的常用比喻,在本系列第三卷中最多。

所以,她现在唯一真正的乐趣就是在晚上坐在一圈亲密的朋友中间的时候,她还可以宣称说她到现在都没有失去他的信任。通常她是不会——她社交圈子里的人都不会——把她前夫的下人变成自己的倾诉对象。但是她必须要冒点风险,她不知道由克里斯托弗的木匠的老婆提供的关于他家庭生活的细节,是否会让她的朋友觉得有趣到他们会忘记她犯下的和他丈夫的下人混在一起这个社交上的过失;而且她还要冒另外一个风险,她不知道那个木匠的老婆会不会看出来:散布她因为丈夫离开而受到的委屈,就等于在散布她自己没有魅力。

到现在为止,她两样风险都冒了,但是她也意识到了,已经到了她不得不问问自己怎么样才是更好的时候了,就像法国人说的那样,安定下来①做印度总督的妻子,还是当一个完全要依靠自己努力才能受人欢迎的没有男人的女人。她的荣耀有一部分要依靠巴斯勋骑士团爵士爱德华·坎皮恩将军这样的老糊涂蛋稍微会有一点丢人,但是那会是多么安定的生活啊!在玛吉和比阿蒂②们——甚至还有卡米,比如说菲特尔沃思伯爵夫人——的圈子里维持自己的地位,就意味着永不停息的努力和警惕,就算你是富裕闲适、出身高贵的人也一样——而且当你主要的娱乐谈资是有一个不喜欢你的丈夫这样的家庭不幸的时候,这就意味着更多的努力。

她大可以告诉玛吉,也就是斯特恩夫人,她丈夫的衣服上连扣

---

① rangée,法文,意为"安定下来,稳定下来"。
② 女子名,玛格丽特和比阿特丽丝的昵称。

子都不全，而他兄弟的妻子却打扮得时髦无比。她大可以告诉比阿蒂，也就是埃尔斯巴舍尔夫人，照她丈夫的木匠的妻子说法，她丈夫家内里就像是个堆满了深色木头包装箱的洞穴，而过去她管家的时候……或者她甚至可以告诉卡米，也就是菲特尔沃思夫人，还有德·布雷·帕佩夫人，还有劳瑟夫人，因为他们家的供水问题，她丈夫的女人很难给他准备好洗澡水……但是，时不时地总有人——就像这三位美国夫人有一两次做的那样——会指出，稍微有点犹豫地，不管怎么说，她丈夫到现在都已经是格罗比的提金斯了。而人们——尤其是美国夫人们——总会比她更加看重那些放弃了爵位之类东西的英国乡村绅士。她的丈夫没有能放弃爵位，他不能这么做，就好像尽管马克非常渴望在最后时刻拒绝接受那个从男爵爵位，却发现自己不能这么做一样。但是她丈夫的确是放弃了一大片庄园，而这个壮举浪漫的一面正开始慢慢地渗透到她朋友们的心中。无论她怎么宣传她丈夫明显贫穷的生活是因为生活堕落、破产的结果，她的朋友们还是会时不时地问她，其实他的贫困生活是不是因为他自愿的，不是他打赌输了，就是追求某种神秘主义的结果。她们会指出，至少身家丰厚的人该有的排场，她和她儿子都不缺，这看起来更像是克里斯托弗不渴望财富或者是慷慨大方的信号，而不是他再也没有钱供自己挥霍了……

那种怀疑的苗头正在卡米·菲特尔沃思喜欢邀请到她家做客的美国夫人们心中涌起。到现在为止，西尔维娅都成功地扼杀了那些苗头。说到底，对那些没有掌握它神秘的线索的人而言，她脚下的提金斯家是一个奇特的存在。她自己掌握了那个线索，她既知道那两兄弟之间的冷战，也知道他们对生活的态度。尽管她很愤怒克里斯托弗居然鄙视那些可以用钱买来的，也是她珍视的东西。但是她也非常得意地知道，说到底，她看起来是要为他们之间的冷战还有因此而来的抛弃权利负责的。正是从她的舌尖上最先传出了马克曾经相信过的对他弟弟不利的流言。

但是，如果她还想保住自己用舌头毁掉那家人的能力，她觉得自己必须要有细节。她必须要有能相互支持的细节。否则她就不能非常令人信服地用她编造的那幅无比堕落的图景骗人了。你或许以为，当她强迫德·布雷·帕佩夫人，还有她儿子，相当失礼地去拜访他们的时候，当她在劳瑟夫人心中唤醒了她对那幢小屋里的情形纯真的好奇的时候，她只是被折磨瓦伦汀·温诺普的欲望驱动而已。但是她知道不仅仅是这样。她可能会从中得到各种各样奇怪的细节，而她可以志得意满地把这些细节当作她和那个家庭亲密关系的证明兜售给其他的听众。

如果她的听众有任何迹象想说像克里斯托弗那样看起来好心肠的人居然会是个三合一的杂种——是由洛夫莱斯、潘达鲁斯和萨堤尔①合而为一的——这也太奇怪了的时候，她永远都可以回答说："啊，但是你能对在自己的起居室里晾火腿的人有什么期望呢！"或者，如果有别的人怀疑，假如瓦伦汀·温诺普真的像传说的那样，

---

① 理查德·洛夫莱斯，英国十七世纪诗人，也是著名的多情的人；潘达鲁斯是《荷马史诗》中的人物，他在雅典娜的诱惑下放箭破坏了希腊人和特洛伊人的休战协定；萨堤尔是希腊神话中的森林神，半人半羊，生性淫荡。

甚至西尔维娅也这么说，把克里斯托弗管得死死的，她居然还会允许克里斯托弗在——说白了在她自己家里搞一个爱的天堂，这样也太奇怪了的时候，西尔维娅会很高兴能够这样回答："啊，但是你能对会在她的楼梯上发现一把梳子、一个煎锅，还有一本萨福诗集挨着摆在一起的女人有什么期望呢！"

这就是西尔维娅需要的那种细节。她现在知道一个细节：提金斯家的人——她是从木匠克兰普的老婆那里听来的——在他们的起居室里有一个大壁炉，而且按照长久的传统，他们在那个壁炉的烟囱里熏火腿。但是，对那些不知道在大烟囱里熏火腿是长久传统的人而言，一说起克里斯托弗是那种会在他的起居室里晾火腿的人只会带来这样的画面：你发现自己身处一个火腿会斜靠在沙发垫上的地方。即使这样，对勤于反思的人来说也并不足以证明这么做的人就是个施虐狂疯子——但是勤于反思的人并不多，而且不管怎么样，这就是很奇怪，而有一件奇怪的事情就暗示着还有更多奇怪的事情。

而至于瓦伦汀，她知道再多的细节也不能满足。你必须要能证明她是个糟糕的家庭主妇，同时是个书呆子，这样才能明显说明克里斯托弗为此过得很难受——而你又必须证明克里斯托弗过得很难受，这样才能明显说明瓦伦汀·温诺普对他的吸引力是不正常的。为了这个目的就必须要知道放错地方的梳子、煎锅和萨福诗集这样的细节。

然而弄到这样的细节并不容易。当她向克兰普太太提问的时候，克兰普太太说得相当清楚，与其说瓦伦汀·温诺普是一个糟糕的家庭主妇，还不如说她一点家务都不管，而玛丽·莱奥尼——马克夫人——则是个鬼一般精明的家庭主妇①。很明显,除了洗衣房之外,家里的其他地方克兰普太太都不被准许进去——这是因为半磅糖和几个掸子,克兰普太太在当清洁女工的时候认为这些东西是自己工作该有的福利,但玛丽·莱奥尼不这么想。

  本地的医生和牧师,他们俩都去过那幢房子,只能贡献一些关于那个姑娘朦胧的描绘。西尔维娅去拜访过他们,而且打的是菲特尔沃思家的旗号——暗示说卡米夫人为了了解情况想要知道比她地位低下的邻居们的生活细节——西尔维娅试图打破牧师和医生著名的保守秘密的职业习惯,但是她在背后没有找到多少东西。那个牧师告诉她,他觉得瓦伦汀是个相当不错的姑娘,非常好客,手头还有一窖不错的苹果酒,而且喜欢在树下读书——读的大多是古典文学。还对岩生植物非常感兴趣,就是那些你可以在提金斯家的窗下的河岸边看到的植物。他们家一直被称作提金斯家。西尔维娅从来没有去过那些窗户下面,而这让她很愤怒。

  从医生那里,西尔维娅从非常微弱的迹象里得出了瓦伦汀身体相当不好这个印象。但是这只是从医生说他每天都见到她这个事实上得出的——而另外一件事也让它显得更没有那么可信,医生说他每天是去看的是马克,而且他随时都会死去。所以他需要有人仔细地照顾,稍微有点激动的事情他就完了。除此之外,就是看起来瓦伦汀有淘古董家具的好眼力。医生能了解这点是付出了代价的,因为他自己也小打小闹地收藏古董家具。而且,他说在小型的农舍甩

---

① ménagère,法文。

卖会上，还有在买进小物件的时候，瓦伦汀能把价格压到提金斯本人都做不到的地步。

除此之外，从医生和牧师这里，她能得出的印象就是提金斯家是个奇怪的家庭——奇怪就奇怪在它是如此单调和团结。她自己真的是期望有更加刺激的东西，真的。在她让他感情起伏这么多年之后，他居然能够安定下来，投入到照顾哥哥和情人的安静生活里，这看起来太不可能了。就好像一个人居然能从油锅里跳出来，然后跳进了——养鸭子的池塘里①。

因此，当她看着菲特尔沃思脸上的红晕的时候，一种不耐烦得几乎要发狂的感觉一瞬间充斥了她全身。这个家伙几乎就是唯一一个有胆子反驳她的男人——一个猎狐的乡绅，一种灭绝了的动物！

麻烦就在于你看不出他到底灭绝到了什么程度。他也许还能像狐狸一样狠狠咬一口。否则她现在早就飞奔而下，沿着那段曲曲折折的橙色小径飞奔而下，踏上那片禁地。

而这是她到现在都不敢做的。在社交界看来，这样做无异于骇人听闻，但是她已经准备好了冒这个风险。她对自己在社交界的地位有足够的信心，而且如果人们能够原谅一个男人离开他的妻子，他们也会原谅这个妻子有一两回闹事闹得稍微有点过分。但是她只是单纯地不敢去面对克里斯托弗而已——他可能会完全无视她。

也许他不会。他是个绅士，而绅士是不会真的完全无视和他们

---

① 这里化用了英语中的一句习语，"从油锅里跳进火里"常常用来表示情况越变越糟糕。

一起睡过的女人……但是他有可能……她有可能走到那下面，然后在一间昏暗、低矮的房间里提出某种条件——上帝才知道是什么，她脑子里最先想到什么就是什么——向瓦伦汀提出。你总是可以编出什么理由来靠近那个取代了你的女人。但是他有可能会进来，心不在焉地走进来，然后一下子僵硬成一张硕大、笨拙的——噢，可爱的——石头脸。

那就是你不敢去面对的东西。那简直和死没有区别。她能想象到他从屋里走出去，耸动着他的肩膀。无动于衷地把整栋房子留给她，把他自己关闭在看不见的障壁之后——手持烈火之剑的天使把她拒之于外！①……他就是会这么做。而且，还是当着另一个女人的面。他有一次差点就这么做了，而她几乎还没有从中恢复过来。那场假装的疾病也不全是假装的！她像天使一样微笑着，在那个巨大的十字架下方，在她养病的修道院里——在百合花丛中，像天使一样向着将军、修女、那些一一出现在她的茶会上的访客微笑着。但是她必须要想到克里斯托弗可能正在他的姑娘的怀抱里，而且当她需要，自然是从身体的角度，需要他的帮助的时候，他放开了她。

但是那次可一点都不平静，在那个黑暗的空荡荡的房子里……而且在那个时候他还没有享受过那位姑娘的青睐，也没有和她一起有过家庭生活。他还没有比较的机会，所以，那次他的拒绝其实是不能算数的。他非常粗鲁地对待了她。从社交的角度说，这倒是帮

---

① 此处化用了《圣经·创世纪》中的故事，上帝在把亚当和夏娃驱逐出伊甸园后，在伊甸园的东方安置了天使和燃烧的宝剑。

了她的忙。但是仅仅是在一个已经被逼得恼羞成怒的姑娘的一再要求下：这种情况是可以改进的。事实上，那次的失败现在已经几乎影响不到她了。理智地看那天的事情是这样的：如果一个男人回到家来想的是和一个已经让他着迷好些年的姑娘上床，结果发现了另一个女人，她告诉他她得了癌症，然后非常像那么回事地在楼梯顶上晕了过去，结果——虽然她早有练习，而且身体也结实得很——还把自己的脚踝扭到了，他就不得不在这一个还是另一个之间做出选择。而当时另一个则是精力充沛，打定了主意要抓住她的男人，甚至已经破口大骂了。明显克里斯托弗不是那种会在他的妻子因为癌症病得要死了，更别说还刚刚扭了脚踝的时候，还想着引诱一位姑娘的男人。但是那位姑娘她已经到了不在乎什么脸面的地步了。

没事。那回的事情她可以不再在意了。但是如果现在发生了同样的事情，在昏暗、安静的日光下，在一间安静的老房间里……这是她不能面对的。承认你的男人已经跑掉了是一件事——跑掉了又不是不能挽回的。等另外那个女人变得无足轻重，变成了一个书呆子，完全不够时髦的时候，他可能就回来了。但是如果他采取行动——负起责任——来忽视你，那就会在你们之间竖起一道不管他对你的对手有多厌烦都不能越过的屏障。

她越来越不耐烦了。那个家伙坐飞机走了，去北方了。这是她**知道的**他唯一一次离开。这是她唯一一次沿着橙色的曲折小径飞奔而下的机会。而现在——十有八九，那个菲特尔沃思是不会同意她飞奔而下的。而你不能忽视菲特尔沃思。

第二章

不，你不能忽视菲特尔沃思。作为一个猎狐的乡绅，他可能是个已经灭绝了的怪物——不过，也有可能他不是，谁也不知道。但是作为一个熟悉坏女人手段的顽劣黑皮肤男人，而且还是来自一个一代代对好女人坏女人的手段都熟稔无比的家族的男人，他就是你能遇上的最危险的人物了。冈宁那个粗鄙、慢吞吞、口无遮拦的顽固家伙可以不耐烦地反驳菲特尔沃思，和他顶嘴，然后不用担心菲特尔沃思能对他做什么，其他任何村民也都可以，但是他们都是他的人。她不是……她，西尔维娅·提金斯，她也不相信她能够承担和他争辩的后果。英格兰有一半的人都不敢承担。

老坎皮恩想要印度——可能是她自己想要老坎皮恩得到印度。格罗比大树已经被砍倒了，而如果你自己没有荣誉，如果你自己抛弃了荣誉,抛弃了格罗比大树这样的荣誉,只是为了深深地伤一个人的心——那你不如把印度也要下来。时代在变化,但是谁也不知道像菲特尔沃思这样的人的境况会发生什么样的变化。他像猴子一样骑在马上,向他的领地的远处看去,就像他家的一代代祖先做的那样,无论他们是私生子还是合法继承人。再说,把他当成一个只是娶了个大西洋那头的小人物,并且远离权力中心的乡绅看起来也没错。他窜到伦敦去——他和他的卡米——然后在最上流的地方不被人注意地走动,可以在这里那里插上一两句话。而尽管那位伯爵夫人来自外国,家庭出身也没人知道,但她还是能把话传到某些人的耳朵里——那些人对想要印度的人来说是危险的。坎皮恩也许有他在战争中的优异表现和选民对他的支持。但是卡米·菲特尔沃思在上层人士中间很受欢迎,而菲特尔沃思不光有猎犬,说到选民,他还捏着几个郡的小商人①,他还是个顽劣的人。

她很早就看明白了,有一天上帝会降临人间,插手保护克里斯托弗。说到底,克里斯托弗是个好人——一个好得让人恶心的人。她不情愿地承认,上帝和那些看不见的力量最终的作用就是确保一个好人最后可以在平庸的家庭生活里安定下来——就算是为了旧家具讨价还价也无所谓。这是件很滑稽的事情——但这也是那种你不得不承认的事情。上帝多半是——也是非常正确地——站在平庸的家庭生活那边的。否则,这个世界就没法运转下去——孩子们就没

---

① 英国当时的选举对投票人有财产要求,所以能投票的多为从事商业和专门职业的中产阶级。这句话的意思是菲特尔沃思可以影响几个郡的选举结果。

法健康成长。而自然，上帝想要的是生产出一大批又一大批健康的孩子。现在的心理医生说所有精神崩溃的病例都是出现在父母生活不和谐的人身上的。

所以，菲特尔沃思很有可能是被选作了提金斯家房子上的避雷针，那些看不见的力量这样选择还真是不错。而且，毫无疑问，是天注定的。马克是在那位伯爵的庇佑下——如果你可以那么说的话。很久以来马克都是这片土地上手握权力的人士之一，菲特尔沃思也是。他们在同样的圈子里出入——那个相当神秘的**好人**的圈子——那些人控制着这个国家的命运，至少是占据着那些更华贵和更耀眼的职位。他们肯定在各种地方见过面，这里或那里，多年来一直如此。而且，不用说，马克表示过他想在这附近度过他人生最后的时光，只是因为他想要在靠近菲特尔沃思一家的地方，这样可以依赖他们来关照他的玛丽·莱奥尼和其他的人。

在这件事情上，菲特尔沃思他自己，就像上帝一样，是站在平庸的家庭生活和正在生产健康的孩子的女人那一边的。据说，他年轻的时候爱一个女人爱到不可自拔，她是在极其浪漫的状况下被他得手的——那是一位著名的舞蹈演员，他是从某位不可置疑的大人物的鼻子底下把她抢走的。而那个女人死于难产——要不就是生下了孩子，然后发了疯，之后又自杀了。不管怎么样，一连好几个月，菲特尔沃思的朋友们必须夜复一夜地守着他，以防止他也自杀了。

后来，在他娶了卡米追寻家庭生活之后——除了他的猎犬被他变得几乎平庸不堪之外——他也投身到，当然，还有他的伯爵夫人——为女性提供产前安宁环境的事业中。他们盖起了一幢无比漂亮的待产收容所,就在他们自己的窗下,就在那下边。

所以,情况就是这样——当她转眼向菲特尔沃思看去的时候,他就在她旁边高高地骑在马上,她非常清楚地意识到,她有可能要和他有一场好斗,而她这辈子很少有必要做这样的事。

他一开始说的是:"该死,坎皮恩,海伦·劳瑟该去那下边吗?"然后他又暗示,按照她西尔维娅提供的信息,那幢小屋事实上是个混乱不堪的地方。但是他又接着说:"如果你说的是真的?"

这自然是非常危险的,因为菲特尔沃思多半非常清楚,海伦·劳瑟**就是**在她西尔维娅的撺掇下才去了那下边。而且,他也告诉她,如果那**果真是**她撺掇的,并且如果她真的相信那幢房子跟妓院一样,他的伯爵夫人会感到极度不愉快的。极度!

海伦·劳瑟并不是什么特别重要的人物,除了对伯爵夫人而言——当然,还有迈克尔。她就是那些游荡到这里来享受无比简单事物的还算迷人的美国人之一。她喜欢游览遗迹,漫无目的地闲聊,在草场上跑马,和老用人说话,而且她还喜欢迈克尔对她的爱慕。她多半会拒绝任何年纪更大的人对她表示爱意。

而伯爵夫人很有可能想要保护她的纯真。伯爵夫人大概五十来岁,她属于保留了一点古板,同时有种老派的开明思想和作风直率的那代人。她属于那个曾经让人觉得有钱到过分的美国阶级,尽管现在这个时代这些人不再让人觉得势不可挡,但是他们依旧保留了一定的舒适生活和社交权威,而且和她来往的那群人中的每一个——美国人、英国人,甚至还有法国人——都和她自己差不多是属于同一个阶级。她容忍了——她甚至还有点喜欢——西尔维娅,但是如果在她的屋檐下,她负责监护的海伦·劳瑟同一对不正经的夫妻有了社交接触,她自然是会气得发疯的。你永远不知道那种看法什么时候会在那个年纪和阶级的女人身上冒出来。

然而,西尔维娅觉得冒这个风险——说到底,这不过是再拉下一个淋浴桶的链子①而已。这是个装满了吓人内容的淋浴桶——但是,说到底,这就是她一生的志业,而且如果坎皮恩失去了印度,她大可以在其他的乡间宅邸追寻自己的志业。她是疲倦了,但是还没有疲倦到什么都做不了的地步!

所以,西尔维娅就冒险说她觉得海伦·劳瑟可以照顾好她自己了,而且还加了句荤笑话以使她的话显得更符合她平时说话的风格。其实她对海伦·劳瑟的丈夫一无所知,他多半是个从事什么愚蠢职业的瘦男人,但是他不可能对海伦·劳瑟很关心②,要不他也不会让他年轻迷人的妻子一直在欧洲游荡了。

那位爵爷再没有说出什么表明自己态度的话,除了重复,如果那个家伙真的是提金斯夫人说的那种家伙,伯爵夫人是不会轻易放过他的。鉴于此,西尔维娅不得不退一步说她不明白为什么海伦·劳瑟不能去参观一幢很明显半个美国都知道的展示家具的农舍。也许她还会买点旧木头。

---

① 这是西尔维娅对自己把各种社交界不能容忍的事情突然摆在他们面前的常用比喻,在本系列的前几卷也有出现。老式的淋浴是在头上方装一个浴桶,通过拉链子来倒水到身上。

② impressionné,法文,意为"关心,紧张"。

爵爷把他的视线从远方的丘陵上移开，然后把冷冷的、相当粗鲁无礼的视线转到她的脸上。他说："啊，如果只是那样……"然后就没有声音了。

她又冒了一次险，"如果，"她慢慢地说，"你觉得海伦·劳瑟需要人保护，我不介意亲自跑下去照看她！"

那位将军，他已经试着惊呼好几次了，现在大叫道："你肯定不是想见那个家伙吧！"而这就毁了这次对话了。

因为菲特尔沃思可以利用这个机会让她听从他可以想当然地认为是她天然保护人的指挥。要不然他就得说出显露他自己态度的话。所以，她不得不用这些话来显露出更多她自己的态度，她说道："克里斯托弗不在下面。他坐飞机去了约克——去拯救格罗比大树。你的用人斯皮丁去给你拿马鞍的时候看到了他，他正在上飞机。"她接着说，"但是他去得太晚了。德·布雷·帕佩夫人前天就收到了一封信，信上说在她的命令下树已经被砍倒了。"

菲特尔沃思说："上帝啊！"接着就没有声音了。将军像一个害怕被雷劈的人一样看着他。坎皮恩已经一次又一次地告诉过她，哪怕只是稍微提一提那些带家具把宅邸一起租下来的租客胆敢对主人的树林动手动脚这件事，菲特尔沃思就会愤怒得像公牛一样。但是他只是接着看向远方，跟他的猎鞭手柄交流着。西尔维娅知道，这需要她再退一步，于是，她说道："现在德·布雷·帕佩夫人有点害怕了，害怕得要死。那就是她要到那里去的原因。她以为马克会把她关到监狱里去！"她接着说，"她想把我儿子迈克尔带上替她说好话。作为继承人，他多少还是有看见风景的权利的！"

从这些话里西尔维娅知道了她对沉默的男人到底有多畏惧。也许她比自己想象的还要疲惫，而印度这个念头就更加有吸引力了。

　　在这个时候，菲特尔沃思大吼道："去他的，我必须要解决冈宁那个家伙搞出来的麻烦！"

　　他掉转马头朝来路走去，用他的猎鞭手柄招呼将军到他身边去。将军恳求地向她看来，但是西尔维娅知道她必须要留在这里，等着从将军嘴里传来菲特尔沃思的裁决。她甚至连和菲特尔沃思用双关语①对决的机会都没有。

　　她的手指紧紧地抓住猎鞭手柄，然后朝冈宁看去。如果伯爵夫人要通过老坎皮恩传话，让她把自己所有的东西都收拾好，然后离开他们的宅邸，她至少也要从这个她从来没有能够靠近的人那里套出点东西来。

　　将军和菲特尔沃思的马，因为远离了西尔维娅骑的栗色马，友好地一起在路上摇头晃脑地踏着小碎步，因为那匹母马喜欢她的同伴。

　　"这个叫冈宁的家伙，"爵爷开始说起来，他继续很激动地说，"说起这些门，你知道我家的庄园木匠修理……"

　　那些就是她听到的最后的话，她想菲特尔沃思会继续花很长时间说着他该死的门，目的是让坎皮恩放松警惕——而且，不用说，也是为了显得有礼貌。然后，他就会突然抛出会让老将军感到恐怖的一击。他甚至还有可能会一边眺望着远处的乡间，一边用狡猾的

---

① sous-entendus，法文，意为"潜台词，双关语"。

小问题从将军那里反复套出实话来。

对这个她倒不是很在意。她又没有假装是个历史学家;她给人们的是娱乐而不是教化。①而且她对菲特尔沃思的让步已经够多了,或者是对卡米的让步。卡米是个大个子、胖胖的好心肠的黑皮肤女人,湿乎乎的眼睛下有重重的眼袋,但是她有坚定的意志。而在告诉菲特尔沃思她没有撺掇海伦·劳瑟还有另外两个人闯进提金斯家里之后,西尔维娅意识到她已经动摇了。

她没有想要动摇,但它就这么发生了。她本来想要冒险传达她想烦得克里斯托弗和他的同伴不得不离开这个地方的意图。

那个牵着三匹马的大个子慢慢走了过来,在这狭窄的小径上走出了一小支军队的气势。他浑身很脏,而且没有扣扣子,但是他用一双有点充血的眼睛直愣愣地盯着她。他从远处说了句她没有完全明白的话,那句话是关于她的栗色马的。他让她把她的栗色马的尾巴转到树篱那头去。她没有习惯下层人先开口和她说话。她还是让她的马顺着小径站着。这样,那个家伙就过不去了。她知道问题在哪里。如果他们敢靠近她身后的话,她的栗色马会朝冈宁牵的马踢过去。在狩猎季节,那马的尾巴上系着一个大大的 K②。

不管怎么样,那个家伙对付马肯定挺有一套,否则他也不敢骑在一匹马背上,把缰绳绕在他前面的马鞍桥上,还牵着另外两匹马。她不知道她自己现在是不是还能够这么做,曾经有一段时间她肯定

---

① 即她本来就对事实没有什么兴趣。
② Kicker 的首字母,用来提醒其他的猎手这匹马脾气不好。

能够这么做的。她想要从栗色马马背上下来，然后把它也交到冈宁的手上。一旦她站在了小径上，他就不能拒绝了。但是她不想——把她的腿就在马鞍上那么悬着。他看起来像是个会拒绝的人。

她要他拉住她的马，这样她才能下马和他的主人说话。他拒绝了。他没有朝她挪动一下；他只是继续眼睛动也不动地盯着她。她说："你是提金斯上尉的用人，对吧？我是他的妻子。我住在菲特尔沃思爵爷家！"

他没有任何回答，也没有任何动作，除了用他的右手手背蹭过他的左鼻孔——因为没有手绢。他说了些她没听懂的话——但不是什么善意的话。然后他又说了一长段话，这个她听懂了。大概就是他有三十年，从还是个孩子到成年，都是在爵爷家服务，剩下的日子都是在上尉家。他也指出了那边的门旁边就有拴马柱和链子。但是他不建议她把马拴在那里。那匹栗色马会把任何顺着路过来的马车踢成碎木头。仅仅是想到这匹栗色马发狂乱踢伤到自己就让她一哆嗦，她是个很好的女骑手。

他们的对话在长长的停顿中进行着。她一点也不着急，她必须得等坎皮恩和菲特尔沃思回来——多半是带着裁决。那个家伙用短句子说话的时候，他的方言让人什么都听不懂。在他用长句子的时候她能听懂一两个词。

她现在有点担心伊迪丝·埃塞尔会顺着这条路出现。事实上，她几乎就是约好了要在这个时候这个地方和她见面，伊迪丝·埃塞尔提议要把她的情书卖给克里斯托弗——或者托克里斯托弗转卖。前一天晚上她才告诉了菲特尔沃思，克里斯托弗是用他从麦克马斯特夫人那里搞来的钱买下了她下边那个地方，因为麦克马斯特夫人是他的情人。菲特尔沃思听到这个满脸惊讶困惑……就是在那个时候，他开始在她面前变得生硬起来。

事实上，克里斯托弗买下那个地方靠的是一笔横财。很多年以前——在她嫁给他以前——他从一位阿姨那里继承了一笔遗产，按照他惯常而充满远见的方式，他把这笔钱投资在了某个殖民地——很有可能是加拿大——的地产，要不就是发明，要不就是有轨电车用地上，因为他觉得那个遥远的地方，因为它在某条大路上重要的地理位置——是会发展起来的。很明显，它在战争期间发展起来了，而那笔已经完全被遗忘了的投资每英镑赚了九先令六便士。突然一下子就有了。什么都阻止不了。像克里斯托弗过去那样投资有远见又慷慨大方的人时不时地总会有点什么收益的——某个有远见的投资最后证明是明智的，某个欠他钱的人变得诚实起来了。她知道，即使死在休战日的那个什么上校，克里斯托弗借给了他大几百英镑，最后也变得诚实了。至少他的遗嘱执行人，为了还钱写信问了她克里斯托弗的地址。她那个时候还不知道克里斯托弗的地址，但是，不用说，他们从陆军部或者别的什么地方弄到了地址。

就是因为有这样的横财他才没有破产，她才不相信那个古董家具生意能收回本钱来。她从克兰普太太那里听说那个美国合伙人贪污了大多数应该分给克里斯托弗的钱。你不应该和美国人合伙做生意。这是真的，克里斯托弗很多年以前——还在打仗的时候——就预料到了美国人的入侵——就像他总是能够预料到所有事情一样。他的确说过如果你想挣钱你就必须要从钱正在跑过去的地方去挣，所以如果你想要卖什么东西，那你就必须要准备好卖他们想要的。而他们最想要的就是古董家具。这就是为什么他们有这么多人在这里的原因。她不介意。她甚至已经开始对德·布雷·帕佩夫人展开了一场小攻势，让她重新装饰格罗比——让她把那幢大宅里所有笨重的十九世纪四十年代的红木家具运到圣塔菲，或者别的什么帕佩先生一个人住在那里的地方；然后用更适合曼特农的精神后裔的路易十四风格的家具来重新装饰。这件事情最麻烦的地方在于帕佩先生是个吝啬鬼。

事实上，她那天早上陷进了大麻烦里——说的是德·布雷·帕佩夫人。在把格罗比大树的树根挖出来的时候，很明显，那些伐木工弄倒了舞厅三分之二的外墙，结果那间巨大的阴暗房间，连同它无比巨大的吊灯，都被毁掉了，还有它顶上的教室也是。照她能从庄园管理人的信里理解出来的意思，克里斯托弗童年时候的卧室事实上也消失了。哈，如果格罗比大树不喜欢格罗比大宅的话，它临死的报复还真是干得好。克里斯托弗会好好地吃一惊的！不管怎么样，德·布雷·帕佩夫人已经差不多等于是毁掉了那幢巨大的鸽子笼，然后在那里盖起了座发电站。

不过，很明显，这也要毁掉德·布雷·帕佩家好大一笔钱，而明显帕佩先生一定会无休无止地对他的妻子……噢，你不能指望你既是上帝派到英国的特使，而你的小腿又不会踢到什么又老又硬的东西[①]。

---

① 西尔维娅是在拿帕佩夫人开玩笑，上帝派到英国的特使指的是帕佩夫人，又老又硬的东西指的是她丈夫。

不用说，马克现在什么都知道了。也许他听到这个消息就死了。她希望他还没死，因为她还指望在他身上玩上几个不错的小把戏，然后才能算是放过了他……如果现在苹果树树枝掩映中的平行四边形的茅草顶下面他已经死了或者要死了，各种各样的事情都会发生。非常麻烦的事情。

爵位就是个问题。她非常确定地不想要那个爵位，而且这样要伤害克里斯托弗也会变得更不容易。抹黑既有爵位又有大把财产的人要比抹黑贫穷的普通人难上太多，因为道德的标准也随之变化了。爵位和大笔的财富把你暴露在巨大的诱惑面前。而在另一方面，穷人居然敢有任何乐趣，这实在太耸人听闻了！

所以，虽然相当悠闲地坐在马背上沐浴在阳光里，西尔维娅却感觉像是个正要失去胜利果实的将军。她并没有很在意。她弄倒了格罗比大树，那可是提金斯家十代人都没有遭受过的沉重打击。

然而，有一个奇怪的不舒服的念头浮现在她的脑海中，恰好是冈宁最后又说了一句让人半懂不懂的话的时候。也许容忍格罗比的大树被砍倒是上帝在解除提金斯家的诅咒。他很有可能是在这么干。

不过，冈宁说的好像是："该骑到那下面去。一直把博得罗骑到农场，然后把它放到散放马厩里。"她听明白了，她应该把她的马骑到一个农场去，那里它可以被放到散放的马厩里，而她可以在农户的客厅里休息。冈宁在用一种奇怪的专注眼光看着她。她想不出来那是什么意思。

突然，这让她想起了她的童年。她父亲有个同样年老粗鄙同样明显霸道的园丁长，就是这样。她有三十年都没有怎么在乡下待过了。

很明显，乡下的人还是没怎么变。时代变了，人并没有那么大的变化。

这一切都突然异常清晰地出现在她头脑里。一间温室的墙，在英国西部那个对一大群抱怨的仆人而言，她曾经是"西尔维娅小姐，噢，**西尔维娅小姐**"的地方。而他们所有人也只能称呼那个年老的、棕色皮肤的、关节僵硬的家伙为"卡特先生"，她父亲除外。卡特先生在给天竺葵芽装盆，而她在旁边逗一只白色的小猫。那个时候她十三岁，编着长长的金色发辫。那只小猫从她身边逃走，正弓着背在卡特先生的裹腿上蹭来蹭去，他也特别地喜欢它。她说要——仅仅是为了折腾一下卡特先生——对小猫做什么，也许是强迫它把爪子伸进核桃壳里。她没有一丁点恶意，以至于她已经忘记了自己当时说的是要做什么。而突然，那个大个子就威胁了她，他充血的眼睛简直是烧着了，他威胁她说，哪怕是她对着那只小猫的毛上吹了口气，他也要抽她身上那个通常是用来惩罚公共学校里的男学生而不是年轻小姐的部位。他说，这样她一个星期都没法坐下去。

非常怪异的是，这给了她一种奇怪的愉悦，每次回想起这件事的时候，那种感觉就会重现。除此之外，在她的人生中从来没有人用肢体暴力威胁过她。而她也知道在她的心底这样的情绪是常常存在的：要是克里斯托弗愿意把她打得奄奄一息就好了。哦，是的——德雷克……他差点杀死了她，在她嫁给克里斯托弗的前一天晚上。她那个时候为肚子里的孩子担心！那种情绪是不可忍受的！

她对冈宁说——而且她有种不管怎么说都好像是很多年前她在试图捉弄卡特先生的感觉，"我不明白为什么要我去农场。我大可以骑着博得罗沿着这条小路走下去。我一定得和你的主人说话。"

她其实并没有想马上就做这件事情,但是她把马头转向了冈宁前面一点的便门。

他飞快地从马上翻身下来,躲开他牵着的马的脖子。他的动作就好像是大象在奔跑,而且,因为所有的缰绳都在他面前结成了一团,他差点就仰面栽倒在那个便门上,她正把猎鞭手柄朝便门的门闩伸过去……她没有想要把门闩提起来。她发誓她不是真的想把门闩提起来。他露出来的毛茸茸的脖子和肩膀上的血管都膨起了。他说,不,她不能这么做!

她的栗色马正朝领头的那匹马龇牙。她不确定她问他是否知道她是上尉的——他的主人的——妻子,也是菲特尔沃思爵爷的——他的前主人的——客人的时候他是否听见了。许多年以前,卡特先生明显是没有听见她提醒他她是他主人的女儿的,他继续恶狠狠地数落着。冈宁也在做同样的事情——但是更迟缓也更笨重。他说,首先,上尉会剥了她的皮来硝皮子,哪怕她只是用眼神打扰了他的哥哥;他会收拾她,直到她快没气了为止。就像他以前做过的那样。

西尔维娅说,上帝做证,他从来没么做过。如果他说他做过,那他就是在撒谎。她首先的反应是憎恶这种暗示她不是像克里斯托弗一样的好人的话。看起来克里斯托弗一直在吹嘘他体罚教训过她。

冈宁继续干巴巴地说:"你自己在报纸上说的。我原来的女主人读给我听过。关心马克爵士的舒适关心得不得了,上尉就是那样。上尉把你从楼梯上推了下来,还让你得了癌症。这倒是看不出来!"

这就是激起专业人士英雄救美热情的最糟糕的结果。她启动了和克里斯托弗的离婚程序,先是提出了申请,要求恢复夫妻同居权,为了同康赛特神父的阴影和她作为一个罗马天主教徒的良心求得和解，她劝说自己，要求把你的丈夫从一个陌生女人那里夺回来和离婚程序并不是一回事。在那个时候的英国，这个申请是离婚的初步程序，而且和她不准备进行的真正离婚程序一样引人注目。那件事引起了太多人的关注，因为她的律师被自己的客户的美貌和智慧冲昏了头——在他的办公室里，那位黑皮肤的、有盖尔血统的年轻皇家律师表现出来的热情相当地情绪化——饱学的律师的行为远远逾越了初步申请的界限。他知道西尔维娅的目的不是离婚，而是把所有可能的谴责都栽到克里斯托弗头上，因此，在他热切的尔斯式①的讲演中，他就像一只从狐狸窝里往外使劲刨土的激动的狸犬②一样拼命地泼着污泥。这让西尔维娅她自己都感到难堪，当时她打扮得耀眼夺目地坐在法庭里。而且他的话使得法官也很激动，法官知道这件案子的一些情况，因为他，就像伦敦城里他的阶级中一半的人一样，在她用来养病的同时也是个修道院的地方，在十字架下和白合花丛中同奄奄一息的西尔维娅一起喝过茶。法官对西尔维恩·哈特先生的讲演提出了抗议，但是哈特先生已经开始描绘一幅耸人听闻的画面，克里斯托弗和瓦伦汀是如何在休战日的晚上在一幢黑暗的空荡荡的房子里把西尔维娅从楼梯上推倒，结果让她患上了严重的

---

① 尔斯是苏格兰盖尔语的另一种名字，此处的意思是强调律师是个苏格兰人。

② 一种小型猎犬,善于挖洞,专门用来清除穴居的啮齿动物或者捕猎野兔、狐狸。

疾病，正像法庭上的人们可以看到的那样，这个疾病让她变得憔悴无比。这让西尔维娅尤为窘迫，因为为了让全法庭和全世界的人都看到克里斯托弗为了一只棕色的小麻雀儿放弃了她是多么愚蠢的决定，她选择了用容光焕发、健康无比的样子出现在人前。她本来还希望瓦伦汀会出现在法庭上。她的希望落空了。

法官问哈特先生他是不是真的要提交提金斯上尉和温诺普小姐诱使提金斯夫人进入一幢黑暗的房子的证据——在看到西尔维娅不可抑制地朝哈特先生摇了摇头之后，法官对她的律师说了一些极度粗鲁的话。当时哈特先生正作为米德兰一个选区的候选人参加议会竞选，因此他非常急于从这样或者那样的案件里尽可能多地获取公众的关注。因此他一头给法官顶了回去，甚至还指责他完全没有考虑到对哈特先生正晕过去的客户造成的痛苦。只要处理得合适，顶撞法官是可以从米德兰选区的激进派那边赢得好些选票的，他们认为所有的法官都是托利党人。

不管怎么样，从西尔维娅的角度看，这件案子都是场灾难，而且她人生第一次觉得羞耻。除此之外，她还感到了沉重的宗教上的恐惧。她在法庭上突然想起来——而在这里，在那幢房屋后面的山上，这段回忆变得愈发生动。她想起很多年以前，在一个叫作罗布施德的地方，在她妈妈的起居室里，康赛特神父曾经预言，如果克里斯托弗爱上了另一个女人，她，西尔维娅，就会犯下亵渎的罪行。结果她做了什么呢，不光是拿婚姻大事——这本身就是种圣礼——在人世的法庭上儿戏，还毫无疑问地被牵扯进了她自己也必须要承认的低俗的处境。在哈特先生再一次恳求人们可怜她的时候，她当即离开了法庭——但是她不能够制止他……怜悯！她恳求怜悯！她把自己看作——她自然是渴望被看作——天主手中用来毁灭懦夫和叛徒的利剑——还有美丽！此外，难道她还要容忍被人看作会被骗到空房子里的傻瓜吗！或者是会容忍她自己被人从楼梯上推下来！……但是通过别人做事的人①最后还是要她自己负责任。那天在法庭上，她处在极度羞耻的境地，就好像她是金融城里随便哪个文员的妻子一样。哈特先生辞藻华丽的圆周句让她浑身发抖，这之后她再也没和他说过话。

而且她的境况还传遍了全英国——现在，在此地这个粗鄙的狗腿子的嘴里再次出现了。还在最不方便的时候。因为那个念头突然重现了，带着不可抵挡的力量压倒了一切：格罗比的大树一被砍到，上帝就站到另一边去了。

她是在那个该死的法庭上第一次感觉到上帝可能会站到另一边的征兆，而且说起来这也是康赛特神父预言过的。那个黑皮肤的圣徒兼殉道者上了天堂，因为他是为信仰而死的，毫无疑问，他说的话上帝是会听的。他预言过她会拿人世的法庭当儿戏。她立刻觉得自己变得低贱了，就好像力量从她身上消失了。

毫无疑问，力量的确从她身上消失了。她这一辈子还从来没有过头脑不能马上应对突发状况的时候。虽然可以说因为她现在既不能往前也不能往后动以免引得这几匹马受惊狂奔，所以她精神上的犹疑是可以原谅的。但这是上帝伸出的一指——要不就是康赛特神

---

① qui facit per alium，拉丁文。

父的，他作为圣徒兼殉道者成了上帝的代表，或许上帝他自己真的在这里插手保护他的克里斯托弗了。因为，毫无疑问，他是个英国国教的圣徒，全能的上帝很有可能对另一位更加友好的圣徒在这个事件中的表现感到不满了，因为康赛特神父肯定会对她有所照顾，而你不能指望全能的上帝有所偏袒，即使面对的是英国国教信徒也不行。不管怎么样，在这片土地的上面，在丘陵上面，在天上，她感觉到了康赛特神父的身影，手臂伸展着，就好像是被钉在一个巨大的十字架上一样——然后，在他上面，在他背后是……一种威严的意志！

冈宁的嘴唇报复地动了起来，他充血的眼睛死死地盯着她。她，面对着这些跨过丘陵和天空的神谕，感到一阵真实的慌乱。就好像是当他们朝那个法国酒店开炮的时候她感到的慌乱，当时她正和克里斯托弗一起坐在棕榈树丛中，头上是玻璃屋顶……一种疯了一样想要逃跑的欲望——或者，宛如你的灵魂在你身体里四处乱窜，就像一窝在洞里等待那只还看不见的狸犬的耗子一样。

她应该怎么办？她到底应该怎么办？她感到一阵急不可耐的欲望——一种至少要和马克·提金斯对峙的不可抑制的欲望——就算这样会害死那个家伙。上帝肯定不能不讲公平吧！他给了她美貌——危险的残存的美貌——如果不能用来打动那些不可打动的人，又有什么用！至少应该再给她一次机会，试试看能否用她不可抵御的攻城槌撼动那个不可动摇的大柱子，然后再……她意识到了……

冈宁正在说的话大概意思是，如果她让瓦伦汀夫人流产，或者生了个弱智孩子，爵爷会用他的马鞭把她身上的肉都从骨头上抽下来。他让他怀孕八个半月的妻子去和老克雷西妈妈一起住那回,爵爷差点就这么收拾了冈宁他自己!那个孩子生出来是个死胎。

这些话她没太听懂……她意识到……她意识到……她意识到了什么?她意识到了上帝——或许是康赛特神父这么安排的,更加委婉,那个亲爱的好人——想要的是她应该向罗马申请解除她和克里斯托弗的婚姻,然后她应该再向民事法庭提出申请。她想也许上帝想要的是克里斯托弗尽早获得自由,这是康赛特神父向上帝建议的不那么严厉的方案。

一个奇怪的东西正从穿过山毛榉树林的几乎垂直通向农场的山路上像虫子一样爬着下来。她才不在意那是什么!

冈宁正在说那就是为什么爵爷会辞了他。收回他的农舍,还有每周十先令的津贴,在爵爷手下工作了三十年的人本来是都有这些的。

她说:"什么!那是什么?"然后她明白了冈宁暗示的是她有可能让瓦伦汀流产。她的呼吸在她的嗓子里弄出一阵沙沙声,就像细磨燕麦穗的声音一样;她戴着手套的手还有缰绳之类的东西都举在她眼前,闻到了摩洛哥山羊皮的味道;她觉得就好像自己体内有一个支架倒了下去——就像绞架的平台突然从要被绞死的罪犯脚下抽走了。她说:"能……"然后她的头脑停止运转了,她嗓子里的沙沙声继续着,越来越响。

像虫子一样从山上下来的是不可能的东西。一辆带有黑色藤编座椅的小马拉的四轮轻便马车:那匹小马——你首先要看的一定是马——比合适的高度超出了四手①；它像酒桶一样圆鼓，像红木餐桌一样闪闪发亮，像极了马戏团表演盛装舞步的骏马那样踏着步子，然后一慌张，自己的屁股撞到了马车上。她放松了一下，看到……但是……难以置信的可怕，就在那匹滑稽的胆小的马的背后，一个黑家伙手里捏着缰绳，看起来像葬礼的先导马；在它旁边是顶高礼帽，一张白色的脸，浅黄色的马甲，黑色外套，一撮细细的犹太胡子。在那前面是一个没有戴帽子的，长着金发的头，头发相当长，坐在前排座位上，背对着她。伊迪丝·埃塞尔居然找了个小伙子诗人当男伴！训练拉格尔斯先生适应他未来作为她伴侣的角色！

她对冈宁大喊道："上帝做证，要是你不让我过去，我就把你的脸抽成两半……"

这么说一点不过分！这一切其实已经无法忍受了——因为冈宁，还有上帝，还有康赛特神父。归拢一堆，他们让她困惑，无法行动，而且还有种可怕的念头攫住了她的重要器官……可怕！可怕！

她必须要下到农舍去。她必须要下到农舍去。

她对冈宁说："你这个该死的笨蛋，你这个**该死的笨蛋**，我想要救……"

他迟疑地从他之前一直倚靠着的门上挪了开来——汗淋淋、毛茸茸的，这样他就不再挡着她的道了。她干脆地从他身边纵马小跑而过，然后漂亮地慢跑着下了山。他的眼睛给她的充血的一瞥让她明白他想要用凶狠的样子让她愤怒。她感到高兴。

---

① 测量马匹高度的单位，大约为一掌之宽或者四英寸。

她像个马戏团演员一样从马背上跳下来，同时上面有几个声音喊着："提金斯夫人！提金斯夫人"。她一点都不关心栗色马会做什么。

奇怪的是这看起来并不奇怪。一个用树皮钉成的棚子立在那里，门在她身后重重地关上。苹果树枝往下散开，草长到她灰色马裤的中段。这是汤姆·提德勒的地盘；这是一九一四年八月四日一个叫盖默尼希的地方附近①！但是只有宁静，宁静！

马克用珠子一样发亮、好奇的眼睛看着她像男孩子一样的打扮。她把她的马鞭在自己面前弯成了半个圈。她听见自己说："那些蠢货都去哪里了？我想把他们都从这里弄走！"

他继续看着她，眼睛像珠子一样发亮，他的头衬在枕头上，就像红木一样发亮。她的头发缠上了一根苹果树枝。

她说："去他的，是**我**让人砍了格罗比大树，不是那个假曼特农。但是，上帝做证，我不会毁掉另外一个女人的还在子宫里的孩子！"

他说："你这个可怜的婊子！你这个可怜的婊子！这都是因为骑马的错！"

后来她向自己发誓她听见了他那么说，因为在那个时候，她的情绪太复杂，以至于没把他说的话看作不寻常的事情。事实上，她

---

① "汤姆·提德勒的地盘"出自一个英国的儿童游戏，意思是一个容易占便宜的地方，但后来也指战壕间的无人区。盖默尼希位于比利时，是德国偷袭比利时开始一战的地方。

在树林里转了好久才觉得自己能够去面对其他人了。提金斯家的树林直接通向花园。

她最大的怨恨就在于他们能拥有这份平静。她正在和过去的生活告别，但是他们还能在这种平静中继续下去，她的世界正在衰败。事实上，她朋友鲍比的丈夫，加布里埃尔·布兰特尔爵士——原来姓博森海姆①——正在像疯子一样削减开支。在她的世界里，那就是危机迫近的迹象。在这里，他们却还能叫她可怜的婊子——而且很可能还没有错！

---

① 这是一个德国姓氏，一战开始的时候，英国许多有德国血统的人纷纷改名字以示和德国划清界限，连英国王室也是那个时候改姓温莎的。

第三章

瓦伦汀被从开着的窗户传进来的小女仆话音里的尖厉泛音吵醒了。她读到"我常常在梦里见到她！[①]"这几个字的时候睡着了，梦中看到的是白色的肢体在紫色的亚德里亚海里沉浮。最后，那个小姑娘的童声说："我们只管我们家的朋友叫'夫人'！"尖厉而且非常自信。

她走到了窗口前，因为姿势的变化和动作太快而感到一点头晕恶心——而且对她现在的状况极度地不耐烦。她朝下看的时候看到的那人的形象只有一顶灰色三角帽的帽顶和一条带裙撑的灰色裙子。盆栽棚倾斜的屋瓦挡住了小女仆。排得整整齐齐的莴苣，像黑土地

---

① saepe te in somnis vidi，拉丁文。在本系列第三卷中也有出现。

上的蔷薇结一样,从窗下穿过,后面是排排如墙的缠在架子上的豌豆,在它们的后面就是树林,纤细的桦树树干伸展到高高的空中。培植树林是为了遮阴。他们必须换个卧室,他们不能把朝北的房间安排成夜间育婴室。葱得分栽了,她早就想把墙草种到半圆形院子的石缝里了,但是这个活计让她感到害怕。用她的手指把小小的根塞进石缝里,搬开石头,用泥铲培上人工肥料,弯腰,弄脏她的手指都会让她干呕。

一想到那些找不到了的彩色版画,她就突然觉得难受得紧。她找遍了整栋房子——所有能想到的抽屉、橱柜,还有衣柜。他们就是命该如此,等他们终于有了个不错的——一个英国的——客户,他们刚从她手里接受了第一份委托就出了错。她又开始想房子里的每一个可以想到的还没有搜寻过的角落。站得直直的,头往上抬着,忘记了看下面的不速之客。

她把他们所有的客户都看作不速之客。克里斯托弗在古董家具交易方面有才华不假——还有耕作,但是耕作不挣钱。很明显,如果你直接从自己家里把还在用的古董家具卖出去,这比从店里卖出去价格高多了。她不是想否认克里斯托弗的天资——或者他依赖她的勇敢有什么错。他至少有权利依赖。她也不想让他失望,只是……

她非常热切地渴望小克里斯能够出生在一张有漂亮细柱子的床上,他长着纤细金发的头就放在那些枕头上。她热切地渴望他能够躺在那里,用蓝色的眼睛凝视着矮窗上的窗帘——**那些**——有孔雀和圆球的。孩子躺下凝视的自然应该是他母亲在等待他的时候看到的东西!

可是,那些版画又在哪里呢?四个涂满了淡淡的愚蠢的颜色的方框。说好明天早上送过去的。边上还得用面包屑擦一擦……她想象着她的下巴轻轻地、轻轻地前后摩擦着他头顶的软发;她想象着把他举在空中,而她就躺在那张床上,她的手臂向上伸着,她的头发散在那些枕头上!那床被子上或许还会撒点花。薰衣草!

可是,如果克里斯托弗说那些说话像吵架的可怕的人中有某位想要一个完整的卧室该怎么办?

要是她求他为了她把它留下来。对,他会留下来的,他把她看得比钱宝贵多了。她想——啊,她知道——他把她肚子里的孩子看得比全世界都要宝贵!

然而,她猜她到最后都没有办法说出她的渴望……因为那个游戏……他的游戏……噢,该死,**他们的**游戏!而且你还得想想究竟怎么样更糟糕,让一个没有出生的孩子有一个欲望无法满足的母亲,或是一个被打败了的父亲,在他的……不,你不能管这个叫游戏。不管怎么样,被其他公鸡打败了的公鸡就会丢了它们的男子气。就像公鸡一样,男人就是……那么,让一个孩子有个少了男子气的父亲……就为了有孔雀和圆球的窗帘、细长的床柱子,古老的、古老的有拇指印的玻璃酒杯。

另外,对母亲而言,这些东西给她一种温柔的感觉!这间房间的天花板是桶形的,沿着屋顶的线条几乎一直升到屋脊。黑色的橡木梁,上过蜂蜡的——啊,多漂亮的蜂蜡!小小低低的窗户几乎要蹭到橡木地板。你会说,样板农舍的味道太浓了,但是你融入了其中。你把自己融入了其中,尽管那些美国人,有的时候是尴尬地,会从走廊里看进来。

他们会往育婴室里面看吗？啊，上帝啊，谁知道呢？他会怎么规定呢？你的生活里充满了美国人是件非常奇怪的事情，从飞机上掉下来的，看起来像是从地里冒出来的……就在那，突然一下，你根本就不知道是怎么……

现在窗下那个女人就是其中之一。她到底是怎么跑到那扇窗户下面的？不过有太多的入口可以进来——从小树林里，从公地上，穿过道路下头的十四英亩……你永远不知道谁会来。这很恐怖。有的时候她想起来就会全身发抖。你看起来是被包围了——被悄无声息的人包围，他们从所有的路上蹑手蹑脚地走来……

明显那个小杂务女佣正在否认那个美国女人因把自己说成是这家人的朋友而希望被称呼为"夫人"的权利！那个美国人在强调她是曼特农夫人的后裔……他们这些人的家世真是令人惊讶！她自己的祖上就是亨利七世——或者亨利某世的外科医生兼管家。当然，还有，伟大的温诺普教授的女儿，这位伟大的教授受到女性教育家还有受过他教育的女士们的热爱。而克里斯托弗则是第十一世格罗比的提金斯从男爵——祖上肯定还有个在某个世纪当过斯海弗宁恩①或者别的什么地方市长的人：在阿尔瓦公爵②的时候。第一个跟随荷

---

① 荷兰地名，位于海牙。
② 指费尔南多·阿尔瓦雷斯·德·托莱多（1507—1582），西班牙贵族，军人和政治家。他是国王腓力二世最信任的将领，一五六七年成为低地国家（今荷兰、比利时和卢森堡地区）总督，曾血腥镇压尼德兰革命。

兰的威廉，新教徒的英雄，一起到英国来的！要是他没有来，或者温诺普教授没有教育她，瓦伦汀·温诺普——或者用不同的方式教育了她……她就不会……啊，但是她还是会的！就算世上没有那个**他**，长得就像个笨重的荷兰马拉驳船或者不管它叫什么的东西……她也会自己发明一个来和他公开非法同居……但是她父亲教育她是为了至少有……至少有能见人的内衣……

他本可以教育好她，这样她就能非常委婉地说："看看这里，你……看看我的……我的胸衣①……买几件新的恐怕比买良种母猪更好吧？"那个家伙从来就没有看过她的……胸衣。玛丽·莱奥尼看过！

玛丽·莱奥尼认为，如果她不把自己全身上下喷满一种叫乌比冈②的香水，并且贴身穿上粉色丝绸的话，她早晚会失去克里斯托弗。她别无所求。③但是她不能从玛丽·莱奥尼那里借二十英镑。更别说四十……因为，尽管克里斯托弗可能从来没有注意过她全羊毛内衣的状况，但他绝对会被海水一样的乌比冈和粉红色的浪头打懵的……她愿意用整个世界来交换……但是他会注意到——她借了四十英镑，然后她就会失去他的爱。另一种情况是她可能会因为她全羊毛内衣的样子而失去他的爱。而且天知道等另一件从克兰普太

---

① cache-corsets，法文。
② 创建于一七七〇年的巴黎香水品牌。
③ Elle ne demandait pas mieux，法文，意为"她别无所求，即这正是她想要的"。

太最近一次清洗下回来之后会是什么样子……你永远都教不会克兰普太太不能把羊毛衣服泡进滚开的水里!

噢,上帝,她应该躺在撒过薰衣草的床单上,小克里斯趴在她柔软的、穿着粉色丝绸的、气垫一样的胸脯上!……小克里斯,他祖上可是外科医生兼管家——外科医生兼理发师[①],正确地说——还有市长。更别说还有世界著名的温诺普教授。他会成为……他会成为,如果像她希望的一样,但是她不知道她希望的是什么,因为她不知道英格兰或者整个世界会变成什么样。但是如果他成了克里斯托弗期望的那样,他会是一个胳膊下夹着希腊文《圣经》的耕种自己什一税[②]田的沉思的牧师——就像塞尔彭的怀特[③]一样。塞尔彭就在三十英里外,但是他们一直都没时间去那里。就像人说的,我从来没见过卡尔卡松……[④]因为他们从来就没有抽出过时间,因为猪、母鸡、搭豌豆架子、甩卖会、买东西、补全羊毛的内衣、坐着守在亲爱的马克旁边——在软软的颤动的头顶上长着丝一般的软发,还有一双滴溜溜转动的蓝色卵石般的眼睛的小克里斯出生以前。如果他们到现在都没有抽出时间,那等他出生,他们又怎么可能还有

[①] 西方中世纪的外科医生都是由理发师兼任的,直到一七四五年英国的外科医生才和理发师脱离关系,成立了独立的外科医学会。

[②] 《圣经》中有规定以色列人要把自己出产的十分之一献给上帝,后来这个词泛指教会征收的宗教税。

[③] 指吉尔伯特·怀特,英国十八世纪著名的博物学家。

[④] Je n'ai jamais vu Carcassonne...,法文,意为"我从来没有见过卡尔卡松……"指错过了本来应该见到的重要的景色或者事件,参见本系列第三卷注。

时间，等到那堆事情之上再加上奶瓶、缠绷带、在壁炉前用温暖的，温暖的水给他洗澡，还有触摸，还有用浸满了肥皂的法兰绒擦拭那些可爱的，可爱的小手小脚？还有克里斯托弗在一旁看着……他永远都不会有时间去塞尔彭了，也不能去阿伦戴尔[①]，也不能去卡尔卡松，或者去追求那个**还没有出现的女人**……永远不能。永远不能！

他已经走了一天半了。但是他们两个人都知道——都不用说——他再也不会一走就是一天半了。现在，在她的疼痛开始之前，他还可以……抓住机会！好吧，他狠狠地抓住了它——一天半！就为了去威尔布拉汉[②]的甩卖会！还没有什么是他们想要的……她相信……她相信他是坐飞机去的格罗比……他提起过一次。要不就是她知道他有这么想过。因为前天格罗比要被租出去这件事几乎要把他折磨疯了的时候，他突然抬头盯着一架飞机，而且一直看着它看了好久，也不说话……不可能是因为另外的女人。

他忘记了那些版画，这太过分了。她知道他完全忘记了它们。他怎么能这样，在他们想要为了小克里斯稳住一个不错的、就在英国的客户的时候？他怎么能这样？他怎么能这样？没错，因为格罗比和格罗比大树他差点发疯了。在梦里他都开始说起这件事来了，就好像这么多年来，有的时候，他非常吓人地在梦里说起战争时的事。

"给上尉拿支蜡烛来。"黑暗里他会在她身旁可怕地大叫起来。

[①] 英国西萨塞克斯郡地名，当地有中世纪城堡和教堂。

[②] 威尔布拉汉是英国剑桥附近的两个村子的名字，分别是大威尔布拉汉和小威尔布拉汉。

然后她就会知道他记起了十字镐在战壕下挖土的声音。然后他会可怕地呻吟，满身都是汗，而她不敢叫醒他……还有那个小伙子的，阿兰胡德斯的眼睛的事情。看起来好像他从摇晃变化的地面上跑过，边跑边用手捂住眼睛尖叫。就在克里斯托弗把他从一个洞里扛了出来之后……在休战日的晚餐上阿兰胡德斯太太对她很无礼。她一生中第一次有人——当然，伊迪丝·埃塞尔除外——无礼地对待她。你当然不会把伊迪丝·埃塞尔·杜舍门，麦克马斯特夫人算进去！但是这很奇怪，你的男人冒着牺牲自己生命的巨大危险救了一个小伙子的命。要不是这样，世界上就不会有什么阿兰胡德斯太太了，然后阿兰胡德斯太太还是你人生中头一个对你很无礼的人。留下了永恒的痕迹，让你在夜里颤抖！恐怖的眼睛！

是的，克里斯托弗还能活着简直就是个奇迹。小阿兰胡德斯——就是因为他和她说了很久赞扬克里斯托弗的话，阿兰胡德斯太太才对她那么无礼的！——小阿兰胡德斯说德国人的子弹从他们的头顶飞过，密得就像冈宁用镰刀砍断草蜂箱腿的时候涌出来的蜜蜂一样！好吧，克里斯托弗差点就没有了。那瓦伦汀·温诺普也不会再有了！她没法活下去。但是阿兰胡德斯太太不应该对她那么无礼。那个女人就算用半只眼睛也应该能看出来，没了克里斯托弗，瓦伦汀·温诺普是活不下去的……那她还有什么必要担心她小小的、苦苦哀求的、没有眼睛的男人！

这是很奇怪。你差点就得说，的确是有个喜欢折腾你的老天了，"如果不是那样……"克里斯托弗多半相信是有个老天的，要不他就不会梦想小克里斯要成为乡村牧师了。他提议，如果他们能挣到点钱的话，替小克里斯买一个教区牧师的岗位——如果可能的话，在索尔兹伯里的附近……那个地方的名字叫什么？……一个漂亮的名字……在乔治·赫伯特当过牧师的教区买一个岗位。

说起来，她一定要记得告诉玛丽·莱奥尼，她把那窝印度跑鸭的蛋放在那只标四十二号标签的奥品顿鸡身下了，而不是标十六号的红母鸡。她发现红母鸡不是真的在抱窝，虽然它后来的确也开始了。这真是奇怪，玛丽·莱奥尼没有勇气把蛋放到正在抱窝的母鸡身下，因为它们会啄她，而她，瓦伦汀，则没有勇气在一窝蛋孵化的时候把小鸡拿出来，因为怕窝里会有蛋壳和黏手的感觉……然而她们两个都不是胆小的人。绝对是，她们俩没有一个胆小，要不她们就不会和提金斯家的人住在一起了。这就像被拴在水牛身上一样！

不过……你多么渴望他们能狂奔起来！

布雷默赛德，不对，那是黑格家的地方。世事如潮，潮来潮去，布雷默赛德总有黑格人居住……① 也许那个地方就是布雷默赛德！……那就是伯马顿了，在索尔兹伯里的威尔顿附近。乔治·赫伯特，伯马顿的牧师……那就是克里斯要成为的人……她想象自己坐在那里，脸颊贴在克里斯长满丝一般软发的头顶，凝视着炉火，在炭火中看到克里斯在耕地旁边的榆树下漫步。她真的别无所求了！

如果这个国家还能承受得起的话！……

---

① 布雷默赛德是苏格兰边境上的一个地方，黑格家是当地的苏格兰部落贵族，从十二世纪开始一直定居在布雷默赛德。这句话一般被认为是十三世纪的诗人艾尔色杜恩的托马斯所作。

克里斯托弗多半相信英格兰就像他相信老天一样——因为这片土地宜人、翠绿又美丽。它会养出合适的人来的。尽管有一群群宣称是提格拉特·帕拉沙尔①和伊丽莎白女王后裔的美国人,尽管工业体系走到了尽头,尽管海运贸易的统计数据江河日下,宜人、翠绿又美丽的英格兰会继续养出乔治·赫伯特,还有照顾他的冈宁们……当然还有冈宁们!

在克里斯托弗看来,这片土地的冈宁们就是支撑灯塔的基石。而克里斯托弗总是对的。有的时候有点超前,但是总是对的,总是对的。灯塔建起来一百万年前那些基石就在那里了。灯塔是闪得挺耀眼夺目的——但它不过是只蝴蝶罢了。在灯光最后一次熄灭一百万年之后,那些基石依旧还会在那里。

在时间的长河里,冈宁会是个把脸涂成蓝色的人,一个德鲁伊教徒,还是诺曼底的罗伯特公爵②,大字不识,焚掠城镇和播种私生子——而最终是——事实上,现在就是——一个什么都会的人,多少有点忠诚,多少有点恬不知耻,身上长满了毛。只要你过得还不错,还有苹果酒给他喝,而且不管他和女人的小麻烦,这是你会一直留下的家仆,他会继续……

关键在于是不是已经到了能再有一个伯马顿的赫伯特的时候了。克里斯托弗觉得是时候了,他总是对的,总是对的。但是会超

---

① 提格拉特·帕拉沙尔三世,公元前八世纪的亚述国王,亚述帝国的创建者,他的名字在《圣经》中也有出现。

② 征服英国的威廉一世的父亲,威廉是他的私生子。

前。他预料到了一群一群来买旧货的美国人，愿意出高得令人难以相信的价格。他说对了。问题在于他们出高得令人难以相信的价格的时候他们不会付钱。等到他们真的付钱的时候就吝啬得和……她想说和亚伯一样①。但是她不知道亚伯是不是特别吝啬。窗下那位夫人，多半就想用在一家纽约百货店买一件昨天刚生产出来的陈列柜价钱的一半，买走有巴克签名的一七六二年制成的陈列柜。而且那位夫人还会告诉瓦伦汀她是个吸血鬼，尽管——幻想一下滑稽可笑的场景而已——瓦伦汀按照她自己出的价钱把东西卖给了她。说起来，沙茨魏勒先生也说起过高得令人难以相信的价格……

噢，沙茨魏勒先生，沙茨魏勒先生，要是你能把那十分之一付给我们就好了。你欠我们的钱足够我想买多少粉红的泡泡纱就买多少，再买三件新裙子，还能把那条古董蕾丝给小克里斯留下——再修个正经的奶牛场，而不是去挤羊奶。填上在那些该死的猪身上赔的钱，还能在比周围低的花园里装上各种大小的玻璃，这样，那里就不会像现在一样让人看着就难受……

当然，事实上，童话的时代并没有完全过去。他们也得了几笔意外之财——可爱的意外之财，那个时候在他们眼前伸展开的是无尽的舒适生活……靠着一大笔意外之财他们买下了这个地方；来了几笔小财让他们能买下那些猪和老母马。克里斯托弗就是那样的人。

---

① 可能是指《圣经》中亚当和夏娃的次子亚伯，后被兄长该隐杀死。

他种下了如此多的黄金种子，不可能一直收获的都是旋风①。总是会有些好时节的。

只是现在棘手得要死——小克里斯要来了，而玛丽·莱奥尼整天都在暗示，鉴于她的身材日渐走形，如果她不能把自己裙子上的油渍弄掉，她会失去克里斯托弗的爱意。而他们一分钱都没有……克里斯托弗给沙茨魏勒拍了电报……但是那又有什么用？……要是她失去了克里斯托弗的爱意就有沙茨魏勒好看的了——因为可怜的老克里斯没有她帮忙是经营不下去任何老破烂店的。她想象给沙茨魏勒发电报——里面写的是关于裙子上的四片油渍和添购高雅睡衣的必要性。要不他就会失去克里斯托弗的帮助。

下面的对话声音提高了几分。她听见小女仆问，如果那位美国女士真的是主人家的朋友，她为什么会不认识尊敬的夫人瓦伦汀呢？这当然很容易就能弄明白。这些人来的时候——所有的人——都带着沙茨魏勒的介绍信。然后他们就坚持说自己是你的朋友。他们这样做也许很不错——因为大多数英国人是不会想认识旧家具贩子的。

下面那位女士高声惊呼道："那位是马克·提金斯夫人！那位！上帝保佑，我还以为是厨娘呢！"

她，瓦伦汀，应该下去帮助玛丽·莱奥尼。但是她不准备去。她感觉邪恶的存在正在沿着道路爬上来，再说，玛丽·莱奥尼让她

---

① 此处化用了英语习语"种风得旋风"，意思是因为自己的行为遭受严重后果。

今天下午休息。为了未来着想，玛丽·莱奥尼说的是。然后**她**说的是她曾经期望她自己的未来里包括在爱琴海边读埃斯库罗斯。然后玛丽·莱奥尼吻了她，说她就知道瓦伦汀永远不会在马克死后把她的财产都抢走的！

那就是不请自来的实话。但是，当然，玛丽·莱奥尼不想她失去克里斯托弗的爱意。玛丽·莱奥尼会对她自己说，因为那样克里斯托弗就有可能会和一个**想**在马克死后抢走她所有财产的女人搞在一起。

下面那位女士宣布自己是德·布雷·帕佩夫人，曼特农的后裔，还想知道玛丽·莱奥尼是否觉得砍倒一棵遮盖住她房子的树是合理的。瓦伦汀想跳到窗口。她一下跃到旧镶板门前，用力地拧着锁里的钥匙。她不应该那么随意就把钥匙拧过来锁上门的。那锁有个毛病，你需要试探五到十分钟才能再次把门打开。但是她应该做的是跳到窗口，冲德·布雷·帕佩夫人大喊："要是你敢动哪怕格罗比大树上的一片叶子，我们也会让法院给你发你要花半辈子的时间和金钱来应付的强制令！"

为了拯救克里斯托弗的理智，她应该那么做。但是她做不到，她做不到！心安理得地面对世界，公开非法同居是一回事。面对了解事实的美国老太太又是另一回事。她下定决心要把自己关在这里。一个英国人的房子也许不再是他的城堡了——但是一个英国女人的城堡肯定还是她自己的卧室。一次，大概四个月前，当小克里斯的存在显现出来的时候，她向克里斯托弗表达过他们不应该再在贫困中勉力挣扎了，情况已经够严重了，他们应该接受一部分格罗比的钱——为了未来一代考虑。

好吧，她衰弱下去了，在分娩的那个阶段，就这么叫吧，女人就是衰弱又歇斯底里的。她觉得，一个生育的女人应该有膨起的粉红色东西贴近她颤动的皮肤，还要喷洒，比如说，乌比冈香水，到整个肩头和头发上，这样的事情是不可抵御的。为了孩子的健康。

于是，她就冲着可怜的老克里斯狠狠地发了火，当面否认了他的信仰，咚的一声把那扇门摔上，然后生气地锁上了。那天，她的城堡就是她不可攻破的卧室——因为克里斯托弗没法进来，她也没法出去。他不得不对着钥匙孔小声说他认输了，他非常担心她。他说他本来希望她会再试试看继续坚持一段时间，但是，如果她不愿意，他会要马克的钱的。她自然没让他这么做——但是她和玛丽·莱奥尼**已经**商定了让马克每周为他们的食宿多出几英镑，而因为玛丽·莱奥尼不得不接过了管家的责任，他们发现生活变得容易一些了。玛丽·莱奥尼管家每周比她，瓦伦汀，管家的时候要少花三十先令——而且管得比她好上好几条街。好几条好几条街！所以，他们至少有钱把桌布和婴儿的衣物基本上购置全。这段漫长又复杂的纪事！

她的心几乎和克里斯托弗自己的一样全部投入到他的比赛里，这很奇怪。作为一个要当妈妈的家庭主妇，她应该是抓住最后一个便士不放——而且生活已经够困难的了。为什么女人会支持自己的男人投身到不切实际的浪漫中去呢？你也许会说那是因为如果她们男人的男子气减少了——就像被斗败的公鸡一样——在亲密的时候女人就会有损失……啊，但是不是那样的！也不仅仅是她们想让同自己拴在一起的水牛狂奔起来。

真相是她一直追随着她男人思想的曲折变化，而且由衷地赞同。

她和他一起蔑视财富，蔑视有钱人，蔑视财富给人的思维方式。如果战争没有给他们这两个人带来别的什么——至少它让他们把节俭奉为神祇。他们渴望艰难的生活，就算这样的生活夺去了他们畅想高处的闲适！她同意他的观点，如果一个统治阶级失去了治理的能力——或者欲望——它就应该退位躲到地下去。

在接受了这条原则之后，她就可以跟得上他云遮雾绕的执念和倔强了。

如果她没有考虑过他们主要的必需品就是高贵的生活，也许她就不会支持他在漫长的斗争里和亲爱的马克角力了。而她也意识到了，她跃到了门口而不是窗前真正的原因是：她不想代表克里斯托弗在那漫长的棋局里走出不公平的一步。如果她不得不见到德·布雷·帕佩夫人或者和她说话，让那位国王伴侣的后代用指责的眼光看着她，心里想着："你没有和他结婚就和一个男人同居！"那该多难受。德·布雷·帕佩夫人的祖奶奶可是能逼着国王娶了她的。但是这是她可以冒的风险；因为破坏了这个**圈子**的规则，他们受到的惩罚已经足够多了。她可以把她的头抬得够高了，不是高得惹人厌，但是要足够高！因为，事实上，他们为了生活在一起而放弃了格罗比，还忍受了永远不会停止的泼在花园树篱墙上的恶言恶语。

是的，她会去面对德·布雷·帕佩夫人。看看克里斯托弗几乎半疯的样子，如果帕佩夫人敢动格罗比大树的话，她不能阻止自己用可怕的法律后果来威胁她。这就是在那两兄弟沉默的北方人的斗争里横加干涉了。这是她永远不会做的事情，哪怕是为了拯救克里斯托弗的理智——除非她是没来得及思考、一跃而起就这么做了！

马克不打算干涉帕佩夫人和树的事情她是知道的——在她给他念帕佩夫人的信的时候,他就把这个意思用他的眼睛传达给了她。她热爱并尊重马克,因为他是个可爱的人——还因为无论什么情况,他都支持了她。如果没有他……在那个可怕的晚上有那么一个瞬间……她祈求上帝她再也不要想到那个可怕的夜晚了……如果再见一次西尔维娅她就会发疯了,而她腹中的孩子……在她身体里深深的,深深的地方,灾难会降临到那个小线头一样的大脑上!

感谢上帝,德·布雷·帕佩夫人转移了她思维的注意力。她正在说的法语有种让人不能忽视的怪异口音。

不用往窗外看,瓦伦汀就能看见玛丽·莱奥尼没有表情的脸,还有同样空白的神情,她一定是用这来表明她不准备听懂对方说了什么。她想象她站在那里,一动不动地,围着围裙,毫不留情地站在另外那位女士面前,那位女士正在她的三角帽下面磕磕巴巴地说:"提金斯夫人,我,德·布雷·帕佩夫人,想要砍倒 la arbre……"

瓦伦汀可以听见玛丽·莱奥尼钢铁一样的声音,"我们都说'l'arbre',夫人![①]"

然后是小女仆尖细的声音,"管我们叫'穷人',她真这么说过,夫人,还问我们为什么不能学习榜样!"

然后,另一个婉转起伏,温柔得不像这些人能说出的声音,"马克爵士看起来流了好多汗。我自作主张给他擦……"

[①] On dit 'l'arbre,' Madame!法文,arbre 是法文中"树"的意思,前面加阴性定冠词 la 的时候缩写为"l'arbre"而不是"la arbre"。

正当瓦伦汀在上面脱口而出"啊，天啊"的时候，玛丽·莱奥尼喊了声"我的上帝！①"然后传来裙子和围裙的沙沙声。

玛丽·莱奥尼跑过一个穿着白衣和马裤的人身旁，边跑边说："你，一个陌生人，居然敢……②"

一个浑身闪亮、脸颊发红的男孩在她身前稍微踉跄了一下。他冲着她的背影说："劳瑟夫人的手绢是最小、最软……"他接着对那个穿白衣服的年轻女人说："我们最好还是走吧，求求你了，我们走吧，这样不合规矩……"一张尤为熟悉的脸，一副尤为感人的嗓音。"看在上帝的分上，我们走吧……"谁能像那样说"看在上帝的分上！"——睁着那样直愣愣的蓝眼睛？

她正在门口疯了一样地拧着铁质的大钥匙，门锁是非常古老的锻打出来的铁制品。应该给医生打电话，他说过，如果马克发烧了，或者大量出汗了，就要马上给他打电话。玛丽·莱奥尼会守在他身边。打电话是她的，瓦伦汀的，责任。钥匙还是不肯动，她用力到把手都弄疼了。但是她如此激动的原因部分还是因为那个脸颊亮红的男孩。他为什么会说他们在这里不合规矩？他为什么为了离开会喊看在上帝的分上？钥匙还是不肯动。它岿然不动，俨然和老锁成了一体……那个男孩长得像谁？她用肩膀撞向不肯移动的门。她不能这么做。她叫出了声来。

她已经跑到了窗口，想要从窗口告诉那个小女仆替她搭一架梯

---

① Mon Dieu，法文。
② Vous, une étrangère, avez osé...，法文。

子，但是让小女仆去打电话才是更理智的办法！——她能看见德·布雷·帕佩夫人。那位夫人还是缠着那个小女仆不放。然后，在小径上，在莴苣和新插好的豌豆架子的那头，走来了一个非常高的身影。一个非常高、纤细的身影，像预示着什么一样。不知道因为什么，那个缓坡上的身影看起来总是非常高……这个身影慢悠悠地出现了——几乎可以说是在犹豫了。不知怎么，就像《唐·璜》里指挥官塑像的幽影一样[①]。它看起来正忙着弄它的手套，把手套摘下来……非常高，但双腿却纤细得过了头……一个穿猎装裤子的女人！在小树林高高的榉树干映衬下的一抹灰色身影。你看不到她的脸，因为你站得比她高，从窗口往下看，而且她的头还低着！以上帝的名义！

那个可怕的夜晚，在格雷律师学院的老房子里，那种可怕的黑暗的感觉突然掠过她全身……为了她身体深处的小克里斯，她一定不能去想那个可怕的夜晚。她觉得就好像她把孩子抱在臂弯里，用手臂遮盖住他，就好像她正在抬头看，同时又弯下身去遮住孩子。事实上，她正朝下看……那个时候，她的确是抬头往上看的——看向黑黑的楼梯的上方。看着一尊大理石雕像，一个女人白色的身影，胜利女神——背生双翼的胜利女神[②]。就好像是在卢浮宫的台阶上。她应

[①] 唐·璜在一个墓园里见到了一个贵族（指挥官）的塑像，他曾经试图强奸他的女儿，并因此在后来的一场决斗里杀死了指挥官。他邀请塑像共进晚餐，塑像接受了他的邀请，唐·璜与之握手时被拖下了地狱。这个故事在莫里哀的戏剧和莫扎特的歌剧《唐·璜》里都有出现。

[②] 指萨莫特拉斯的胜利女神雕像，陈列在卢浮宫的显要位置。

该多想想卢浮宫,而不是格雷律师学院。在那里,在一间庞培式的前厅里有一座伊特鲁里亚①墓室,周围有穿着制服的守卫,双手背在身后。他们四处走来走去,就好像他们觉得你会偷走一座墓室一样!

她那个时候——他们那个时候——都在盯着楼梯顶上。在他们进来的时候那幢房子感觉静得不自然。不自然……你怎么可以感觉比安静还要悄无声息呢。但是你**可以**!他们那个时候觉得好像是蹑手蹑脚地走路。至少她是。然后上面有光亮——从上面一扇打开的门里透出来。在亮光里,那个白色的身影说它得了癌症。

她一定不能再想这些事情了!

她从来没有体验过的狂怒和失望掠过了她全身。在黑暗中,就在她旁边,她对克里斯托弗大喊着:那个女人在撒谎。她没有得癌症……

她一定不能再想这些事情了。

小径上的那个女人——穿着灰色的骑装——慢慢走了过来。头还是朝下看着。不用说,她在全身灰色的布料下面穿着丝绸的内衣。好吧,那是他们——克里斯托弗和瓦伦汀——给她的。

她能这么平静真是奇怪。那个人当然是西尔维娅·提金斯。随它去吧。她以前为了自己的男人抗争过,她也自然可以再来一次。俄国佬不会攻下……②那首老歌在她平静的脑海里响起……

---

① 意大利中部的古城邦,后被罗马吞并。

② 原歌词是"我们过去打过狗熊我们以后也可以;/俄国佬是不会攻下君士坦丁堡的。"出自 G. W. 亨特《麦克德莫特的战歌》,详见本系列第三卷注解。

但是她焦躁得不得了，浑身颤抖。一想到那个可怕的夜晚就会如此。西尔维娅从楼梯上摔下来之后克里斯托弗本来想和她一起走。要是在舞台上那一跤还摔得不错。但还不够好。然而她喊了出来："不！他再也不会和西尔维娅一起走了。这是西尔维娅和一个伟大事物的尽头。"[①]在漆黑的夜里，外面还一直在放告警号炮。有人可能会听见他们的！

是的，她很平静。知道那个身影是不会伤害到深深埋在她子宫里的那个小小的大脑的。也不会伤害到那细小的四肢！她还要在大壁炉的暖意里用温暖的浸满了肥皂水的法兰绒擦拭那双小小的腿……烟囱里挂着九条火腿！小克里斯抬头看，然后笑了起来……那个女人再也不能那样做了！不能伤到克里斯托弗的孩子。应该是任何人的孩子都伤不到！

那是那个女人的儿子！和穿白马裤的女孩在一起的！好吧，她，瓦伦汀，又有什么权力阻止一个儿子来见他父亲呢。她能在自己的手臂上感受到她自己儿子的重量。有了这个感觉她就能面对整个世界！

真奇怪！那个女人的脸是花的——哭过一样！她的五官肿了起来，眼睛还是红的……哈，她一定是在想，看着这个花园和宁静的景象："要是我能给克里斯托弗这个，或许我就能留住他了！"但是她永远都留不住他的。就算全世界只剩下她这一个女人他都永远不会看她一眼！在他见过她，瓦伦汀·温诺普，之后肯定不会！

西尔维娅抬头看着，一脸沉思——就好像是要看进这扇窗户里。

---

① Finis Sylviae et magna...，拉丁文。

但是她是看不进这扇窗户里的。她肯定看到了德·布雷·帕佩夫人，还有那个小女仆，因为她摘下手套的原因现在变得很明显了。她现在手里拿了个金色粉盒；看着里面的镜子，还用右手很快地在脸前拂过……记住：是**我们**给了她那个金色的粉盒。记住！用力记住！

突然，瓦伦汀整个人愤怒了起来。绝对不能让那个女人进到他们家里来，她还要在壁炉前给小克里斯洗澡呢！绝不！绝不！这个地方会被污染的。只是从这一个念头里，她就知道了她是有多么憎恨那个女人，见到她就想往后一跳。

她又试着去开锁了。钥匙转了……看看，想到你还没出生的孩子会受到伤害带来的激动有多大用处！她的右手无意识地就记起来拧钥匙要把钥匙朝上抵。她一定不能从狭窄的楼梯上跑下去。电话放在大壁炉朝内一面侧壁的墙角里。房间非常昏暗：很长、很低。巴克制作的陈列柜看起来无比华丽，上面镶着绿色、黄色和鲜红色的装饰。她在大壁炉和房间墙壁之间的角落里，倚在墙上，听筒放到耳边。她看向她长长的房间的尽头——这间房间通向饭厅，中间有一道大梁柱。房间是昏暗的，闪着光，摆满了打过蜜蜡的老木头……她别无所求了……玛丽·莱奥尼的这句话一直在她脑海里回荡……她别无所求了——如果这些东西能被看作是他们的就好了！她看到了遥远的未来，当一切都会平静地在他们眼前展开的时候。他们会有一点钱，一点宁静。一切都会伸展开……就像在小丘顶上看到的平原一样。在此之前，他们得坚持下去。事实上，她对此没有任何抱怨……只要力量和健康能坚持得下去。

医生——她在头脑里想象他的样子，高高的，浅棕色的头发，而且非常和蔼,同时也经受着无法治愈的疾病和还不清的债务的折磨,生活就是这样!——医生乐呵呵地问她马克怎么样了。她说她不知道。听说他流了很多汗……是的,有可能他刚才遇到了让他不适的谈话。医生说:"哎呀!哎呀!你自己呢?"他有苏格兰口音,这个浅棕色头发的人……她建议他该带点溴化剂来。他说:"他们打扰到你了。别让他们得逞!"她说她本来在睡觉——但是他们多半会的。她接着说:"也许你该快点来!"……安姐姐!安姐姐!看在上帝分上,安姐姐①!如果她能吃下一片溴化剂,这一切都会像场梦一样过去。

现在就像一场梦一样,也许圣母玛利亚真的存在。就算她不存在,我们也必须发明出她来,让她看顾不能照顾自己的母亲们……但是她可以!她,瓦伦汀·温诺普!

通向花园的门口透进来的光变得暗了。一个穿着带裙撑裙子的拦路女劫匪逆光站在房间里,它说:"我猜你就是女售货员。这是个不健康到极点的地方,而且我听说你们连澡都不能洗。拿点东西给我看看。要路易十四风格的。"它猜它要用路易十四风格给格罗比重新配上家具。她,瓦伦汀,作为女售货员,在想他们——她的雇主们——应不应该分担一部分她的支出。

帕佩先生在迈阿密亏了不少钱。不能让他们觉得帕佩家的钱要

---

① 这里是化用经典童话《蓝胡子》中的情节。故事中,在蓝胡子威胁要杀死自己新娘的时候,新娘让自己的姐姐安站到墙头看她们的兄弟们是不是已经来拯救她们了。

多少有多少。这个不适合人类居住的地方就应该被拆掉，然后在这里盖一幢样板工人小屋。这个国家卖东西给有钱的美国人的都是些骗子。她自己是曼特农夫人的精神后裔。要是玛丽·安托瓦内特对曼特农夫人更好，一切就都不一样了。她，德·布雷·帕佩夫人，就会在这个国家拥有她本应该有的权威。有人告诉她她要为砍倒格罗比的大树付一笔巨款。没错，大宅的一面墙的确是塌进去了。这些老房子就是经受不起现代发明的挑战。她，德·布雷·帕佩夫人，用的可是最先进的奥地利树根挖掘机——呜咝轰……[1]但是她，虽然只是个女售货员，但是肯定和她的雇主们关系不是一般的亲近，想想看这幢房子的名声就知道了。她是不是认为……

瓦伦汀的心一阵狂跳。门口透进来的光线又一次暗下来。玛丽·莱奥尼喘着粗气跑了进来。简直就是安姐姐！她说："电话，快！[2]"

瓦伦汀说："我已经打过电话了，医生过几分钟就来了，我请求你陪在我身边！[3]我求你陪在我身边！"自私！自私！但是这有个要出生的孩子。不管怎么样，玛丽·莱奥尼都出不了那扇门了。门被堵住了……啊！

西尔维娅·提金斯居高临下地看着瓦伦汀。你几乎无法看清楚

---

[1] 呜咝轰（Wee WhizzBang）可能得名于一战中一种炮弹的绰号"咝轰（Whizzbang）"，这种炮弹在飞行中发出尖厉的声音，爆炸声响巨大。此处也是暗指德·布雷·帕佩夫人对格罗比的破坏就如炮弹一样。

[2] Le telephoné! Vite! 法文。

[3] J'ai déjà telephoné... Le docteur sera ici dans quelques minutes .... Je te prie de rester à côté de moi！法文。

她逆光的脸。是的,能看清就只有这么点……她居高临下地看着瓦伦汀是因为她是如此的高;你看不清她逆着光的脸。德·布雷·帕佩夫人正在解释作为**大人物**的精神后裔对个人有什么影响。

西尔维娅正把她的目光转向瓦伦汀。就是这样,没错。她对德·布雷·帕佩夫人说:"看在上帝的分上,管住你**该死的**舌头。从这滚出去!"

德·布雷·帕佩夫人没有明白过来。事实上,瓦伦汀也没有反应过来。远处有个细细的声音在喊,"妈妈!妈……妈!"

她——**它**——因为刚才它看起来就像尊雕塑……她已经神奇地画好了脸。三分钟以前还花得一塌糊涂!……现在一丝缺陷都没有,眼睛下面打了黑色的眼影!一脸哀愁!而且无比庄重!而且还是**友善的**!……该死!该死!该死!

瓦伦汀突然想起来,这还是她第二次看到那张脸——它现在平静的模样太恐怖了!她还在等什么,她不应该对她恶语相向,然后两个人像鱼贩子一样在所有人面前争吵吗?……因为她,瓦伦汀,已经背靠墙壁无处可逃了!她听见自己开始说:"你毁掉了……"她说不下去了。你不能跟人说他们的可恶之处的传染性强烈到连给你孩子洗澡用的地方都被毁掉了!不能这么干!

玛丽·莱奥尼用法语告诉德·布雷·帕佩夫人,提金斯夫人不想要她在场。德·布雷·帕佩夫人没有明白。让一个曼特农明白她不需要在场是件不容易的事!

她,瓦伦汀,第一次见到那张脸是在伊迪丝·埃塞尔的起居室里,她那个时候就觉得它那么友善……它曾是那么夺目的友善。当那双唇靠近她妈妈的脸颊的时候，瓦伦汀眼里已经涌出了泪水。它说——那张雕像的脸说——它必须要因为温诺普夫人对克里斯托弗的善意亲吻她……该死，它干脆也来亲她，瓦伦汀，好了，就是现在！如果不是她，今天就没有克里斯托弗了！

它说——它是如此面无表情，以至于你可以继续用"它"来称呼它——它，冷冷地，没有任何停顿地，对德·布雷·帕佩夫人说："你听见了！这栋房子的女主人不想要你在这里。请离开吧！"

德·布雷·帕佩夫人正解释着，她在跟女售货员说她想要重新给格罗比配上路易十四式的家具。

瓦伦汀突然明白了这个场景的可笑之处：玛丽·莱奥尼不认识那个女人，西尔维娅·德·布雷·帕佩夫人不认识她，瓦伦汀。这其中的尴尬之处她们大概都不会明白的！……但是果酱在哪里！果酱的昨天，果酱的明天……①那个身影说了："提金斯夫人！"那，是意在讽刺？**还是委婉**？

她扶住了放电话的台子，眼前一黑。婴儿在她腹中动了一下……它想要她被人称为"提金斯夫人！"有人在叫"瓦伦汀！"一个孩子在叫"妈妈！"一个更温柔的声音在叫"提金斯夫人！"他们还真会找话说！第一个声音是伊迪丝·埃塞尔的！

---

① 这里的"尴尬之处"和"果酱"在英文中都是 jam，"但是果酱在哪里！果酱的昨天，果酱的明天"出自刘易斯·卡罗尔的《爱丽丝镜中奇遇记》第五章。因为古典拉丁文中的字母 j 和 i 是可以互换的，而 iam 在拉丁文中是表示过去和将来时态中"现在"的意思，所以瓦伦汀明显是由尴尬之处的 jam 想起了这个文字游戏。

黑暗！……玛丽·莱奥尼在她耳边说："站直了，我亲爱的！①"

黑暗的，黑暗的夜；冰冷的，冰冷的雪；凛冽的，凛冽的风，还有啊——我们牧羊人要去何方，去找到上帝之子？②

伊迪丝·埃塞尔在给德·布雷·帕佩夫人读一封信。她说："作为一位有文化的美国人，你会感兴趣的，是那位伟大诗人写的！"……一位先生把一顶高礼帽举在自己面前，就好像他是在教堂里一样。瘦瘦的，有一双没有光彩的眼睛，还留着一副犹太人的胡子！犹太人在教堂里是不脱帽子的啊……

很明显，她，瓦伦汀·温诺普，要在教众面前遭谴责了！他们是不是带来了一个红字③……他们，她和克里斯托弗，差不多就是清教徒了。那个留着犹太胡子的人的声音——西尔维娅·提金斯已经把那封信从伊迪丝·埃塞尔手头拿走了——没有多大的变化，伊迪丝·埃塞尔！脸上**多了**几条纹路，脸色发白，而且突然沉默不语了——那个留着犹太胡子的人的声音说："说到底！这没有多大的区别。他基本上就是提金斯的……"他开始朝后、朝外挤出去。一个想要穿过教堂门口人群离去的人。他奇怪地转过来对她说："夫人……呃……提金斯夫人！**失礼了！**"想装出一副法国口音。

---

① Tien toi debout, ma chérie! 法文。

② 出自英国彩绘玻璃设计师、牧师、诗人，塞尔温·伊马吉的诗歌《牧羊人之歌》的第一小节，原诗为"深深的，深深的雪；/狂暴的，狂暴的风；/黑暗的，黑暗的夜；还有啊！/我们牧羊人要去向何方，/去找到上帝之子？"

③ 旧时清教徒习俗，被认定通奸的人胸前会被绣上一个红色的 A，意为通奸者。

伊迪丝·埃塞尔说："我得告诉瓦伦汀，如果是我亲自做成这桩交易的话，我觉得就不用支付佣金了吧。"

西尔维娅·提金斯说：这个问题他们可以去外面讨论。瓦伦汀意识到，之前不久，有个男孩的声音说："妈妈，这样合乎规矩吗？"瓦伦汀突然想知道，有人在西尔维娅·提金斯的鼻子底下叫自己"提金斯夫人"，这到底合不合规矩。当然，她在仆人面前还得是提金斯夫人。她听见自己说："我很抱歉拉格尔斯先生在你面前叫我提金斯夫人！"

那尊雕像的眼睛，如果有可能的话，朝她弯得更加厉害地看过来。它面无表情地说："国王都要砍我的头了，我才不管你拿我的……"这是马克和克里斯托弗两个人都会说的一句话……这太刻薄了。它在提醒她，瓦伦汀，它曾经也深刻理解提金斯家亲密之处——在她，瓦伦汀，之前！

但是那个声音继续说："我想把这些人弄出去……还要看看……"它说得非常慢。就像真的是大理石雕成的一样。

折叠椅上的罐子里的花需要加点水。金盏花。橙色的……当自己的孩子胎动的时候女人都会紧张。有的时候厉害点，有的时候轻微点。她肯定是非常紧张，那个时候房间里有那么多人——她既不知道他们是怎么来的，也不知道他们是怎么走的。她对玛丽·莱奥尼说："斯潘医生会带点溴化剂来……我找不到那些……"

玛丽·莱奥尼正盯着那个身影看，她的眼睛就像克里斯托弗的那样从脑袋里鼓出来。她说，像一只盯着老鼠的猫一样冷静地说：

"她是谁？这是那个女人吗？①"

那个身影看起来奇怪地像芭蕾舞里的朝圣者，就是现在，那个身影逆光的样子——这是稍微有点弯曲的长腿带来的效果。事实上，这是她第三次见到它——但是在那幢黑暗的房子里她没有看清楚那张脸……五官都扭曲成了一团，所以算不上真正的五官，这些才是真正的五官。这个身影散发着一种怯懦，还有高贵。它说："守规矩！迈克尔说，'要守规矩，妈妈！'……守规矩……"它把手抬起来，就像是对着上天摇摇拳头。手敲在了穿过屋顶的横梁上，屋顶非常低矮。还如此可爱！它说："其实这是康赛特神父……很快，他们就可以都叫你提金斯夫人了。上帝为证，我来是为了把那些人赶出去……但是我想要看看为什么你能留住他。"

西尔维娅·提金斯一直把头转向一边，往下垂着。不用说，是在隐藏想哭的冲动。她对着地板说："我再说一次，上帝为证，我从来没有想过要伤害你的孩子……他的孩子……但是任何女人的……不会伤害一个孩子……我有个不错的孩子，但是我还想要一个……他们小小的样子……这都是骑马的错……"有人开始抽泣了！

然后她一脸阴沉地盯着瓦伦汀，"这都是上了天堂的康赛特神父的主意。那个圣徒兼殉道者。想要温柔的东西！现在已经开始变黑了，我几乎能在这些墙上看到他的影子了。你们吊死了他，你们甚至没有枪决他，虽然我为了让自己好受点，**说**你们枪决了他……而且这么多年会一直坚持下去的是你……"

---

① Qui este elle? C'est bien la femme? 法文。

她咬住一块藏在她手里的小手绢。她说:"该死,我在给格罗比的提金斯从男爵拉皮条——把我的丈夫留给你!"

有人又抽泣了。

瓦伦汀突然想起来,克里斯托弗在老亨特的甩卖会上把那几幅版画放进了草地上的一个大罐子里。他们不想要那个罐子。然后克里斯托弗就告诉一个叫赫德纳特的古董商说,要是他帮忙运东西的话,他就可以把那个罐子还有其他的什么都拿走……等克里斯托弗回来的时候,他会很累了。然而,他必须要去赫德纳特那里,这种事不能靠冈宁。但是他们一定不能让罗宾逊夫人失望。

玛丽·莱奥尼说:"一个男人能够在两个这样的女人心中激起两段这样的热情实在是太可悲可叹了……这是我们生活的苦难!①"

是的,一个男人能够在两个这样的女人心中激起两段这样的热情实在是太可悲可叹了。玛丽·莱奥尼去照顾马克了。西尔维娅·提金斯不见了。他们说欢乐是从来不会伤人的。她直挺挺地就倒在了地上,就像没有生命一样!

幸好他们铺了巴士拉的厚地毯,否则小克里斯……他们一定得有点钱……可怜的……可怜的……

---

① C'est lamentable qu'un seul homme puisse inspirer deux telles passions dans deux delles femmes.... C'est le martyre de notre vie! 法文。

第四章

马克·提金斯本来是躺在那里回味他最后度过的一个美好夜晚给他的满足。或许不是最后；而只是以往的某个时候。

在黑暗的夜色中躺在那外面，天空看起来无比庞大。你会明白天上的某个地方，天堂是怎么有可能藏匿其中的。而且有的时候还静谧无比。那个时候你能感觉到地球在无尽的时空中转动。

夜鸟在头顶鸣叫着：鹭、野鸭，甚至还有天鹅；猫头鹰待在更靠近地面的地方，沿着树篱拍打着翅膀。小动物在长草里忙了起来。它们匆忙地沙沙跑过，然后停下来很久。不用说，一只兔子会一直跑，直到它发现一株诱人的车前草为止。然后它就用无声的动作啃咬上好一阵子。时不时地牛会叫上一声，要不就是一群羊——可能是被一只狐狸吓到了……

但是，不管怎么样，都会有长长的寂静……有只白鼬会寻到兔子跑过的踪迹。它们会跑，跑，跑，从长草里擦身而过，跑到长着矮草的草地上，然后一圈一圈地追逐，兔子会尖叫——一开始的时候声音很大。

在夜灯的昏暗亮光下，一群睡鼠会沿着他小屋的柱子爬上去。它们会待在那里，用小黑珠子一样的眼睛盯着他看。等兔子开始尖叫的时候，它们会背一弓，靠在一起瑟瑟发抖。它们知道那个声音意味着白……白……鼬——白鼬！很快就要轮到它们了！

他有点鄙视自己，关注这些细枝末节的东西——就好像是在居高临下地和个孩子说话一样。在他的美好夜晚，整个郡的牛群突然都发了狂，你能听见它们冲破树篱往山下狂奔的声音，在静寂的山谷里一连传出去好几英里远。

不！他从来不是个会在小哺乳动物和小鸟身上浪费时间和脑力的人——某某郡的动植物——不是他的菜。只有大动静才能吸引他，"在那里，上帝的声音显现了出来！"……那很有可能是真的。不可抑制的情绪。一个郡又一个郡的牛群都发狂了。整个大陆的人都发狂了。

曾经，很多年——噢，很多年很多年以前——当他才十二岁的时候，他去拜访他的祖父。他拿了把猎枪去格罗比附近的雷德卡沙洲，就在高沼地上，他放了一枪就打下来两只燕鸥，一只鹬和一只银鸥。祖父为他的枪法高兴之至——不过，自然，那一枪只是走运而已——他让人把那些鸟做成了标本，它们在格罗比的育婴室里一直留到了现在。银鸥僵硬地立在一块长了苔藓的石头上；鹬在

240

它面前卑躬屈膝；燕鸥在空中翱翔，排成一排。也许那就是他，马克·提金斯，在格罗比留下的唯一的纪念品。在那之后很多年，更小的孩子们都习惯带有崇敬地说起"马克的猎物"。在标本背后所画的背景是班布罗城堡，泛着泡沫的海浪拍击着岸边，顶上是蓝蓝的天。从雷德卡到班布罗城堡还远得很——但那是米德尔斯堡做鸟类标本的那个家伙唯一会画的海鸟的背景。如果是云雀之类的他画的是约克山谷中的麦田；给夜莺画的是杨树……从来没听说过夜莺尤其喜欢杨树！

夜莺干扰了伟大夜晚的庄严。每年有两个月的时间，或多或少，按照季节的情况而定。他不是在贬低它们鸣声的动听。听着它们的叫声，那种感觉就好像你看到一匹好马赢了圣莱杰赛马会[①]一样。世界上没有其他的东西给人这种感觉——就好像世界上没有其他的地方能比得上清风徐徐的时候的纽马基特[②]一样，但是它们的确束缚了夜晚，在小树林深处的夜莺，就在冈宁的小屋应该在的位置旁边——大概在四分之一英里开外——当它们的声音从深深的树林里回响传来的时候，会让你想起很遥远的距离。在月光下滴着露水的树林——那里不久之前还有空袭呢！月亮会招来空袭，所以它最好不要发光……是的，夜莺会让你想起距离，就像从黄昏一直嘎嘎叫到黎明的夜鹰好似是在度量永恒的一部分一样……但是只有

[①] 英国的大型平地赛马会之一，每年九月在南约克郡的唐卡斯特举行，参赛的都是三岁的马。

[②] 同样是举办大型赛马会的地方，详见本书前文注解。

一部分！伟大的夜晚本身就是永恒和无限……上帝的精神在天穹中漫步。

残忍的家伙，夜莺们，它们一整夜伸长了脖子互相辱骂。在阵阵风声之间你能听见它们一直喊个不停——告诉那些正在孵蛋的雌夜莺，它们——每一个——都是好汉子，而另外那个家伙，在山下头冈宁小屋边上的，是个羽毛凌乱、长满虱子的吹牛大王……性狂暴。

听人说，冈宁住在谷地里，在一幢私自搭建的小屋里——茅草顶看起来就像鲁滨逊·克鲁索①的帽子。那是一个神婆的小屋。他和那个神婆住在一起，一个脸像石膏一样白的脏女人……还有那个神婆的一个孙女，因为她得了腭裂，也蠢得不行，教区就半是出于同情半是为了省钱地把她任命为山上学校的女校长。没人知道冈宁到底是和那个神婆睡觉还是和她孙女睡觉，他离开他的妻子不是为了这个就是为了那个，菲特尔沃思因此才狠狠地收拾了他一顿，还把他的农舍收走了。每周六的晚上他都用猎鞭把那两个女人统统狠揍一顿——为了教训教训她们，还要提醒她们，就是为了她们，他才丢掉了菲特尔沃思发给替他工作了三十年的农夫的农舍和每周的十先令……又是个性狂暴！

我要如何才能知道谁是你的真爱？

---

① 《鲁滨逊漂流记》的主人公，他在荒岛上用动物皮毛自制了一顶宽大蓬松的帽子。

> 哦，看他嵌贝壳的帽子、拐杖，还有脚上的草鞋！①

一位不容置疑的朝圣者让他不可抵挡地想起了这几句话！那自然是西尔维娅那个婊子。她的眼睛湿了！……那么，她心里肯定正经受着什么精神危机。活该！

可能对瓦伦汀和克里斯来说是件好事。谁又能真的知道……哦，但是还真能知道。听听看，那个婊子说教开了。你们听过类似的话吗，先生们？她让人把格罗比的大树挖倒了……但是，上帝为证，她不会挖出另外一个女人腹中的孩子……

他觉得自己开始出汗了……好吧，如果西尔维娅已经到了这步田地，他的，马克的，职责也就不再了。他不用继续和她作对了；她会在他们家这艘大船的背后落进海里，从此消失在视线中。可是，该死，她一定是很痛苦才被逼到了这步田地……可怜的婊子！可怜的婊子！都是骑马的错……她跑开了，用手绢捂着眼睛。

他觉得满意又不耐烦。他想要回到某个地方去。但是还有需要做的事情，需要想清楚的事情……如果上帝开始减弱吹到这些已经剥了皮的羊身上的风②……那么……他想不起来他要想的是什么了。这真是——不，不是让人恼怒的。麻木！他觉得自己要对他们的幸

---

① 出自莎士比亚《哈姆雷特》第四幕第五场。这是奥菲利娅疯癫之后唱的歌谣。

② 出自英国十八世纪作家劳伦斯·斯特恩的小说《感伤之旅》，原文是："上帝会把风变小的，玛丽亚说，那些吹到已经剪了毛的羊身上的风。"可以理解为上帝会宽恕那些已经遭受过苦难的人，让他们不再蒙难。

福负责。他想要他们磕磕绊绊地走下去,把自己打磨得圆滑,走上许多漫长而平淡无奇的年月……他想要玛丽·莱奥尼守在瓦伦汀身边直到她生完孩子,然后住到格罗比的孀居房里。她是提金斯夫人。她知道她是提金斯夫人,而且她会喜欢的。再说了,她也会是那个什么夫人的肉中刺……他想不起那个名字了……

他希望克里斯托弗能丢开他的犹太合伙人从而多捞几个钱。提金斯家人的毛病就是他们喜欢马屁精……他自己就是因为和那个叫拉格尔斯的家伙一起住,才毁掉了他们所有人的生活。因为他忍受不了和一个平等的人住一起,而拉格尔斯是半犹太半苏格兰血统。克里斯托弗的马屁精先是麦克马斯特,一个苏格兰人,然后又是这个美国犹太人。除此之外,他,马克,就没有什么好遗憾的了。毫无疑问,克里斯托弗的选择是明智的。他已经站到了一个合适的位置,在那里,他可能——只要再多点钱——预见自己慢慢跑到时间的尽头,留下后代来毫不炫耀地延续着这个国家。

啊……他突然想起他该记得,几乎是带着痛地记得。他已经接受了马克侄子是马克侄子——重大的让步。那是个好孩子。但是还有那个问题……那个问题!……那个孩子穿的马裤没错……但是如果有乱伦……

在树篱间爬着追兔子是有可能的。父亲是为了帮牧师的忙才去教堂墓园里打兔子的。那是毫无疑问的。他根本就不想要兔子……但是假设他没有一枪打死兔子,而那个小玩意又在山楂树篱的另一边翻滚抽搐?那么,父亲肯定会从树篱间钻过去,而不是绕一大圈,从墓园的门出去再绕回来。好人应该尽快结束他们没有打死的猎物的痛苦。这就是他的动机。至于说钻过山楂树篱之前忘了把枪机合上……许多优秀、勇敢的人都是那么死的。**再说，父亲还变得爱走神了！**……农夫劳瑟就是那么死的，还有罗伯霍的皮斯，还有考勒克兹的皮斯。都是优秀勇敢的农夫。从树篱下面钻过去而不是绕路，他们的枪机都是大张着！而且都还不是爱走神的人……但是他记得，就在刚才，他记起来父亲变得爱走神了。他会把一张纸放进马甲的一个口袋里，然后过一小会儿就翻遍他全身其他所有的口袋找那张纸；他会把他的眼镜推到额头上，然后满屋到处找眼镜；他会把他的刀叉放进盘子里，边说话边从另旁边拿一副刀叉接着吃东西……马克记得在他们一起吃的最后那顿饭里，他父亲这么做了两次——而同时，他，马克，正在讲述拉格尔斯那个家伙告诉他的克里斯托弗的不当行为。

那么，就不用他，马克，在天堂里朝他父亲走过去，然后说："你好，先生。我明白你和你最好的朋友的妻子生了个女儿，她现在怀上了你儿子的孩子……"就这样向你父亲的令人生畏的鬼魂介绍你自己实在是太不正常了……当然，你自己也会是个鬼魂。然而，顶着你的高礼帽，夹着雨伞，挂着赛马的望远镜，不是个太糟糕的鬼！……还能向你父亲说："我知道你是自杀的！"

不符合这个俱乐部的规矩……我不认为去一个在我之前那么多伟大的人都去了的地方有什么好悲伤的。这是索福克勒斯说的，对吧？[①]

[①] 可能出自索福克勒斯的《俄狄浦斯在科罗诺斯》，但是没有找到确切相似的句子。也有可能出自柏拉图的《斐多》中苏格拉底谈论接受自己死亡的段落。

所以，凭他的权威，那是个相当不错的俱乐部……

但是他不用为那个不愉快的经历①做什么准备！爸爸很明显不是自杀的，他不是会那样做的人。所以，瓦伦汀也不是他的女儿，那也就没有什么乱伦了。说你不在意乱伦什么的说得轻巧。希腊人可是为这事悲剧地大吵大嚷②……当你认为没有这么回事的时候，胸口上的大石自然就卸下了。他一直都能坦然面对克里斯托弗——但是他现在能比过去做得更好，更舒服了！看着一个人的眼睛，然后心里想，你睡在乱伦的床铺上，这总是不那么舒服的。

那件事就这样了。把最糟糕的事情总结起来：没有自杀；没有乱伦。没有野种在格罗比……有个天主教徒在那里……不过，你怎么可以既是个天主教徒又是个马克思共产主义者，这是他，马克，不能理解的……格罗比有个天主教徒，而且格罗比的大树被砍倒了……对家族的诅咒也许被解除了！

这是种迷信地看待事情的方法——但是你必须要有个范式来解释一切。没有这个，你就没法真正地让自己的大脑工作。铁匠说：一切艺术都来自铁锤和手！③他，马克·提金斯，多年来一直用交通的规律来解释生活中的一切……交通，你就是我的上帝……一个挺

---

① mauvais quart d'heure，法文，直译为"糟糕的一刻钟"，指令人不快的短暂经历。

② 著名希腊悲剧《俄狄浦斯王》中俄狄浦斯因为杀父娶母终至瘟疫降临他统治的城市，得知真相之后他母亲自杀，俄狄浦斯自刺双目、自我流放。

③ 这是英国铁匠行会的格言，原文略有不同，原文为"一切都来自铁锤和手。"

他妈不错的上帝……而在最后,在多得数不清的思考和工作之后,他的,马克·提金斯的,墓碑碑文就应该是:**"这里长眠着一个名字是用海鸟写成的人!"**①这是句不错的碑文。

他一定要让克里斯托弗明白,应该把那个标本架给玛丽·莱奥尼,带着班布罗城堡,还有所有的一切,放在她在格罗比的孀居房的卧室里。这是她男人留下的最后一个永恒的记录……但克里斯托弗会知道的。

想起来了。很多事情都想起来了……他能看到雷德卡沙洲朝桑德兰的方向延伸过去,灰色的,灰色的。那个时候还没有那么多烟囱,替他,马克·提金斯,工作!没有那么多!然后鹬在退潮的沙地上跑着,边跑边低头;琵嘴鸭在翻石头;燕鸥在几乎凝滞的海面上滑翔……

但是他现在要把他的注意力转到伟大的夜晚去了。棕色高沼上伟大而黑暗的夜晚……埃奇韦尔路上空伟大而黑暗的夜晚,玛丽莱·奥尼在那里住过……因为,在老阿波罗剧院前门耀眼的灯光之上,你能感觉到有无比庞大的黑暗空间……

谁说他出汗出得很厉害?是的,他**是**在出汗!

玛丽·莱奥尼还很年轻,在他面前俯下身来……年轻的,年轻的就好像是他第一次在考文垂花园的舞台上看到她的样子……穿着

---

① 马克明显指的是前文提到的他一枪打下来的海鸟成为他留给格罗比唯一纪念的事情。这句碑文化用自英国诗人济慈自撰的碑文,"这里长眠着一个名字是用水写成的人。"

白色的衣服！……做着让他的脸觉得很舒服的事，身上的香水闻起来就像天堂！……还朝旁边一笑，就好像他第一次戴着高礼帽，夹着雨伞，站到她面前时玛丽·莱奥尼笑的模样……那纤细、金黄的头发！那温柔的声音！

不过，这太愚蠢了……那边是马克侄子，脸像樱桃一样红，眼睛睁得大大的……而这是他的爱人！……很自然。有其伯必有其侄。他会和他伯伯一样选上同一种女人。这就确认了他肯定不是野种！苹果树枝下漂亮的脸！

这样他可以去想伟大的夜晚了！——不过，小马克不应该和一个比他自己大的女人搞在一起。克里斯托弗就这么干过了，结果你看！

不过，事情在好转！你还记得那个把下巴伸出水面的约克郡人吗，在阿勒山顶①，在诺亚靠近的时候？"一定会晴的！"约克郡人说……一定会放晴的！

一个伟大的夜晚，有足够的空间让天堂藏在我们不太敏锐的眼睛看不到的地方……据说是一场我们感觉不到的地震的震动让整个郡的牛、羊、马和猪撞破树篱狂奔。而这很奇怪，在它们开始喊叫和动起来之前，马克现在可以发誓当时他听到了一阵跑动的声音。他也许没有听到！自己骗自己太容易了！那些牲口慌乱起来是因为他们能够感觉到全能的上帝在天穹中的行走……

该死的，有好多事情都能回想起来了。他能发誓他听见了拉

---

① 土耳其的最高峰，《圣经》中记载诺亚方舟最后漂流到了此处。

格尔斯的声音说:"说到底,他基本上就是格罗比的提金斯从男爵了!"……不是因为你的错,老混蛋!但是现在你又该去讨好他了……现在说话的是伊迪丝·埃塞尔·麦克马斯特!许多声音从他脑袋后面传来。该死,他们难道都是在风中漂浮的鬼魂吗!……啊,该死,难道他自己已经死了吗!……不对,等你死了,多半就不会口吐秽言了。

他愿意用整个世界来交换能坐起来,然后转过头去看看。当然,他**能够**这么做,但这样就会泄漏了他的把戏!他觉得自己是只够狡猾的老狐狸,才不会犯这种错误!这么多年一直把他们骗得死死的!他差点就咯咯笑起来了!

菲特尔沃思好像下到了花园里,还和那些人争论了起来。菲特尔沃思想要做什么?这简直像看哑剧一样。事实上,菲特尔沃思正在看着他。他说:"你好,老伙计……"玛丽·莱奥尼从他的胳膊肘边看过来。他说:"我把那些山羊都从你的鸡窝里赶出去了。"菲特尔沃思是个长得挺好看的家伙。他的罗拉·薇瓦利亚曾经是个大美人。难产死了。不用说,那就是为什么他轻易不会过来的原因。菲特尔沃思说,看在过去的友谊的分上,卡米说替她向马克问好。她亲爱的朋友!一旦马克身体健康到带他的夫人去……

这身该死的汗。它这么该死的让他痒下去,他的脸一皱就会泄漏了他的把戏。但他希望玛丽·莱奥尼能去菲特尔沃思家。玛丽·莱奥尼对菲特尔沃思说了什么。

"是的,是的,我的夫人!"菲特尔沃思说。该死,他真的像有些人说的那样看起来像只猴子,但是如果我们祖先的那些猴子能够有这么好看……也许他有好看的腿……给锡安传来好消息的人，他们登山的双腿是多么壮美[①]……菲特尔沃思诚恳又清楚地补充说，西尔维娅——西尔维娅·提金斯——**恳求**马克理解，不是她把那群白痴叫到这下面来的。西尔维娅还说她要和他的，马克的，弟弟离婚，并获取罗马的许可，解除她的婚姻……这样他们就可以在这下面成为幸福的一家人了，很快……任何卡米可以做的事情……因为马克对国家做出的不可磨灭的贡献……

名字是用……写成的……让你释放你的仆人[②]……安然地离婚吧!

玛丽·莱奥尼现在在恳求菲特尔沃思离开了。菲特尔沃思说他会的，但是他们之间的欢乐时光将永存!再见了，老……老朋友!

他们曾经一起参加过的众多俱乐部……但是人会去一个更好的俱乐部，比……他的呼吸有一点困难……有点发黑，然后又有亮光了。

克里斯托弗正站在他的床头。扶着一辆自行车，还拿着一块木头。散发着香气的木头——从树上锯下来的一块。他的脸发白，他的眼睛鼓出来了，像蓝色的卵石。他盯着他的哥哥，然后说:"半个格罗比的外墙都塌了。你的卧室也塌了。我在一堆垃圾上找到了你的海鸟标本箱。"

[①] 出自《圣经·以赛亚书》，原作"那报佳音、传平安、报好信、传救恩的，对锡安说:'你的神作王了!'这人的脚登山何等佳美。"

[②] 出自《圣经·路加福音》，原作"主阿，如今可以照你的话，释放仆人安然去世"。

这就是所谓不可磨灭的贡献!

瓦伦汀过来了,喘着粗气,就像刚刚跑过来一样。她对克里斯托弗大喊:"你把罗宾逊夫人要的版画放在给古董贩子赫德纳特的罐子里了。你怎么能这么做?噢,你怎么能这么做?要是你这么做事,我们怎么才能养活孩子,给他穿上衣服?"

他疲惫地把自行车掉了个头。你能看出来他累得不行了,那个可怜鬼。马克差点就说了:"放他一马吧,这个可怜鬼已经累坏了!"

克里斯托弗像只沮丧的斗牛犬一样沉重地朝门口骑去。在他骑到树篱那头绿色的小径的时候,瓦伦汀开始抽泣起来说:"我们要怎么活下去?我们要怎么活下去?"

"现在我必须得说话了。"马克对他自己说。

他说:"你有没有听人给你讲过那个约克郡人……在阿勒山……阿勒……"

他太久没说过话了。他的舌头感觉把整个口腔都塞满了,他的嘴朝一边扭着。开始变黑了。他说:"把你的耳朵靠近我嘴边……"她哭出了声来。他小声说:

夜半时分小儿哭哟
他们的母亲在土中听见……①

---

① 出自十九世纪苏格兰人罗伯特·詹姆逊翻译的丹麦民谣,题为《鬼魂的警告》,在多部英国文学作品中都有出现。

"这是首老歌。我的保姆会唱……永远不要让你的孩子因为你对你好男人的刻薄话流泪……一个好男人！格罗比的大树已经倒了……"他说,"握住我的手！"

她把手从床单下伸进去,他的手握住了她的手。然后,他的手松开了。

她差点就叫出声来呼唤玛丽·莱奥尼。

那个高高的、浅黄色头发的、受人喜欢的医生从门里进来了。

她说:"他刚刚说话了……这是个折磨人的下午……现在我恐怕……我恐怕他已经……"

医生把他的手伸到了床单下面,身子朝一边倾斜。他说:"你躺到床上去……我会来给你做检查的……"

她说:"也许最好不要告诉提金斯夫人他说话了……她会想要知道他的遗言是什么的……但是她不像我这样需要它们。"

图书在版编目（CIP）数据

最后一岗 /（英）福特·马多克斯·福特著；肖一之译. —上海：上海三联书店，2017.10
ISBN 978-7-5426-5626-1

Ⅰ.①最… Ⅱ.①福… ②肖… Ⅲ.①长篇小说－英国－现代 Ⅳ.① I561.45

中国版本图书馆 CIP 数据核字（2016）第 137242 号

队列之末 Ⅳ：最后一岗

著　　者 /〔英国〕福特·马多克斯·福特
译　　者 / 肖一之
责任编辑 / 陈启甸
特约编辑 / 杨红丹　王正磊
装帧设计 / 王绍帅
监　　制 / 姚　军
出版发行 / 上海三联书店
　　　　　（201199）中国上海市都市路 4855 号 2 座 10 楼
印　　刷 / 北京旭丰源印刷技术有限公司
版　　次 / 2017 年 10 月第 1 版
印　　次 / 2017 年 10 月第 1 次印刷
开　　本 / 787×1092　1/32
字　　数 / 188 千字
印　　张 / 8.25

ISBN 978-7-5426-5626-1/I.1149

定　价：34.80元